KB244643

근대 동아시아 담론의 역설과 굴절

전성곤(全成坤, Jun, Sung-Kon)은 2005년 일본 오사카대학(大阪大學) 문학연구과 일본학 전공 문학박사이며 현재 고려대학교 일본연구센터 HK연구교수로 있다. 주요 논저로 「기타 사다키치(喜田貞吉)가 표상한 〈혼합민족〉 논리와 '臣民'」 외 다수가 있다.

송완범(宋浣範, Song, Whan-Bhum)은 2005년 일본 도쿄대학(東京大學) 인문사회계연구과 일본사 전공 문학박사이며 현재 고려대학교 일본연구센터 교수로 있다. 저서로 『고대 동아시아의 재편과 한일관계』, 『동아시아 속의 한일관계사(상)』가 있으며, 역서로는 『교양으로 읽는 일본사상사』 외 다수가 있다.

신현승(辛炫承, Shin, Hyun-Seung)은 2006년 일본 도쿄대학(東京大學) 인문사회계연구과 동아시아사상문화 전공 문학박사이며 현재 고려대학교 아세아문제연구소 HK연구교수이다. 주요 논문으로 「德川時代의 論語觀과 그 학문정신」, 「日本의 近代 學術思潮와 陽明學」, 「무사도와 양명학에 관한 소고—습합의 사상 구조」, 「타자에 대한 시선과 동아시아 인식」 외 다수가 있다.

방광석(方光錫, Bang, Kwang-Suk)은 연세대 사학과를 졸업하고 동대학원에서 석사학위, 일본 릿쿄대학에서 일본근현대사 전공 박사학위를 받았다. 주요 저서로 『근대 일본의 국가체제 확립과정—이토 히로부미와 '제국헌법체제'』, 『동아시아 역사 속의 여행』(공저), 『한국과 이토 히로부미』(공저) 외 다수가 있다.

이한정(李漢正, Lee, Han-Jung)은 2006년 일본 도쿄대학(東京大學) 총합문화연구과 비교문학비교문화 전공 학술박사이며 현재 상명대학교 일본어문학과 교수로 있다. 주요 논저로 「한일병합 직전 이주 일본인이 바라본 한국 사람들—『조선의 실업(朝鮮之實業)』의 「조선하등의 민정」에서」 외 다수가 있다.

한경자(韓京子, Han, Kyoung-Ja)는 일본 도쿄대학에서 「지카마쓰 시대 조루리 연구」로 박사학위를 받고 현재 경희대학교 조교수로 있다. 일본 에도시대의 문학과 닌교조루리, 가부키를 비롯한 전통예능 전공이다. 논문으로는 「지카마쓰의 조루리에 나타난 막부비판」, 「지카마쓰의 조루리에 나타난 일본우월의식(近松の浄瑠璃にあらわれた日本優越意識)」 등이, 저서로는 『그로테스크로 읽는 일본문화』, 『일본문학 속 에도 · 도쿄 표상연구』 외 다수가 있다.

홍윤표(洪潤杓, Hong, Yun-Pyo)는 일본 쓰쿠바대학(筑波大學) 문학박사이며 일본 근 · 현대문학/일본전후문화를 전공하고 있다. 현재 고려대학교 일본연구센터 HK연구교수로 있다. 주요 논문으로 「三島由紀夫『美しい星』における〈想像された起源〉—純潔イデオロギーと純血主義」, 「三島由紀夫と大衆消費文化」 외 다수가 있다.

유수정(柳水晶, Yu, Su-Jeong)은 2009년 일본 쓰쿠바대학(筑波大學) 인문사회과학연구과 문예 · 언어전공 문학박사이다. 일본 근현대문학 · 일본 식민지시기문학 · 만주지역 문학을 전공하며 현재 고려대학교 강사이다. 주요 논문으로 「두 개의 「합숙소의 밤」과 '만주'」 외 다수가 있다.

근대 동아시아 담론의 역설과 굴절

초판 인쇄 2011년 9월 20일 **초판 발행** 2011년 9월 30일
지은이 전성곤 송완범 신현승 방광석 이한정 한경자 홍윤표 유수정
펴낸이 박성모 **펴낸곳** 소명출판 **출판등록** 제13-522호
주소 서울시 서초구 서초동 1621-18 란빌딩 1층
전화 02-585-7840 **팩스** 02-585-7848 **전자우편** somyong@korea.com **홈페이지** www.somyong.co.kr

값 18,000원
ISBN 978-89-5626-609-1 93810

근대 동아시아 담론의 역설과 굴절

Paradoxes in the Discourse of Modern East Asia

전성곤 송완범 신현승 방광석 이한정 한경자 홍윤표 유수정

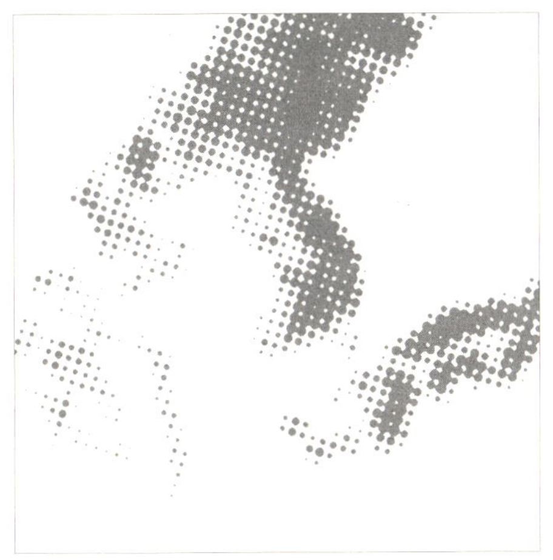

소명출판

1

근대 일본 지식인들, 즉 근대기 일본 학계에서 문학, 사학, 철학(사상)을 전공으로 하여 활동한 지식인들의 동아시아 이미지는 굴절되고 회절(diffraction)되었다. 그것은 곧 거대한 타자로 등장한 서양에 대한 콤플렉스에서 나온 역설이기도 하였다. 따라서 이 책은 근대 일본의 대표적 지식인들을 선정하여 이들의 동아시아 표상과 그 표상 속에 담긴 굴절되고 역설적인 인식에 대해 각각의 연구자들이 치밀하게 분석해 낸 결과물이다.

그럼 서양의 열등한 타자로서 각인된 오리엔트 지역에선 어떠한 인식이 대항마로서 등장한 것일까. 그것은 말할 것도 없이 역(逆)오리엔탈리즘이었고 옥시덴탈리즘(Occidentalism)이라는 비판을 피할 수 없는 것이었다. 특히 후자의 옥시덴탈리즘은 서양의 오리엔탈리즘과 동일한 사고와 동일한 구조적 특징을 가지면서 '동양(인)에 의해 구성되고 창출된 서양'으로 표상되었다. 그 이면에는 에스노센트리즘(ethnocentrism)의 멍에가 서양과 마찬가지로 작용하고 있었다. 사실 사전적 정의에서 에스노센트리즘은 자신이 속하는 종족이나 사회 집단이 다른 종족이나 집단보다 낫다고 생각하는 경향이다. 인종 차별 의식이 대표적인 예이며, 타민족에 대하여 배타적・멸시적이다.

따라서 종종 내셔널리즘과 유사한 의미로도 사용된다. 아니 그보다도 더 강한 배타성을 지닐지도 모르겠다. 대표적인 일본 근대 지식인들 가운데 에스노센트리즘의 구현자는 기타 사다키치(喜田貞吉), 구로이타 가쓰미(黑板勝美), 나이토 고난(內藤湖南), 도쿠도미 소호(德富蘇峰), 고바야시 히데오(小林秀雄), 미시마 유키오(三島由起夫) 등이라 할 수 있을 것이다. 물론 일본의 로쿄쿠(浪曲)라는 대중예능(大衆藝能)과 만주국의 '민족문제'에서도 나타났다.

이 용어는 미국의 사회진화론자 윌리엄 그레이엄 섬너(William Graham Sumner)가 일찍이 제시한 용어로 자신이 자라난 족군(族群), 민족, 인종의 문화를 기준으로 하여 타문화를 부정적으로 판단하거나 낮게 평가하거나 하는 태도나 사상을 의미하였다. 즉 자민족중심(自民族中心) 또는 자민족우월주의(自民族優越主義)의 사상이라 할 수 있다. 바로 이처럼 근대 일본 지식인들의 대다수는 에스노센트리즘에 함몰되어 있었다는 것을 부정하기 어렵다.

한편 근대 일본의 지식인들, 특히 문사철 관련의 지식인들은 옥시덴탈리즘의 표상 대상을 서양이 아니라 동양 내부의 타자, 즉 조선과 중국, 만주 및 그 주변민족에게 동일한 방식으로 적용하였다. '하부 오리엔탈리즘'(대표적인 것이 支那와 조선 폄하론)이 그것이며, 그 원형적 사유방식에는 방금 위에서도 언급했다시피 에스노센트리즘이 존재하고 있었다.

이에 이와 같은 인식을 바탕으로 이 책의 공동집필에 참여한 연구자들은 공통적인 대주제로서 근대 일본 지식인들의 '동아시아상(像)'에 관한 담론을 펼치기로 합의하였다. 그리고 각각의 연구자들은 근대 일본 지식인들의 언설 속에 담겨 있는 역설과 굴절의 동아시아 표상을 구체적으로 분석해내는 것을 주요 목적으로 삼았다.

그렇다면 근대 일본 지식인들의 '동아시아상'은 어떤 양상이었을까. 이 책의 가장 중요한 목적도 바로 이 점에 있다. 즉 이 책이 추구하는 최종 목적은 근대기 일본 지식인들(역사가, 사상가, 문학가 등)의 '동아시아상'이 구체적으로 어떠했고, 왜 그러한 '동아시아상'을 갖게 되었는지, 또는 그들의 '동아시아상'이 일본의 제국주의 침략정책에 어떻게 투영되었는지 등등에 관한 제 문제를 분석 고찰하는 것이었다.

주지하다시피 국내 학계에서 19세기 말 20세 초 일본 지식인들에 대한 연구는 아직 충분하다고는 볼 수 없다. 그것도 한 두 연구자에 대한 분석이 주류를 이루고 있고, 따라서 개별 논문만 양산하고 있는 실정이다. 다시 말해 근대 일본 지식인들의 일그러진 '동아시아상'을 종합적으로 고찰한 적이 없는 것이다. 이에 착안하여 이 공동저서는 주로 일본 근대의 주요한 지식인들에 대한 종합적인 고찰을 진행하였고, 한편으로 이러한 공동 집필이 국내에서 이루어진 것은 처음일 것이다.

근대 일본 지식인들은 대부분 일본의 제국주의 침략 및 식민지배와 직・간접적으로 관련되어 있다. 이들의 동아시아상은 그만큼 왜곡된 면과 오류가 많이 포함되어 있는 것이다. 따라서 이들 지식인들의 문제점을 지적함으로써, 그들이 구축한 '동아시아상'을 비판적인 안목에서 재조명할 수 있는 것이다. 나아가 이들의 '동아시아상'에 기초하여 이루어지고 있는 현재의 일본 지식인들의 '동아시아상'에 대한 시원적 검토도 아울러 진행할 수 있는 것이다. 그러한 측면에서 이번 공동 저술팀의 단행본이 국내 일본학 연구분야에 작으나마 기여를 했으면 하는 소망을 가지고 있다.

사실 일본 근대 학술계의 영향을 받은 한국 근현대 학술공간은 자연히 일본 근대 지식인들의 '동아시아상'의 주박(呪縛)에서 벗어나지 못하고 '동아시아상'을 구축해 왔다. 따라서 근대 제국주의 시기 일본 지식인들의 일그러진 '동아시아상'을 분석, 규명함으로써, 현재 국내 학계에서 활발하게 진행되고 있는 동아시아학(동북아 지역학) 또는 '동아시아상'에 대한 연구에 기여할 수 있기를 간절히 바라는 것이다.

동아시아는 그 탄생시점에서든 근대 일본과의 연관성을 부정할 수 없다. 오랜 동안의 역사적 시간이 흐른 뒤의 지금에서든, 피상적이고 오리엔탈리즘의 대응적 개념 문제로만 생각해 온 것도 근대 일본의 존재 때문이다. 또 '동아시아'라는 문제는 동아시아 역사 전반과 현대 동아시아 지역에 살고 있는 우리들의 관심거리이기도 하다.

즉 동아시아 세계는 근대 일본에서처럼 서구에 대한 대응 문제가 아닌 것이며, 동아시아 전체의 자기인식 문제라는 것이다. 이 때문에 근대 일본 지식인들의 동아시아 표상과 인식을 파헤치는 것은 금후 '새로운' 동아시아상(像)을 정립하는 데에 있어서 중요한 문제이다. 또 이를 통해 근대 일본의 제국주의의 양상을 보편적 시각에서 바라볼 수 있는 것이다.

현재에 사는 우리들이 균형 잡힌 동아시아상(像)과 객관적 동아시아 역사를 정립하기 위해서라도 근대로 돌아가지 않으면 안 된다. 그 가운데 근대 일본 지식인들의 비뚤어진 타자인식과 표상에 관한 문제는 해결해야 될 선결 과제인 것이다. 또한 그것이 역사적 반성으로 우리에게 접근할 때 현재의 객관적인 동아시아상(像)을 확립하는 지름길이 되는 것이다.

따라서 이 책이 미미하나마 그러한 역할을 할 수 있는 초석이 되기를 기대해 본다.

2

그럼 이 공동 저서의 전체적 흐름을 설명해 두기로 한다. 이 책의 전체 흐름을 쉽게 파악하고, 본문의 흐름을 더 쉽게 이해할 수 있는 서술이 되었으면 한다.

먼저 제1장은 '동아시아 식민지 제국 담론과 기타 사다키치(喜田貞吉)'이다. 이 논고의 중심은 기타 사다키치의 역사관 설명이다. 이것을 위해 당시 일본 내부의 사회적 동향과 외부 식민지와의 연동관계도 텍스트로 분석하고 있다. 좀 더 구체적으로 보자면, 일본 내부에서 벌어진 기타와 하마다 고사쿠(浜田耕作)의 인종변화 논리에 대한 공통성과 차이성을 추출해 보았다. 역사학자로 일컫는 기타는 기존의 역사학적 입장, 즉 문헌에 근거하여 신화를 통해서만 고대를 해석하는 입장이 아니라, 근대적 방법론인 고고학저 유물을 접목시키면서 새로운 '역사학'을 구축해갔다. 다시 말해서 기타는 『고사기』와 『일본서기』를 기준으로 하는 '문헌중심주의를 탈피'하여 고고학적 발굴품을 접목시킨 '근대 과학적' 디시플린(discipline)을 활용한 '일본제국의 근원'을 제시한 것이다.

기타의 이러한 계기를 만들어 준 것은, 하마다의 고고학 유물 해석이었다. 하마다는 고대사회의 중심지였던 국부(國府)지역 유적을 발굴함으로서, 원일본인의 루트 해석에 실증적 자료를 제시하게 된 것이다. 이를 바탕으로 하마다는 고고학적 발굴품 해석을 통해 일본인종의 변화를 '내부연속=상호관련성(조몬인이 야요인인으로 진화)'이라는 논리를 제시했고, 기타는 '인종의 단절=교체(조몬인과 야요이인의 교체)'를 주장하면서 '논쟁'했던 것이다.

결론적으로 기타의 주장은 바로 동화와 혼효라는 사변적 해석을 통한 일본인종의 진화를 설명한 것이다. 기타는 하마다의 진화론적 시점과 유물에 대한 해석 방법을 원용하면서 일본인과 아이누의 '동화과정'을 '혼효'논리로 설명해 냈고, 다시 한일합방을 통한 조선민족의 혼효를 외부 민족의 일본인화라는 동화 논리로 중첩시켰던 것이다. 이러한 인식은 결국 일본이 동아시아에서 중심이 되어 동아공동체를 구상해야 한다는 논리로 동심원적으로 확대되었다. 이는 역사학과 고고학적 방법론을 기타 사다키치가 전유하면서 천황을 중심으로 한 동아시아 공동체를 설명하는 '일본적' 내러티브로서 활용했고, 가시화시킨 것이다. 그것은 '탈'일본화를 이루지 못하고 자신의 공동체 내부에서 해석한, 보편의 형식을 띤 한 지식인의 '셀프 오리엔탈리즘'이었던 것이다.

제2장은 '식민지조선의 수사(修史)사업과 구로이타 가쓰미(黑板勝美)의 조선인식이다. 구로이타 가쓰미는 1874(명치7)년에 나가사키(長崎)에서 태어나 도쿄(東京)에 있던 제국대학을 졸업한 이래, 고문서(古文書)와 고전적(古典籍)의 출판과 보급에 커다란 발자취를 남겼다. 구로이타는 일본 근대역사학의 성립에 큰 족적을 남긴 대학자인 것이다. 이러한 구로이타 가쓰미의 '일본고문서학의 정립'이라는 성과와는 별도로, 구로이타의 40대 이후의 중진학자로서의 활동은 한반도에 경사되어 있었다. 즉, 구로이타의 후반부 활동은 1915년 조선을 처음 방문한 이래 16년간에 걸친 '조선사편수'(1922~38년)와 그 작업의 일환으로서 '조선고적조사' 사업에 열중한 것이었다.

종래의 연구는 일본에서의 고문서학, 혹은 조선에서의 조선사편수 사업의 어느 한부분에만 관심을 두어 '구로이타사학'의 전체적인 의미와 전환의 사정에 대해서는 별로 주목하지 않았던 것 같다. 그렇다 보니 일본 측의 관점에서 보면 일본의 사료학을 정립한 대학자이자 도쿄제국대학에서 30년 이상의 교편을 잡은 관계로 일본사학계의 장로적 위치를 점한 대학자, 어느 모로 보더라도 모든 것이 선인(善人)의 이미지인 것이다. 그에 비해 한국 측의 입장에서 보자면, 한국사 왜곡의 총사령탑 역할을 한 전형적인 식민사학의 대표자이자, 현재의 한일 양국의 역사인식의 차이를 낳은 잊을 수 없는 악인(惡人)의 이미지일 수밖에 없는 것이다. 그런데, 최근에 구로이타에 대한 이전의 단선적인 평가와는 달리, 복안적으로 접근하려는 새로운 움직임이 나타나고 있음은 고무적인 현상이다.

이제부터라도 한일 어느 한 쪽만의 일방적인 평가가 아닌, 양국에서의 구로이타 활동의 연결성을 탐구하는 속에서 '구로이타사학'에 대한 시비와 재평가 작업이 필요하리라 생각한다. 식민지 시대의 식민사학자들 중에서도 구로이타는 가장 기초적이고 본질적인 면에서 한・일 양국의 사학계를 지배하고 있었던 존재가 아닌가 하고 여겨진다. 그리고 더 나아가 구로이타의 흔적은 어디까지나 '일본중심주의'에 입각한 것이었다는 데 주의할 필요가 있다. 일본에서의 구로이타의 사료에 입각한 고문서학의 확립과 식민지 조선에서의 그의 경험의 확산은 조선사의 연구에 있어 가장 기본인 사료를 취사선택했고 재배열했다는 점에서 주목할 필요가 있을 것이다. 결국, 이러한 사료의 편향적이고 의도된 재단은 조선사 연구를 근본적으로 제약하는 효과를 가져 올 수 있었다고 생각된다. 또 어떤 의미에서는 구로이타의 작업은 식민지조선의 본질적인 지배와도 관련된다고 할 수 있을 것이다. 앞으로 구로이타에 대한 관심을 더 많이 가져야 하는 이유가 바로 여기에 있다 할 것이다.

제3장은 '나이토 고난(內藤湖南, 1866~1934)의 중국인식과 동아시아 표상'이다. 이 글은 근대 일본의 대표적 지식인 나이토 고난의 중국론 및 동아시아 표상과 인식에 관한 논문이다. 특히 그의 대표작이라 할 수 있는 『지나론(支那論)』과 『신지나론(新支那論)』 및 중국에 관한 언설 등을 논증자료로 삼았다. 사실 이 『지나론』은 그 자신의 중국론이자 동아시아 표상의 극치라 할 수 있다. 이것은 타자(他者)로서의 중국을 본격적으로 인식하기 시작한 것이고, 아둔하고 정체된 중국의 이미지를 부각시키고 있다는 점에서 근대 일본 지식인들의 동아시아 표상의 한 단면을 보고 주고 있다. 또 『지나론』이 간행되고 10년 후, 즉 1924년 9월에 『신지나론』이 간행된다.

여기에서도 그의 중국론은 10년의 세월이 변했음에도 불구하고 기본적인 사유(思惟) 구조는 결코 변하지 않았다. 즉 그는 여기에서 제국주의적 담론으로서의 양상을 한층 더 노골적으로 드러내고 있는 것이다. 이 글의 전반부에서는 정치적 담론으로서의 '지나론'에 관해 고찰하였다. 즉 나이토의 생애를 분석하고 그 속에서 어떻게 동양사학자의 길을 걷게 되었는지를 고찰하면서 그것이 일본 '지나학'의 형성 과정과도 일정한 관계가 있다는 것을 논증하였다. 그리고 '지나론'의 사유 구조에서 그 핵심이라 할 수 있는 일본 우월성 및 타자(=중국 혹은 동아시아 세계)에 대한 폄하와 멸시의 요소를 분석하였다. 여기에서 중요한 것은 나이토의 부분적 언설들의 전제(前提)였는데, 그 전제에는 항상 느슨하고 정체된 중국상(像)이 존재했다는 사실이다. 그뿐 아니라 발전가능성이 없는 늙은 대국(大國) 중국을 그 자신이 속한 일본이라는 국가가 치유해주지 않으면 안 된다는 제국주의적 담론의 정당성을 확보하려는 흔적도 엿보였다.

후반부에서는 '신지나론'의 구조와 동아시아 표상이라는 대주제를 설정하고, 『지나론』 간행 10년 뒤에 출간된 『신지나론』의 언설에 입각하여 '신지나론'의 사유 구조를 분석하였다. 그 결과 그의 동아시아 인식이 타자 인식의 오류를 범하고 있다는 것을 지적하였다. 그런데 『신지나론』에서도 나이토는 10년 전의 『지나론』에서처럼 중국 폄하와 멸시의 태도를 더욱 노골적으로 드러낸다. 특히 나이토는 '문화중심이동설'을 제기하면서 이제 문화의 중심은 일본에 있고, 일본인은 우월하며 강국(强國)이 되었기 때문에 미개한 중국과 동아시아 각 지역을 이끌어 주어야 한다는 논리를 펼치고 있다. '신지나론'의 사유 구조는 결국 중국과 동아시아 세계에 대한 편협한 역사 인식 하에서만 성립될 수 있는 포퓰리즘으로서의 '시국론'이었다고 밖에 볼 수 없다. 이와 같이 『지나론』과 『신지나론』를 공통적으로 관통하는 이념은 '일본중심주의(우월주의)' 혹은 '강대국으로서의 일본' 혹은 '동양문화중심으로서의 일본'이라는 것을 자부하는 것이었다.

제4장은 '도쿠도미 소호(德富蘇峰)의 동아시아 인식'이라는 제목으로, 언론인이자 역사가로서 근대일본의 전반에 큰 영향력을 미친 도쿠토미 소호의 동아시아 인식을 살펴본 것이다. 특히 청일전쟁 이후 한국병합 시기에 걸쳐 도쿠토미가 국가주의, 제국주의의 입장으로 선회하면서 조선과 중국 등 동아시아에 대한 인식을 어떻게 구체화시켜 나갔는지를 추적하였다. 도쿠토미의 동아시아 인식은 '탈아론(脫亞論)'에 근거를 두고 있었다. 일본은 서양과 같은 문명을 구비하고 있어 '아시아

적'이지 않으며, 중국과 조선 등 주변 아시아 국가는 기본적으로 야만적이어서 스스로 문명화할 수 없다고 보았다. 따라서 주변 나라가 일본과 마찬가지로 구미열강의 침략에 대항하는 동일한 입장을 갖고 있다는 측면은 무시되고 구미열강과 일본의 팽창의 대상으로만 파악했다. 도쿠토미는 언론활동을 통해 이러한 제국주의적 동아시아 인식을 주도했다.

도쿠토미의 동아시아 인식은 직접적인 견문을 통해서도 크게 바뀌지 않았다. 그는 러일전쟁 직후인 1906년과 제1차 세계대전 후인 1917년 두 차례에 걸쳐 장기간 중국을 여행했다. 그 사이 '지나분할론'에서 '지나친선'론으로 대외정책론은 변모를 보였으나 중국과 중국인에 대한 기본적 인식은 변하지 않았다. 중국인에게는 근대적인 국가의식이 없다든가 중국은 '文弱'하고 개인의 '이해관계'만 앞세워 스스로 개혁의 가능성이 없다고 파악했다. 조선에 관해서도 조선은 매우 부패하고 조선인은 게으르므로 스스로 문명화할 수 없으며 시대의 대세로 보아 일본에 의한 병합은 어쩔 수 없다며 식민통치를 정당화했다.

그 밑바탕에는 조선사회를 '야만'사회로 보는 멸시감과 차별의식이 뿌리 깊게 깔려 있었다. 따라서 일본에 의한 '문명화'를 강조하며 침략을 합리화해 나갔던 것이다. 이러한 인식은 당시 일본정부나 대부분의 일본지식인의 생각과 크게 다르지 않았다. 오히려 도쿠토미는 '제국주의'국가 일본의 전략을 미리 제시하고 그것을 선도하려고 하였고 정치상황에 따라 구체적인 대외정책론을 변화시켜 나갔다. 그는 꾸준히 일본의 대외팽창을 합리화하고 이론화하며 일본제국주의와 운명을 같이 했다고 볼 수 있다.

제5장은 '고바야시 히데오(小林秀雄)의 '아시아' 체험'이다. 본 논고는

근대 일본에서 '아시아'라는 말의 역설적 의미를 재문하는 것이다. 메이지 시대의 '탈아입구'와 1930,40년대 전쟁을 거치면서, 서양에 대해 일본을 정점으로 하는 동양적 아이덴티티에 '아시아'가 투영되었다. 고바야시 히데오는 일본 문예비평의 확립자로 일컬어지는 근대 서구의 지성을 체현한 지식인이다. 이러한 고바야시 히데오는 정치적인 개념을 함의한 아시아(특히, 당시의 지나, 조선, 만주 등)를 1937년 중일 전쟁 이후 여섯 번에 걸쳐 다녀갔다.

처음 종군기자로서의 중국 전선에 나간 고바야시는 전쟁이 이미 일생생활의 일부가 된 점을 의식하며, 전장의 한가운데를 지나면서도 제국 일본이 수행하는 전쟁의 실체를 외면했다. 중국의 풍물과 자연, 그리고 문화 유적에 많은 관심을 보이며 여행자로서 각지를 구경하지만 일본문화에 미치지 못함을 재확인할 뿐이었다. 조선과 만주를 여행했을 때에는 식민지 사회와 그곳에 사는 민중 생활에 대해 일체 언급하지 않았다. 만주 개척을 위해 건너간 일본인의 생활을 목격하고서 '일본인의 마음'을 느꼈다고 고백할 뿐이다. 고바야시의 아시아 체험은 일본적 내셔널 아이덴티티를 자각하고 심화시키는 것이었다.

1940년 8월 문예총후운동의 「조선 및 만주반」의 강연자로 조선에 건너온 고바야시는 부산에서 「문화에 대하여」, 경성에서 「문학과 자기」를 주제로 한 강연을 했다. 당시 『경성일보』는 이 「조선 및 만주반」의 도쿄 출발부터 취재했다. 고바야시는 정치와 문학의 역할을 구분하여 말하면서도 대동아문학자 대회의 실무로 중국에서 약 6개월 체재하는 등 문화 정치의 일선에서 활약했다. 대동아공영권과 일본의 제국주의 이데올로기에 영합하는 자세를 취했다. 결국 '문학은 평화를 위한 일'이라고 말한 고바야시는 '행위'와 '사상'이 길항하는 가운데 전쟁이 막

바지에 치닫던 무렵에는 일본의 전쟁 이데올로기에 기울었던 자기인식을 부정하듯이 미적 세계와 일본의 고전을 탐미했다. 근대 일본의 지식인에게 '아시아'가 역설과 굴절의 정치적 공간이었음을 고바야시의 체험을 통해서도 알 수 있는 것이다.

제6장은 '제국의 표상'이라는 논고이다. 전시하에서는 영화, 다카라즈카(宝塚), 대중가요, 로쿄쿠(浪曲), 라쿠고(落語), 만자이(漫才), 노(能), 분라쿠(文樂), 가부키(歌舞伎) 등 대중예능(大衆藝能)에서도 시국적인 내용을 담은, 관객확보, 전의고양, 전승기원 등을 목적으로 하는 작품들이 다양하게 제작되었다는 점에 착목하고 있다. 특히 로쿄쿠(浪曲)의 경우, 전쟁과 군대이야기 등이 좋은 소재가 되었는데, 군부(軍部)는 '성전(聖戰)'이라는 감정을 침투시키며, 전의고양(戰意高揚)을 위해 이용하려 했었으며, '군국로쿄쿠(軍國浪曲)'라 불리는 작품들이 다수 만들어졌다. 마찬가지로 라쿠고의 경우, 기본적으로 사람의 웃음을 자아내게 하는 해학적이거나 음란한 내용을 담기 때문에 시국적인 내용을 담기가 어려웠다.

그러한 가운데 조선의 19연대(連隊)에 입대했던 경험을 바탕으로 야나기야 긴고로(柳屋金語楼)가 군복을 입고 무대에 오르며, 〈落語家の兵隊〉, 〈金語楼の看護兵〉, 〈軍國風呂屋〉 등을 상연했다. 노(能)에는 대일본호국유념회(大日本護國幼年會), 대일본충령헌창회(大日本忠靈顯彰會) 등의 위촉을 받아 제작된 국책 노(國策能)라 불리는 작품군이 있다. 청일전쟁과 러일전쟁, 태평양전쟁을 소재로, 제2차 세계대전 중에 전의고양을 목적으로 한 〈高千穗〉, 〈いくさ神〉, 〈海戰〉, 〈征露の談〉, 〈皇軍艦〉 등의 작품들과, 노기 마레스키(乃木希典)를 소재로 한 〈希典〉, 〈爾靈山〉 등 군인의 업적을 기리는 작품도 많이 만들어졌다.

가부키에서는 1940년경부터 점차 전쟁의 영향이 짙어지는 한편, 분라쿠에서는 이보다 시기가 빨랐다. 1930년에 '요쓰바시 분라쿠좌(四ッ橋文樂座)'가 세워진 것을 계기로 관객확보를 목적으로 분라쿠를 신작하게 되는데, 이들 작품에 당시의 전쟁을 소재로 한 것들이 많아지는 특징이 있었다. 대표적으로 1932년 4월 3월에 신파극(新派劇)으로 상연되었던 〈三勇士名譽肉彈〉을 게마 남보쿠(食滿南北)가 분라쿠로 각색하여 흥행에 성공하였다. 특히, 육군과 해군 등 군부의 지도, 감수하에 만들어진 작품들도 많으며, 미디어의 전쟁보도와 연결되어 전사한 병사들을 군신으로 추앙하고, 국가를 위해 아들의 희생을 기쁘게 받아들이는 모친, 가족상을 만드는 분위기를 조성하는 데에 일역하였다. 본고에서는 전시하에 대중예능들은 국외에서 펼쳐지는 전쟁비화라는 시사적인 내용을 담으며, 전의고양, 관객확보를 목적으로 다양한 작품들을 제작하였는데, 이는 각각 형식은 다르나 국책으로, 또는 자발적으로 전쟁을 홍보, 선전하는 기능을 지녔었다는 것을 밝혔다.

제7장은, '미시마 유키오(三島由起夫)와 1964년 도쿄올림픽 - 세계화와 내셔널리즘 사이에서'이다. 미시마 유키오는 1964년 9월 도쿄올림픽 취재원이 되어 10월까지 취재활동을 하고 경기를 보고 느낀 감상 등을 쓴 기사를 『마이니치신문(每日新聞)』, 『호치신문(報知新聞)』, 『아사히신문(朝日新聞)』 등의 각 신문사에 기고했다. 또한 미시마는 위 신문기사 이외에도 「추동수필(秋冬隨筆)」 등의 에세이나 좌담회에서 동경올림픽에 대해 언급하고 있다. 미시마가 올림픽에 대해 쓴 문장을 보면, 이제까지 간과해 왔던 중요한 사항을 발견할 수 있다. 그것은 서양문화와 일본전통과의 충돌이고, 그 충돌의 결과로 나타난 강력한 내셔널리즘이다.

아시아에서 처음으로 개최된 도쿄올림픽은 서양의 기준에 맞출 것을 요구받은 이벤트였다. 올림픽의 성패는 서양의 기준으로 판단된다. 따라서 올림픽을 성공적으로 치러내기 위해서는 국력이나 경제력에서 서양의 수준까지 올라섰음을 증명해야만 했다. 1964년 도쿄올림픽을 바라보는 시선은 다양한 스펙트럼으로 나타나는데, 그 대부분은 서양과의 비교를 통해 일본 자신의 위치를 확인하려고 하는 방향으로 나왔다고 할 수 있다. 즉, 서양을 통한 자기인식이다.

이와 같이 도쿄올림픽은 콤플렉스와 프라이드가 착종하는 복잡한 내셔널리즘을 분출시켰는데, 본고에서는 도쿄올림픽을 둘러싼 시대적 문맥과 미시마 유키오의 사상에 대해 고찰하였다. 이를 통해 올림픽과 황실브랜드의 결합, 올림픽을 통한 내셔널리즘의 고양 등 전후 일본의 사회상과, 패전 이후 무너져가고 있던 일본의 가치관을 재발견하고, 재구축하려는 미시마의 논리 전개 과정을 밝혔다.

마지막으로 제8장 '식민지 조선이 재현하는 '만주'는, 한국근대문학의 문체에 인칭과 시제를 도입하고, 예술지상주의의 사실주의 작가로 알려진 김동인의 「붉은 산―어느 의사의 수기」(이하, 「붉은 산」으로 한다)를 연구 대상으로 하였다. 「붉은 산」은 '만주국' 건국(1934년 3월)과 거의 같은 시기인 1934년 4월에 『삼천리』에 발표되었다. '만주국'을 조사여행중인 조선인 의사가 조선인 이민개척촌에서 본 것을 수기풍으로 기술한 소설이다.

이 논문에서는 「어느 의사의 수기」라는 부제목과 소설의 모두부분의 고찰을 통해, 1인칭 관찰자시점이 갖는 주관성을 은폐하는 장치를 밝히고, 이를 통해 '과학'과 '근대'라는 틀에 가려진 '제국의 시선'을 드러냈다. 그리고 작중 내레이터인 '여'의 '제국의 시선'이 포착하고 있는

'만주'를 풍토묘사, 위생, 개척의학, 여행자/정주자/이주자라는 문제군을 통해 검토해 보았다. 또한 조선에서 어떠한 특징적인 '만주'담론이 1926년 이후부터 신문 미디어를 중심으로 형성되고 있었던 점, 그 기사의 패턴이 「붉은 산」의 모티프가 된 점을 구체적인 신문기사를 확인하면서 해명했다. 본 논문에서는 이러한 일련의 작업을 통해 조선에서 유통된 '만주'담론이 '만주국' 성립에 이어지는 제국의 언설, 즉 제국의 논리로 생산・재생산되어 가는 과정을 밝혔다.

3

이상과 같은 일련의 작업은 '동아시아 비교문화연구회'라는 연구회의 공동작업의 산물이다. 간칭으로 '동비연'이라고 부르는 것이 어색할지 모르지만, '동비연' 모임은 동아시아 전근대・근대의 역사와 문화에 대한 공동연구의 필요성을 절감하여 국내의 젊은 연구자들이 뜻을 모은 소장파 학술공동체이다. 이 '동비연'은 2008년 11월에 결성되었고, 3주에 한 번씩 모여 발제와 토론의 형식으로 독서토론회와 학술발표를 진행해 오고 있다.

특히 이 '동비연'의 멤버들은, 모두 학부, 석사, 박사 출신교가 다양하다는 특징이 있으며, 모두 해외유학의 경험을 가진 젊은 연구자들이다. 물론 '동비연' 연구회 모임 중에는 방법론적 차이나 연구 시각 차이에 의한 '내적 모순'의 노출과 발표나 토론에 고충을 겪은 적도 있었지만, 연구회 모임 속에서 느끼는 진정성이 지금까지 이 연구회를 유지시켜왔다고 생각한다.

'동비연'이 찾아내고자 하는 것은 타자 이해의 가능성인데, 이를 위해 공동저서의 발간과 학술대회 개최, 번역 등의 작업을 실천하고 있다. 앞으로도 동아시아 근대성이라는 보편적 문제와 한국 내부의 특수성 문제 사이를 천착하는 데 힘을 쏟고자 한다. 이를 이해하고 저서 출간을 결정해 준 소명출판에 머리 숙여 감사드린다.

2011년 6월

동아시아비교문화연구회

| 차례 |

제1부 제국 담론의 형성과 해체

제2부 문학 속의 제국과 상상력

◎ 제 1 부

제국 담론의 형성과 해체

'동아시아' 식민지 제국 담론과 기타 사다키치*

전성곤

1. 서론

기타 사다키치(喜田貞吉, 이하 기타)는 일본이 '혼합민족'이라는 것을 주창한 대표적인 '역사학자'[1]였다. 물론 일본이 여러 민족의 혼합에 의해 체현된 '우수한 민족'이라는 자화상은 인류학방면에서 이미 전개되고 있었기 때문에 독창적인 것은 아니었지만, 기타는 혼합민족론의 최대 이데올로그(idealogue)였다.[2] 기타의 혼합민족 이론 기획은 '동화·

* 이 논문은 2007년 정부(교육인적자원부)의 재원으로 한국학술진흥재단의 지원을 받아 수행된 연구임(KRF-2007-362-A00019).

1 上田正昭,『日本民俗文化大系(5)喜田貞吉』, 講談社, 1978, p.3. 喜田貞吉,「蝦夷およびアイヌと縄文式石器時代人」,『喜田貞吉著作集』第9巻, 平凡社, 1980, p.107.

융합·혼효'라는 가설 위에 성립되었고, 복성(複成)민족[3]이라는 개념어를 사용했다. 이러한 혼합민족론이라는 담론은 일본제국주의 주류적 이데올로기로 작동한 '원리'였다는 맥락에서 식민사학이라는[4] 비판을 받는데, 그러한 기타의 이론에도 실체적이고 체계적인 부분이 있었다.

기타는 당시 학문 영역에서 중요한 '인자(factor)'였던 '진화론'을 활용하였다. 이를 바탕으로 하여 일본민족의 기원을 조몽토기[5]에서 야요이토기로 이행하는 '시대의 차이'를 언급하며 '인종교체'에 의한 '혼합론'을 주장했다. 그렇지만 기타가 언급하는 시대적 차이와 인종교체에 의한 혼합민족 논리는 하마다 고사쿠(浜田耕作, 이하 하마다)와 동시대적으로 논쟁하면서 재생산되고 있었다. 기타는 조몽시대와 야요이시대는 커다란 '문화적 차이'를 가졌고, 그것은 인종의 교체가 이루어지면서 발전했다는 입장이었고, 하마다는 조몽시대나 야요이시대의 차이는 인정하지만 그것은 지방적 차이에 불과하며 '원(原)인종'이 타인종의 영향을 받고 진화, 발전한 것이라고 논한다. 이러한 기타와 하마다의 논쟁은, 일본 근대 역사학의 탄생과 재구성의 궤적 속에서 벌어진 치열한 접전이었고, 그 접전은 일본인종 개념을 더욱더 정교하게 매듭들을 꿰어가는 '근대적 역사학'의 산출 과정이었다.[6]

물론 역사학 입장과 고고학 입장이라는 전공 분야의 상위성을 따지

---

2 오구마 에이지(小熊英二), 조현설 역, 『일본 단일민족신화의 기원』, 소명출판, 2003, p.164.

3 喜田貞吉, 「日本民族の構成」, 『喜田貞吉著作集』 第8卷, 平凡社, 1979, p.54.

4 박걸순, 『식민지시기의 역사학과 역사인식』, 경인문화사, 2004, pp.375~378.

5 본 논고에서 필자는 '조몽인, 조몽토기, 조몽시대, 조몽문화'와 '야요이인, 야요이토기, 야요이시대, 야요이문화'를 혼용하여 사용하는데, 그것은 동일한 '시대'를 상정하는 의미이다.

6 喜田貞吉, 「九州の古代民族について」, 『喜田貞吉全集』 第8卷, 平凡社, 1979, p.158.

그림1_기타 사다키치(喜田貞吉)
斎藤忠, 『日本考古学選集8 喜田貞吉集』, 築地書館, 1972

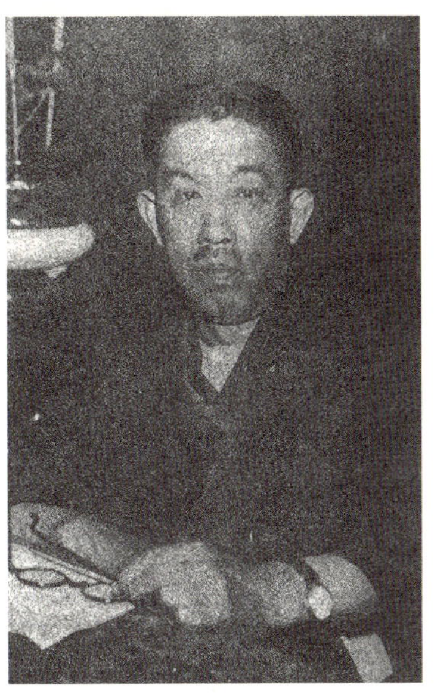

그림2_하마다 고사쿠(濱田耕作)
有光教一, 『日本考古学選集14濱田耕作集』, 築地書館, 1975

면 각각의 입장에서, 각각이 해석한 역사해석에 불과한 것[7]에 지나지 않는다고 치부해버릴 수 있지만, 기타와 하마다에게는 그것만으로 처리할 수 없는 '역사만들기'의 공범관계가 존재한다.[8] 다시 말하면 당시 일본민족 해석 논리는 고고학과 역사학, 인류학이 상보적인 격자(grille) 관계에 있었으며 고고학적 발굴품의 해석은 '근대 학지'로서 서로를 대면케 했고, 오히려 정교성을 강화시키는 방법론적 '논증'이었다. 더 나아가 학지의 삼투작용은 이론과 실제가 구별되기보다는 상호간에 개념체계가 긴밀하게 결합되면서 총체적 논리를 형성해가는 '담론 공간'

7 위의 글, p.104.
8 八幡一郎, 「考古學」, 『日本民族學の回顧と展望』, 日本民族學會, 1966, p.84.

이 시니피에(signifie)였다. 이론과 실제성의 결합에 의해 '일본민족'이라는 '상상의 세계'가 형상화되고, 총체성을 띠어 가는 것이었다.

이러한 필자의 해독은 일본의 '근대 역사학'이 '역사학'으로 자리를 잡는 과정 속에서 일어난 하나의 '국민 역사' 형성의 '사유'방식을 찾아내는 작업임과 동시에 그동안 비판의 대상이었던 '일선동조론'과 '혼합민족론'이 갖는 문제점[9]을 뛰어 넘어, 근대일본이 가진 '타자'에 대한 시선에 대한 문제로, 일본 내부에서 발생한 내부 타자[10]의 의미도 재고하는 계기가 될 것이다. 바로 이러한 점에서 하마다와 기타의 논쟁의 계보적 특징을 '셀프 오리엔탈리즘의 형성'이라는 논리로서 '주체'의 리비도 과정이 드러날 것이고, 그러한 논의의 전개가 가진 '인식'의 규범화 수순을 파헤쳐 '초'자아, '초'역사성의 방법론을 모색하는 계기를 찾고자 한다.

2. 기타 사다키치 사관의 디스플린(discipline)

1) 기타의 기존 '역사학'과의 거리

기타는 앞에서 언급한 것처럼 '역사학자'라고 정의했지만, 역사학자라는 입장은 단순한 것이 아니었다. 기타는 일본민족의 유래와 연혁, 그리고 일본민족을 성형(成型)하기 위해 원시시대나 고대의 주민들에

9 上田正昭, 「「日鮮同祖論」の系譜」, 『季刊三千里』 14號, 三千里社, 1978, pp.28~36.
10 合田濤, 「植民地主義と他者認識」, 『民族學研究』 62-1, 日本民族學會, 1987, pp.44~46.

대해 조사한 '자료'를 근거로 '고대사'를 재구성하는 입장이었다. '고대학'이라고도 표현할 수 있는 기타의 역사학적 기반은 실물(고고학적 자료), 실지조사(현지에 조사), 비교연구(주변민족과 비교) 방법을 동원한 종합적[11] '시선'이었다. 이것은 두 가지의 의미를 지닌다. 첫 번째는 앞 세대 역사학자와의 차별성의 문제였고, 둘째는 '동양인에 의한 동양'의 재구성에 대한 문제였다. 기타는 전자, 즉 신화나 전설을 통해 '일본인종'을 해석하는 앞 세대 역사학자와 입장 차이를 위해 당시 시대를 풍미했던 '고고학 발굴품' 해석을 역사학 재건의 '이론'으로 도입한다. 물론 이러한 기타의 입장은 시대적 요청으로 대두된 '일본민족 형성'의 문제와 만나고 있었다. 아카마쓰 게이스케(赤松啓介)가 지적하듯이 당시 역사학계에서는 일본신화에서 논하는 다카마가하라(高天原)의 소재지가 문제였다.[12] 물론 일본민족의 근원을 묻는 문제였지만, 이에 대한 답을 찾지 못하고 있었다. 이러한 점에서 우선 알 수 있는 것은, 일본민족 발원지의 탐구는 일본신화가 주축이 되어 전개되었다는 점이다. 일본민족형성 과정을 논하였는데 중요한 근거로 작동한 것이 일본신화 해석이었던 것이다. 특히 신화해석에서 나타난 모순은 신화 속에 등장하는 이종족(異種族)의 '규정' 문제였다. 신화에서는 지상으로 강림한 신들과 대립하는 하야토(隼人), 구마소(熊襲), 에미시(蝦夷) 등을 이종족이라고 인정하고 있었기 때문이다.[13]

---

11 上田正昭, 『日本民俗文化大系(5)喜田貞吉』, 講談社, 1978, p.3.

12 赤松啓介, 『東洋古代民族史』, 白揚社, 1939, p.55. 모토오리 노리나가(本居宣長)는 '다카마가하라는 천'이라고 보았고, 야마자키 안사이(山崎闇齋)는 '다카마가하라는 천상의 황거를 일컫는 것이며 야마토의 다카이치군(高郡)'이라고 보았다. 아라이 하쿠세키(新井白石)는 해상이라고 보았다.

13 위의 책, p.56.

그런데 마침 이시기에 에드워드 모스(Edward Sylverster Morse)에 의한 패총의 발굴품은 '과학적 연구'의 도화선이 되었고, 일본내부에서 형성하기 시작하던 일본민족의 인종적 문제를 해결해야 하는 실체적 문제로 등장한 것이다.[14] 문제는 아이누가 선주민이었다는 것이 고고학적 발굴품을 근거로 하여 증명되었기 때문에 이를 인정하지 않을 수 없는 상황이 일어났고, 이를 에미시라고 규정하는 논리가 등장한 것[15]이다. 역사학이라는 분야도 인류학, 고고학의 영향을 배제할 수가 없었고 일본신화만을 가지고 '일본인종론'을 고찰하고자 해도 단독으로만 문제점을 완전히 떼어내어 해결할 수 없게 되었다.

이는 역설적으로 일본신화에 기초를 두고 고전적 문헌만을 가지고 역사학을 재구성하는 역사학의 재비판과 함께 고고학, 인류학의 발전은 신화만을 고집하는 고대 역사관에 치명적 상처를 주었던 것이다. 더욱이 일본신화에 나타난 천손강림이나 에미시 등의 선주민족이 존재했다는 맥락은 고고학적 발굴품인 유적, 유물이 보여주는 '실체적' 고대 생활사 부분과 융화가 요구되었던 것이다. 이러한 시기에 기타는 '일본민족'의 원형을 찾는 역사가로서 '민족사의 권위자'로 등장하게 되었다. 그리고 "'일본민족의 심연'을 찾기 위해 기타는 '유물・유적의 증거'를 가지고 '문헌'과 연관시켜 일본민족의 기원과 그 역사에 대해 해결점을 찾으려 했다"[16]고 인정받게 되었다. 이는 일본 민족의 기원과 역사성에 대한 원점을 찾는다는 의미에서 기존의 신화해석에만 국한

14 坂野徹, 『日本帝國と人類學者』, 勁草書房, 2005, pp.77~80. 사카노 도오루(坂野徹)는 고용된 외국인(お雇い外國人)이라는 표현을 빌려 구미인들의 일본인종론에 대해서 정리했다.

15 工藤雅樹, 『日本人種論』, 吉川弘文館, 1979, pp.208~209.

16 歷史と地理 編, 『歷史と地理』 第3卷 第2卷, 大鐙閣, 1919, p.172.

되었던 역사관에서 탈피하여, 인종과 민족의 문제를 해결함과 동시에 과거의 '문화적 양상'을 설명하는 방식을 계발한 것이다. 이것은 또한 일본의 역사 발전의 시간적 변이과정을 '민족적 발달' 과정과 중첩시키면서 일본민족의 발생과 발전을 풀어내는 중요한 테제였던 것이다. 그것을 풀 수 있는 열쇠가 '인종문제'와 '유물・유적'이었던 것이다. 특히 일본 안에서 벌어지던 역사의 방향성이 '일본신화 해석과 근대 역사학'이 '일본 내부의 인식형성'의 전환되는 시점이기도 했다. 인종과 민족관의 등장이 근대적 사유방식의 하나로써 '역사'를 재구성하고, '전통적'인 방법과 '근대적'인 방식이 접촉, 혼효되는 현상이 벌어진 것이다. 전통적이라는 논리는 '신화'를 바탕으로 역사를 해석하는 '인식'과 고고학이라는 서구식 실증적 방법을 통해 얻은 '자료'를 근거로 하여 역사를 해석하는 방식이었다. 고고학 연구방법이 점차 각성되고 유적의 학술적 발전 및 유물의 채집과 현지조사 작업이 착실하게 진척되면서[17] '유적'의 발견이라는 새로운 텍스트가 등장하게 되었고, 이 텍스트를 둘러싼 해석에 '정당성'을 찾아야만 했다.

기타는 먼저 서구인들이 지칭하는 동양인의 호칭 중 '에미시'라고 일컫는 것에 대해 좀 더 명백하게 정언명령의 공고화를 꾀했다. 먼저 기타는 서구인과 동양인 각각의 입장에서 아이누가 어떻게 명명되었고 전제되었는지 그 경위에 대해 설명한다. 기타는 "서방민족의 고사에서는 하야토, 구마소가 있다. 구마비토(肥人), 사쓰진(薩人)이라고도 한다. 동방민족의 명칭이 고사에는 에미시라 부르며 에비스, 에조라 부른다. 에미시라고 칭하는 자들 중에도 아라에미시(麤蝦夷), 니기에미시(熟蝦

17 大場磐雄,「石器時代研究小史」,『ドルメン』第4巻 第6號, 岡書院, 1935, p.8.

夷), 쓰가루(都加留)의 별칭, 혹은 이부(夷俘), 부수(俘囚), 로(虜) 등으로도 칭한다. 또한 쓰치구모(土蜘蛛), 구즈(國栖) 등으로 부르는 자들 중에서도 그 계통에 속하는 자들도 적지 않고, 근래에는 아이노(Aino) 혹은 아이누라는 이름으로 세상에 알려졌다. 이러한 다수의 명칭은 반드시 항상 모두 동일한 것을 가리키는 것은 아니고, 시대에 따라 경우에 따라 문화의 수준에 따라 그 명칭을 달리했던 것"[18]이라고 보았다. 기타의 입장에서는 서방민족이 규정하여 부르는 하야토나 구마소가 동양인이 서술하는 에미시, 에조와 관련이 깊다고 고찰한다. 즉 아이누가 처음에는 여러 호칭으로 존재했는데 각각 명칭을 달리했던 것을 보면, 그들이 항상 같은 민족이라고 결정할 수는 없지만, 직·간접적으로는 관계가 깊다고 보았다. 물론 기타가 접근하는 것은 단순히 에미시의 정의가 아니라 서구와 동양인의 에미시에 대한 규정이 동일성을 갖지 않음을 통해 '명칭'의 문제를 시기와 상황, 문화의 수준에 따라 '인위적'으로 호명된다는 것을 의식했던 것이다. 그리하여 기타는 서구인이 규정한 하야토나 구마소를 에미시나 에조와 연결시키면서 서구의 시선과 동양의 시선을 재규정하고, 주체적 입장에서의 에미시와 아이누를 입증하고 강화하려 했다. 기타는 에미시와 아이누를 '음운의 전와'[19]라는 형태로 해석하였고, 아이누를 하나의 인종으로서 설정하였다. 그와 동시에 기타는 일본신화 속에 등장하는 '인종과 민족'의 해석을 주체적으로 선취하여 설명하는 방식을 시도한다. 즉 일본민족이 '천손종족'과 '이즈모종족', 그리고 또 다른 여러 종족과의 '혼효'로부터 만들어졌다고 설정한다. 다시 말해서 일본 내지에는 선주 인종으로서 아이누가 존재했지만

18 喜田貞吉, 「倭人考」, 『喜田貞吉全集』 第8巻, 平凡社, 1979, p.160.
19 喜田貞吉, 「日本民族の構成」, 위의 책, pp.63~64.

그들이 일본민족으로 '만들어졌다'는 이론을 투사한 것이다. 이러한 '일본민족화'라는 체계이론에서 중요한 것은 아이누의 동화와 혼효의 과정과 순서였다. 기타는 이를 위해 선결적으로 일본의 조상이 천손민족임을 상정하고, 이를 다시 역사적 사실로서 확인하는 작업을 전개했던 것이다.

기타는 일본민족이 바로 천손민족이며, 이를 일본신화에 등장하는 다카마가하라와 연결시키면서 조몽인과 야요인을 구분하는 방식이었다. 기타는 먼저 다카마가하라와 종족의 관계를 대륙과 연결하여 설명했다.[20] 그리하여 대륙에서 도래한 자들이 기존의 아이누와 혼효·융합되었다[21]고 보았다. 바로 이때 활용된 중요한 개념은 '신화', '이주', '동화', '혼효', '융합'이었다.

기타는 이러한 개념들을 동원하여 일본민족 조성 논리를 설명하는데, 일본민족은 주변의 여러 '종자'들이 섞이면서 발전하였으며, 그 종자 요소의 배합량에 농담(濃淡)의 차이가 나타났고, 그것이 일본 내부에서 일어났다[22]고 보았다. 이러한 기타의 전략은, 일본에서의 '지역적 차이'에 의한 '조몽토기'와 '야요이식토기'가 존재했음을 설명하고 조선민족과의 혼효성도 제시했다. 다시 말해서 기타는 일본 내의 차이와 국가 간의 차이를 '조몽시기와 야요이시기라는 시간의 차이'로 설정하고, 시간의 추이에 의해 '일본민족으로' 혼효되는 과정을 중첩시켜서 '해석'했다. 기타는 선주 민족으로 아이누, 즉 에미시, 에조가 존재했는데, 이후 야요이 토기를 사용하는 조선반도계통의 도래인들이 이주하

20 喜田貞吉, 「日本太古の民族について」, 위의 책, pp.28~29.
21 喜田貞吉, 「日本民族概論」, 위의 책, p.34.
22 喜田貞吉, 「朝鮮民族とは何ぞや(日鮮兩民族の關係を論ず)」, 위의 책, p.355.

여 정복했다고 설정했다. 이때 에미시들이 동북으로 구축되면서도 어떻게 '에미시'들이 일본의 내지로 퍼져나가고, 동시에 그들이 내지인들과 섞이는 과정을 설명한 것이다. 즉 전자와 후자가 대상화되고 후자처럼 그들의 존재가 일본의 전국에 퍼지는 상황을 그려내면서 '섞임'의 과정을 재현한 것이다. 기타에게 관심은 전자와 후자의 이론을 통해 벌어지는 '혼효'과정을 조절하면서 원칙으로서 '내지 잡거론'[23] 설명을 통한 '일본인의 우수성'을 찾아내는 것이었다.

3. '역사학'이라는 공(公) 담론의 주조

1) 기타 사다키치와 하마다 고사쿠의 인식

기타는 일본에 새로운 문화를 가진 천손민족이 도래하여 일본열도를 지배하게 되었다는 것을 전면에 내세웠다. 물론 이러한 인식은 식민지지배지로 새롭게 등장한 조선의 문제와도 맞물리고 있었다. 기타는 천손강림 이야기가 성립된 배경에 바로 민족의 이동이 있었음을 주장하며 신화에서 알 수 있듯이 천손민족의 원향은 조선, 만주 방면이라고 정리했다. 이를 조정가능하게 해주는 것이 바로 토기의 발굴이었고, 야요이토기가 식민지 조선에서도 발견되고 있다는 '현실적' 문제와

23 鵜浦裕, 「進化論と內地雜居論」, 『北里大學教養部紀要』 第22號, 北里大學教養部, 1988, pp.82~99.

만나게 된 것이다. 이에 타당성을 보태어 준 것이 하마다의 주장이었는데, 하마다는 일본의 유적과 조선의 유적과는 불가분의 관계가 있고, 이와 관련하여 해석해야한다[24]는 주장을 명문화한다.

하마다는 조선반도의 유물 조사에 직접 관여하면서 일본에서 발견되는 토기와 조선반도와의 연관성을 설명했다. 당시 식민지지배하의 조선에서는 조선총독부 주관의 고적조사사업이 추진되었는데 이에 참여한 하마다는 "조선반도의 남쪽지역 고분 조사가 일본의 고대사에 커다란 광명을 줄 수 있다"[25]고 주장하며 조선반도의 고분 조사가 일본의 고대사와 관련이 깊다는 것을 상정했다.

물론 '일본내부'에서도 고분 조사가 전개되었고 이때 '내부'에서 발견되는 토기와 식민지 외부에서 발견되는 '토기'의 비교방법이 새로운 척도로 부상한 것이다. 이는 식민지 확대에 따른 외부와의 조우에 의해 생겨난 내부의 '인식'을 재생산해 가는 과정이기도 하다. 실제로 일본에서는 "도쿄시 혼고구(本鄉區)에서 패총이 발견되면서 야요이식토기라고 명명"[26]된 것인데, 이것은 조몽토기와는 형태가 다른 토기가 발견됨으로써 명명된 야요이식 토기였고 그러한 시대가 존재했음을 상정하게 되었다. 그리고 "야요이식토기와 함께 출토되는 것들 중에 석칼, 돌도끼, 마제석검 등이 만주, 조선에서 발견되는 대륙계석기와 유사"[27]하다는 것이 밝혀지게 된다.

---

24 浜田耕作, 「日本の古墳に就いて」, 『歴史と地理』 第3巻 第2巻, 大鐙閣, 1919, p.47.

25 濱田耕作, 「朝鮮の古跡調査」, 『民族と歴史』 第6巻 第1號, 1921, p.71.

26 工藤雅樹, 『日本人種論』, 吉川弘文館, 1979, p.209. 長谷部言人, 「石器時代住民と現代日本人」, 『歴史と地理』 第3巻 第2巻, 大鐙閣, 1919, p.17.

27 鳥居龍藏, 「滿州の石器時代遺跡と朝鮮の石器時代の遺跡との關係に就て」(『東京人類學會雜誌』 259號), 『鳥居龍藏全集』 第八巻, 朝日新聞社, 1976, pp.551~552.

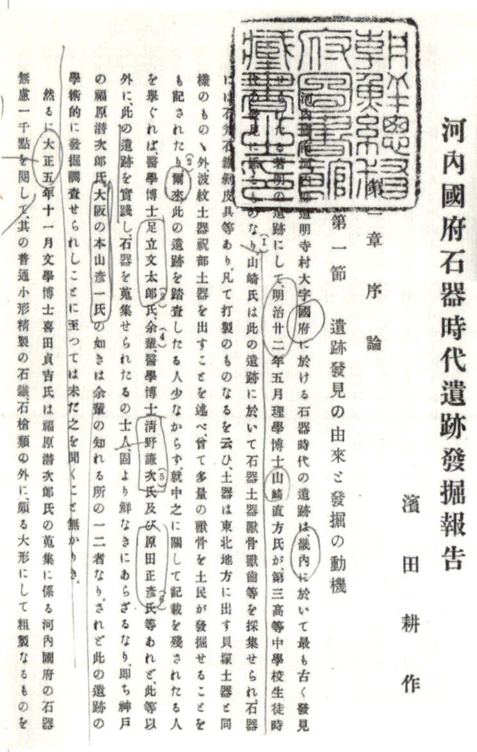

河內國府石器時代遺跡發掘報告

濱田耕作

一章 序論

第一節 遺跡發見の由來と發掘の動機

道明寺村大字國府に於ける石器時代の遺跡は、畿內に於いて最も古く發見
遺跡にして、明治廿二年五月理學博士山崎直方氏が第三高等中學校生徒時
のなり。山崎氏は此の遺跡に於いて石器土器獸骨獸齒等を採集せられ石器
には石斧石鏃劍皮具等あり。凡て打製のものなるを云ひ、土器は東北地方に出す貝塚土器と同様のもの丶外波紋土器祝部土器を出すことを述べ、曾て多量の獸骨を土民が發掘せることをも記されたり。爾來此の遺跡を踏査したる人少なからず、就中之に關して記載を殘されたる人を擧ぐれば、醫學博士足立文太郎氏、余輩、醫學博士清野謙次氏及び原田正彥氏等あれど、此等以外に、此の遺跡を實踐し石器を蒐集せられたるの士人、固より鮮なきにあらざるなり。即ち神戸の福原潜次郎氏、大阪の本山彥一氏の如きは余輩の知れる所の一二者なり。されど此の遺跡の學術的に發掘調査せられしことに至つては未だ之を聞くこと無かりき。

然るに大正五年十一月文學博士喜田貞吉氏は福原潜次郎氏の蒐集に係る河內國府の石器無慮一千點を閲して、其の普通小形精製の石鏃、石槍類の外に、頗る大形にして粗製なるものを

그림3_『京都帝國大學文科大學考古學研究報告』第二册
濱田耕作外, 京都帝国大学, 1918

여하튼 조몽토기와는 다른 토기가 존재한다는 것을 알게 되었고 석기시대 자체를 재점검하면서 새롭게 고찰되기 시작한 것이다. 학문적으로 새로운 통찰이 필요하게 되고 이에 동반하여 유물에 관한 지식이 정밀성을 띠면서 고고학과 인류학 방면에서 인종론과 민족론도 또한 새롭게 전개되기 시작한 것이다. 이 시기는 오바 이와오(大場磐雄)의 표현처럼 학문의 분열과 공적(公的)인 헤게모니를 위한 학문의 경쟁시대[28]였다.

이때 일본민족의 형성을 설명하는 새로운 담론 창출을 둘러싸고 기타와 하마다가 '인종문제'에 대해 대립하게 된다. 그 대립의 접전을 제공한 것은 1917년에 실시된 가와치(河內) 지방의 국부(國府) 유적이었다. 이 국부 유적의 발굴은 단순한 고고학뿐만 아니라 고대연구의 전분야에 걸친 획기적인 변혁으로 등장한다. 이는 당시 기존의 통념을

28 大場磐雄, 「日本石器時代研究小史」, 『ドルメン』 第4巻 第6號, 岡書院, 1935, p.7. 大串菊太郎, 「津雲貝塚及國府石器時代遺跡に對する二三の私見」, 『民族と歷史』 3巻 4號, 日本學術普及會, 1920, p.1. 浜田耕作, 「河內國府石器時代遺跡發掘報告」, 『京都帝國大學文科大學考古學研究報告』 第2冊, 1918, p.225. 鳥居龍藏, 「河內國府の新發掘に就て」, 『有史以前の日本』, 『鳥居龍藏全集』 第1巻, 朝日新聞社, 1975, p.201.

깨는 획기적인 '사건'으로 등장한 것이다. 특히 이 조사를 통해 공식적으로 발간한 조사보고서는 "가장 완벽하고, 상대인의 정신세계와 문화생활 문제 파악에 기여했다"[29]고 평할 정도의 실체적 사상(事象)이었다. 국부의 발굴품 중에는 "석기시대 유적이라고 불리는 종래의 타제돌화살촉, 석창 등이 발견"[30]되는데 문제는 이러한 유적의 발굴품의 '종류'에 관심이 있는 것이 아니라 '형식' 해석의 문제가 대두된 것이다. 이것은 일본인의 조상이 석기시대부터 내지에 살고 있었음을 확인시켜 주었다.

그런데 그것은 기존의 역사학에서 해석하는 조몽식토기=아이누, 야요이식 토기=원일본인(현재 일본인의 원형)이라는 공식의 경계가 허물어지고, 그러한 전제에 모순과 의구심이 제기된다. 실제 이 발굴 조사에 참여한 하마다는 국부의 유적 발굴품을 보고 그 해석은 쉽지 않은 것[31]임을 논했고 도리이 류조 또한 "양자가 동일시기에 혼재해 있었다는 것을 어떻게 해석해야 하는가"[32]라며 크게 주목해야할 대상으로 여겼다. 사실상 국부의 유적을 가지고 조몽 토기와 야요이 토기가 병존함을 어떻게 해석해야 하는지 '사회적'으로 논쟁이 된 것이다.

하마다는 "토기의 연구가 고고학적 연구의 기초를 이루고 인종의 같음과 다름, 문화의 변천, 시대의 전후 등에 관한 사고에 가장 중요한 의의가 있는데, 야요이식 토기는 일본 인종문제와 밀접한 관련을 가진 것으로 국부발견 토기가 여기에 해당한다"[33]고 언급한다. 구체적으로

---

29 西田直二郎, 「日本上代の文化に就て」, 『歴史と地理』 第3巻 第2巻, 大鐙閣, 1919, p.127.

30 浜田耕作, 「河內國府石器時代遺跡發掘報告」, 앞의 책, p.13.

31 大串菊太郎, 「津雲貝塚及國府石器時代遺跡に對する二三の私見」, 『民族と歴史』 3巻 4號, 日本學術普及會, 1920, pp.21~22.

32 鳥居龍藏, 「機內の石器時代」, 『鳥居龍藏全集』 第1巻, 朝日新聞社, 1975, p.192.

"동일지점의 상층에서 야요이식 토기가 풍부하게 발견되는 사실과, '원시적 조몽토기'가 야요이식 토기보다 하층위에서 발견되는 것을 통해, 동일인종이 시간적 과거에 제작한 토기라고 해석"[34]한다.

즉 하마다의 인종해석 논리 속에서의 원일본인은 일본내에서 하나의 인종이 외부의 영향을 받아 진화한 것으로 설명하는 '내재성'에 중심을 두고, '외부는 내부가 변용하는 영향'만 주었을 뿐이라고 윤곽을 결정지었다. 동일 인종이 시간적 변화에 의해 발전한다는 하마다의 논리는 유럽에서 배운 고고학의 학문에 근거를 두었다. 하마다는 자신이 서구에서 배운 층위적 방법론이라는 학술적 이론을 제시한다. 즉 "땅 속에 유물의 층위에 의한 상하관계를 통해 시대를 규명하는 것"[35]이라며, 층위에 의한 구분법이 가진 해석 방법을 '가치 있는 담론'으로 동원했다.

하마다는 국부 유적을 발굴해보니 서로 다른 조몽식토기, 야요이식 토기가 동일한 장소에서 층위를 달리하여 발견되는 것은, 동일한 종족이 만든 것이며, 이는 연대적 차이[36]라고 해석하는 층위 구분의 논리를 활용했다. 이러한 관점은 일본에서 고고학적 영향력을 가진 만로(Neil Goldon Munro)의 논설도 활용한다. 만로가 제시한 "국부의 석기시대 유적은 신석기시대의 유물에 관계없이 구석기의 형식을 유류(遺留)하는 것[37]과 의견의 궤를 같이 했다. 또한 조몽시대・야요이시대는 동일민족이 시간・년대의 추이에 따라 변용된 차이라고 분석한 하마다와 같은 논리는, 앞에서 언급한 것처럼 인류학에서는 마쓰모토 히코시치로

---

33 浜田耕作, 「河內國府石器時代遺跡發掘報告」, 앞의 책, p.35.

34 위의 글, p.41.

35 浜田耕作, 「遺物遺跡と民族」, 『民族と歷史』 1巻 2號, 日本學術普及會, 1919, p.21.

36 赤松啓介, 앞의 책, p.62.

37 浜田耕作, 「河內國府石器時代遺跡發掘報告」, 앞의 책, pp.30~31.

(松本彦七郎),[38] 하세베 고돈도가 있었다.[39] 이들은 국부의 유적이 아이누인지 야요이인지 서술하지만 토기의 종류가 다르지만, 동일 계통이라고 보는 시간문제로 보는 점에서는 동일했다.

특히 하세베 고돈도는 에미시, 하야토, 구마소 등은 문화적 '단계의 차이'에 의해 생겨난 이해방식의 하나로서 보았다. 이러한 입장은 다시 도리이 류조의 "야요이식 토기와 아이누파의 토기는 상호 조금도 연락관계를 갖고 있지 않다"[40]는 논리와 충돌하게 되는데, 이것은 기타와 도리이를 중심으로 하는 소위 말하는 인종의 차이 강조파와 하마다를 비롯한 마쓰모토 히코시치로, 하세베 고돈도의 인종 동일론파의 논쟁으로 확대된다.

〈인종론에 관한 입장 차이〉

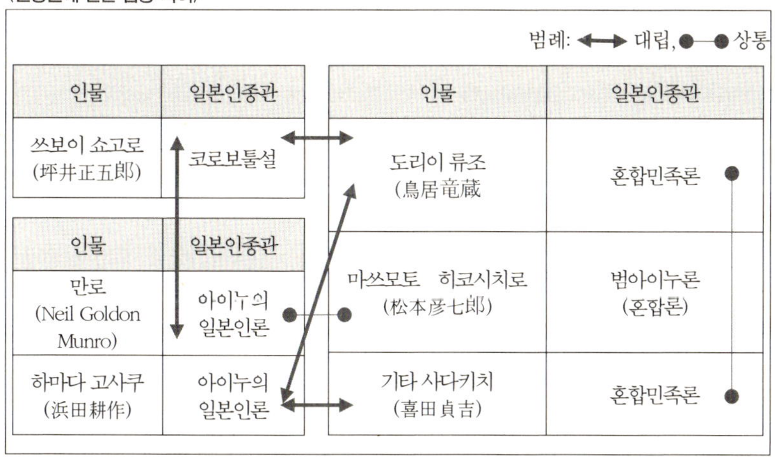

38 松本彦七郎, 「日本先史人類論」, 『歴史と地理』 第3巻 第2巻, 大鐙閣, 1919, pp.27~28, p.31.

39 赤松啓介, 앞의 책, p.62.

40 鳥居龍藏, 「閑却されたる大和國」, 앞의 책, pp.182~183.

그림4_쓰보이 쇼고로(坪井正五郞)
綾部恒雄,『文化人類学群像3日本編』, アカデミア出版会, 1988

그림5_국학원대학 시절의 도리이 류조(鳥居龍藏)
당시 대학의 조수였던 히구치 기요유키(樋口清之)가 그린 초상.『鳥居龍藏全集』第1巻, 朝日新聞社, 1975

이러한 진지한 도전들은 영구적인 구조로서의 조몽시기 야요이시기의 틀이 아님을 해체시켰고, 이러한 논쟁 속에는 문화적 단계 차이라는 '차이'를 설명해야만 했다. 조몽토기와 야요이토기의 '차이성'을 객관화하지 않으면 안 되는 문제가 나타난 것이다.

그렇지만 그들은 결과적으로 조몽시기와 야요이시기라는 시대적 구분을 특징지었고, 시간의 발달에 의한 차이라는 논리를 창출하는 과정에서는 공모관계였던 것이다. 물론 조몽시기와 야요이시기가 존재한다는 것을 시간적 추이에 의해 변용되는 양상이라는 논리가 만들어지고, 그 양상을 대상화하면서 고고학적 발굴품과 분리 불가능성을 확립시켰다. 이것이 하나의 중요한 텍스트로 등장하면서 역사해석 및 인종과 민족의 해석 이론이 '권력'을 쥐고 학지로 등장하게 된 것이다. 그런데 이것은 다시 유용한 과학적 근거를 얻었지만 기타와 하마다의 대화는 이론의 체계 조건들이 달랐다. 하마다는 "문헌을 이용하는 것이 존중할만한 것임은 말 할 것도 없다. 그러나 역사이전, 혹은 문헌의 가치가 적은 역사시대의 연구에 즈음하여 미리부터 종래의 역사가가 후세의 편찬물 혹은 전설 등을 통해 연구한 결과를 선입하여 이에 얽매이는 것은 피해야할 것이다. 이것은 우리들이 무의식적으로, 또는 의식적으로 가장 빠지기 쉬운 경향이다. 그리해서는 고고학이 새로운 공헌을 넓은 의미의 역사 연구에 기여할 수 없게 되고, 그 존재의 가치를 잃게 된다"[41]고 주장한다. 이에 대해 기타는 "문헌상의 자료를 포기하고 어떻게 그들이 처음부터 동일한 자들이었다고 결론지을 수 있는가. 어떻게 문헌적 자료를 제외할 수가 있을 것인가"[42]라며 기존 문헌을 중시하지 않을 수 없다는 입장을 취한다.

이것은 어떻게 보면, 동일한 문제에 대해 한 쪽은 고고학상으로 다른 한 쪽은 역사상으로 따로따로 해설하고 있는 것이라고 해석되지만, 결론적으로 역사나 일본인의 루트를 확정하는 작업에는 동일한 목적이 존재했기 때문에 상호간의 종합적 판단이 필요했고 영향관계를 무시할 수 없었다. 기타는 하마다의 「가와치 국부 석기시대 유적발굴보고」 발표 이후, 하마다가 토기의 계통과 인종문제에 대해 언급한 것에 반론을 제기한다. 하마다가 국부 유적에서 발견된 일종의 조몽토기 및 야요이토기를 통해 동일 민족의 손에 의해 만들어진 것이라는 주장을 언급하며 차이가 생긴 것은 주로 문화와 시간적 연대의 차이에 의한 것에 대해 반론이었다.[43]

---

41 浜田耕作, 「遺物遺跡と民族」, 『民族と歴史』 1巻 2號, 日本學術普及會, 1919, p.22.

42 喜田貞吉, 「九州の古代民族について」, 앞의 책, p.105.

43 위의 글, p.104.

이에 대해 기타는 하마다의 문화・연대의 차이에 대한 논리에 납득하지 못함을 피력한다. 이와 같은 논쟁은 두 가지 문제를 노출시켰다. 첫째 이주자들의 접촉에 의해 '혼효・융합'이 일어 일본민족이 형성되었다는 것이었다. 물론 기타와 하마다 사이에는 차이성이 존재했다. 하마다는 조몽인이 외래와 접촉을 통해, 야요이인으로 발전했다는 논리였으며, 기타는 조몽인을 야요이인이 정복하여 혼효를 이루었으며, 그 과정에서 피의 농담에 의해 이인종으로 남는 아이누가 있었고, 일본민족으로 발전한 인종이 있었다는 것이다. 물론 기타와 하마다는 '혼합 민족' 논리의 구체적 내용에 대해서는 차이성이 존재했지만, 기타와 하마다 사이에는 공통분모가 흐르고 있었다. 즉 일본인종의 형성 논리 바로 그 자체에 관한 의견이었다.

> 오늘날 일본민족이 다수 민족들의 동화 융합에 의해 이루어진 것이라는 것을 하마다박사도 승인하고 있음에 틀림없다. (…중략…) 동화·융화가 일본에서 이루어진 것이 아니라 일본민족이 해외의 어느 땅에선가 이미 성립했고, 나중에 이 섬나라에 도래했다고 해석할 수 있는 것이 아닐까.[44]

일본민족이 다수의 민족들의 동화・융합에 의해 이루어진 것이며 대체적으로 오늘날과 큰 차이가 없는 민족이 규슈에도, 중국에도 긴키(近畿)에도 살고 있었다는 것이다. 즉 일본민족은 일본 외부에서 이미 존재했다가 일본 내지에 도래했다고 해석한 것이다. '혼효, 동화'의 특성이 일본 외부의 외국 해외에서 성립했고, 그들이 일본에 도래했다는

44 위의 글, pp.106~107.

의미에서의 혼효와, 일본안에서 동화와 혼효가 이루어졌다는 입장이 씨름을 하게 되는 것이었다. 하마다는 "내가 상상하기에는 야요인의 문화는 토기 상으로도 영향을 주어 조몽토기에서 점차 야요이식 토기로 변했는데, 아이누의 일부는 처음부터 일찍이 이민족과 동화를 이룬 것"[45]이라는 입장을 고수했다. 엄밀히 말하자면 이 둘은 차이점이 있음에도 불구하고 혼성의 문제를 '시대적 담론'으로 공유했고, 혼성이 일본의 외부에서 일어난 것이냐, 일본 내지 안에서 일어난 것이냐를 두고 '환상'을 투여하는 것이었다. 기타는 하마다의 주장과 고고학적 발굴품의 연구 성과를 해독하며, 자기 고유의 이론으로 발전시켜 간다. 기타는 외부에서 도래한 야요인이에 의해 일본 내지에서 변용과 교체가 이루어졌다는 주장을 이어간다.

그렇다면 이러한 인식을 가진 기타의 사고 속에서 민족과 인종의 구분은 어떤 것이었을까. 기타는 민족의 의미를 영어의 네이션(nation)과 연결시켜 이를 '민족'이라고 번역해야 한다고 설명한다. 그런데 기타가 보기에 민족은 '인종'이 반드시 같아야만 하는 것은 아니며, 민족은 다양한 인종의 혼합에 의해 이루질 수 있다[46]고 보았다. 이러한 논리를 통해 기타는 일본민족을 구성하는 인종은 중부아시아 방면에서 온 표류자들이 지나, 만몽을 거쳐 조선반도를 통과하여 일본으로 온 것이라고 여긴다. 물론 중앙아시아에서 이주한 자들이 지나인이 되기도 하고, 몽고인이 되기도 하고, 조선인이 되어 서로 다른 민족으로 발전한 것이며 마지막 종착역이 일본이었다[47]고 보았다.

---

45 浜田耕作, 「河內國府石器時代遺跡發掘報告」, 앞의 책, p.40.

46 喜田貞吉, 「民族の同化」, 『朝鮮及滿洲』 第156號, 朝鮮及滿洲社, 1920, p.9.

47 위의 글, pp.9~10.

이와 같은 기타의 혼합민족론은 니시무라 신지(西村眞次)의 문화전파론과 연결된다. 니시무라는 맨체스터 학파의 인류 단원설을 수용하여 '하나의 인종이 세계로 퍼진 것'이라는 설을 활용한 학자로서 세계의 모든 인종과 문화는 각각 연관성을 가지고 있다고 주장했다.[48] 이를 활용하여 기타는 중부아시아는 본가(本家)이며 각 나라는 분가(分家)로 설정하여, 인류 모두가 하나의 동일한 조상을 가진 것이라고 보았다. 그렇게 본다면 일본인만이 동포인 것이 아니고 또한 동일 종족이 아닌 인류전체가 동포인 것[49]으로 파악된다. 따라서 기타는 단원설을 주장하고 본가와 분가로 이어지는 논리를 통해 문화적 다양성이 생겨났다는 진화론적 입장에서의 동원론(同源論)을 설파한다.[50] 이러한 개념을 설정하는데 있어서 근거가 된 것은 '진화론'이었고, 이를 바탕으로 거시적인 시점에서 보면 인류 전체가 '하나'에서 파생되었다는 주장이다.

진화론에 근거하여 원근법적으로 고찰해 보면 인류전체가 동원(同源)인데, 이 동원을 다시 세분해 보면 조선과 일본이 가장 가까운 친척으로서의 동원이라는 것이다. 따라서 기타는 자신이 언급한 야요이 계통이 조선반도에서 이주한 자들로 설명할 수 있었던 것이다. 기타의 입장에서는 인류가 동원이라는 관계를 설정하여, 인류의 인과성을 설명하고, 기원, 발전 등의 '원리'를 설명한 것이다. 다시 말하면 기타라는 '일본인'의 입장에서 타자인 조선민족의 '인종'이 규범화했고, 형태화했다. 그것은 일본으로 건너온 일본인을 설명하기 위해 필요한 개념

48 西村愼次, 『文化移動論』, ヱルノス, 1926, pp.22~25.

49 喜田貞吉, 「民族の同化」, 앞의 책, p.10. 미쓰이 다카시(三ツ井崇), 「'일선동조론(日鮮)同祖論)'의 학문적 기반에 곤한 시론」, 『韓國文化』 33, 서울대학교 한국문화연구소, 2004, p.258.

50 喜田貞吉, 「日鮮兩民族同源論」, 『喜田貞吉著作集』 第8卷, 平凡社, 1979, p.359.

의 전략에서 촉발된 것이었다. 기타가 확인하고 싶은 것은 조선민족이 부여계와 지나계가 혼효하여 생성된 민족[51]이며 그들이 일본의 천손민족과 연결된다는 논리로 설명하고 있는 것이다. 일본민족이 본래 다수의 요소를 통해 성립되었다는 기타의 논리는 『신선성씨록(新撰姓氏錄)』을 통해 설명된다. 기타는 "일본민족은 황별, 천신, 천손의 후예이며 여러 종류 민족의 복합으로 성립"[52]되었다고 보았다. 또한 동시에 일본민족 안에서의 차이도 존재함을 인정한다.

> 각각 다소의 지방적 특색을 가지고 있다. 같은 일본민족이라고는 해도 규슈인과 오슈인(奧州人)과의 사이에는 약간의 차이가 보인다. 같은 규슈라 하더라도 북부와 남부의 사이에는 또한 약간의 차이가 있음을 피할 수 없다. 일본민족이 결코 단순한 자들이 아니며 또한 서로 다른 민족의 집합이 아니라, 혼화하여 만들어진 하나의 복성민족이라는 것이 충분히 입증되었다.[53]

기타는 일본민족의 복성을 역사를 살펴보면 곧바로 이해할 수 있다는 것이다. 그것을 뒷받침할 수 있는 '논리'의 구체적인 내용이 바로 '일본민족 혼합설'이었다. 기타는 일본에서의 '지역적 차이'를 통해 일본의 '조몽토기'와 '야요이식토기'를 설명하고 조선에서 이주한 자들도 일본민족도 혼효했다고 해석한다. 물론 기타와 하마다가 '혼효'성에 대해서 논쟁하지만, 과거의 역사상을 재현하고 있다는 의미에선 '탈'역사

---

51 喜田貞吉, 「朝鮮民族とは何ぞや(日鮮兩民族の關係を論ず)」, 위의 책, p.353.
52 喜田貞吉, 「日鮮兩民族同源論」, 위의 책, p.367.
53 위의 글, p.369.

화하지 못하고 있었다. 국가 공동체의 '역사만들기'에 관여했고, '역사만들기'의 현장에 있었다.

기타가 보기에는 일선동조론은 당연한 '시선'이었고, 혼합민족론과 긴밀하게 결부되었다. 그것은 다시 식민지배의 시대적 배경과 맥을 같이하게 되었고, 일본민족이 기존의 이민족을 혼합하여 '발전'해 온 것처럼 주변민족을 동화・융화하여 '새일본민족'으로 재생해야 됨을 논한다. 기타는 역시 석기시대를 조몽 토기와 야요이식 토기의 '구분'을 주장하면서 결과적으로는 다른 시대임을 강조하고 있었다. 다시 말해서 기타는 조몽과 야요이 두 종류의 토기가 현저하게 상위한 것으로 도저히 동일민족의 손으로 이루어진 것이 아니라고 보는 입장이다. 그런데 하마다는 '전자(조몽식)가 후자(야요이식)의 기본을 만든 인종으로 후자의 주요 혈액은 전자이다'[54]라며 혈액의 문제를 제시하게 된다. 즉 야요이인과의 조몽인의 접촉이 있었지만 진화의 중심 혈액은 '조몽인'이라고 주장한다. 하마다는 조몽인과 외부의 야요이인이 접촉하기는 했지만, 그것은 일본민족 내부에서 야요이인의 외부를 '영향'으로 받아들이면서 일본내부의 조몽인이 일으킨 문화라고 정의한다.

기타와 하마다의 논리에는 외부와의 접촉이 있었다는 점에는 공통점이 있었지만, 문화에 원 모체가 존재하고 외래문화가 들어와서 원모체가 성장한 것[55]인지, 아니면 기존의 열등적 문화에 우수한 문화를 가진 인종이 들어와서 원모체를 구축하거나 동화시켜 전혀 새로운 문화를 이루어 낸 것인지 양자택일을 요하는 문제로 대두된다. 하마다는 변동이 일어난 것, 변화가 있었던 점을 인정하지만, 인종・민족 간에

54 喜田貞吉, 「九州の古代民族について」, 앞의 책, p.135.

55 浜田耕作, 「日本文化の源泉」, 『東洋思潮』 第2巻, 岩波書店, 1935, p.29.

확실한 변동이 있었던 것에는 믿지 않았다. 여기서 괄목한 만한 것은 하마다가 말하는 인종・민족 간의 확실한 변동을 믿지 않는다는 것이다. 하마다는 "교체를 주장하는 설은 믿을 수가 없으며, 내부의 민족이 외부의 약간의 민족적 분자를 받아들여 혼융(混融)을 반복하여 오늘날에 이른 것"[56]이라고 주장한다. 물론 기타도 조몽 토기인이 완전히 일본열도에서 구축되고, 단시간에 절멸했다는 의미는 아니었다. 두 개의 인종 중 하나가 완전히 퇴진하여 전체가 후자와 교체되었다고는 생각하지 않았다. 기타는 때로는 전자의 전체가 혹은 일부가 원래의 토지에 남은 채로, 즉 기존에 존재했던 인종도 남아있으면서 후자의 정복에 의해 동화・융화되어 간 것이라고 해석하는 것이다. 기타는 일본민족이 성립되는 과정에서 아이누인을 구축하면서도 아이누인의 피가 일본민족의 피와 섞였음을 부정하지 않았다. 그러나 그 피의 섞임은 일본민족에게 흡수된 것으로, 아이누적인 것이 남아있던 아이누인은 변함없이 '이족화'되었다[57]고 논한다. 기타가 일본민족의 혼합성을 이야기하기 위해, 아이누와 야요이인이 혼합되는 상황을 재현하고 있었다. 즉 야요이인들에 의해 정복된 에미시들이 일본의 여러 지방으로 이동되었고 그들이 내지인들과 섞이는 과정을 설명한 것이다. 이러한 사실을 반복하면서 상당한 부분을 에미시들이 시간적으로 일본의 전국에 퍼지는 상황을 그려내고, '섞임'의 과정을 이론화하며 그 프로세스를 정교화 했다. 이러한 동화와 혼효를 통한 섞임이라는 사변적인 주장은 역사학을 이해하는 방식을 점유하게 된 것이다. 물론 결론은 이러한 과정을 설명함을 통해 앞에서 언급한 바와 같이 결국 우수한야

56 浜田耕作, 「日本原始文化」, 『日本歷史』, 岩波書店, 1935, p.33.

57 喜田貞吉, 「九州の古代民族について」, 앞의 책, p.137.

요이 민족에게 아이누인이 병합되었다[58]는 시대적 담론을 이어 낸 것이다. 즉 기타는 자신의 역사학을 실증적 방법론을 투영하여 담론화하가는 과정에서 고고학자들이 논하는 조몽 토기와 야요이식 토기의 구분을 통해 '민족'의 성립을 규정하는 논지를 전개해 간 것이다.

2) 일본민족성과 '셀프 오리엔탈리즘'(Self-orientalism)

여기서 중요한 것은 기타와 하마다의 논쟁이 결국 일본민족의 우수성을 강조하는 결절점이었다는 것이다. 기타는 인종과 민족이 다르다는 것을 통해, 인종적으로 잡다한 민중이 일본으로 들어와 공동생활을 이루면서 통혼을 통해, 인종적, 민족적 차별이 희박해지는 과정을 설정한 것이다. 기타는 민족의 차이를 인종의 차이보다 범주를 크게 잡았고, 민족은 정신적, 문화적, 의식적인 것 등을 통해 형성되는 것이라고 보았다.[59] 바로 이러한 형상화의 조건들은 일본민족의 성립과 원리적으로 상통한다고 보았다. 이것은 일본제국의 발달과도 연계되며, 동시에 현재적이라고 보았다. 그 현재적 의미 속에는 바로 '역사'의 발달상황이 오버랩[60]된 것이다.

기타는 일본민족의 성립을 '역사학'적인 입장, 즉 신화를 배제하지 않는 자세에서, 일본민족을 '천손민족'과 '이즈모 민족'으로 나누었다.

---

58 喜田貞吉,「考古學上より見たる蝦夷」,『ドルメン』第4巻 第6號, 岡書院, 1935, p.174.

59 喜田貞吉,「蝦夷およびアイヌと縄文式石器時代人」,『喜田貞吉著作集』第9巻, 平凡社, 1980, pp.109~110.

60 喜田貞吉,「東北民族研究序論－歴史家の觀たるわが民族觀」, 위의 책, p.14.

물론『기기(記紀)』편찬에 의도성에 따라 전하는 내용이 다르다는 것과 신화형태나 종류가 다르다는 것은 간과해서는 안 되지만, 기타는 신화 속에서 천손민족의 신화에 북방관계가 보이지 않는 것에는 이유가 있다고 보았다. 다시 말해서 북방민족과의 관련성을 직접적으로 서술하지 않은 것은 조상을 천상, 즉 다카마가하라에 있다고 보았고 지역적인 것을 초월하여 천공(天空)을 밝히는 태양, 즉 아마테라스 오미카미(天照大神)였기 때문이라고 보았다.[61]

그것은 조선반도를 포함하여 북방민족의 태양숭배 사상과 연결시켜 해석한 것이다. 즉 "천손민족이 태양을 조상으로 여겨 숭배하는 사상과 동일한 사상이 조선・만주방면에도 많이 전해진다. 이들은 모두 동일민족이며 그렇기 때문에 동일한 신화를 소유하고 있는 것이다. 우리나라 황실의 선조라고 적고 있는 아마테라스 오미카미가 태양의 위덕을 갖추고 있다"[62]고 기술했고, 그렇기 때문에 신화에서 전해지는 천손강림의 전설은 일본의 황실의 기원을 설명하기 위해 전해지는 것이라고 관련성을 성립시킨다. 신화에서 설명하는 아마테라스 오미카미가 선택되고, 그것이 광명에서 유래된 것임을 이론화했다.

기타는 또한 조몽 토기와 야요이 토기를 아이누와 일본민족의 인종적 차이를 설명하는데 활용하면서, 이즈모민족과 천손민족 신화를 중첩시켰다. 결과적으로 기타는 일본민족을 이룬 천손민족이 이즈모민족을 모두 융합하여 장점을 취하고 단점을 보완하여 '제국신민'을 이룬 것처럼, 조선도 이처럼 일본과 혼합・융화하여 하나의 일본민족을 이루어야 한다고 주장하게 된 것이다.[63] 일본이라는 국가의 발전은 "소국

61 喜田貞吉,「日鮮兩民族同源論」, 위의 책, p.376.

62 위의 글, p.378.

가를 점차로 합병하여 나라를 다스리는데, 1910년의 한국병합은 일본의 이상의 표현이었다"[64]고 주장하게 되는 것이 바로 그것이다.

이것은 다시 일본 영토내의 민중 중에서도 서로 다른 민족들을 볼 수 있는데, 그것이 지방적으로 혼슈, 시코쿠, 규슈에 따로 살았던 민족들이며 메이지유신 이후에는 북해도에서 진출하여 마침내 대만, 조선, 만주에도 이르는 민족들을 동화, 혼효했다[65]는 논리로 이어진다. 이처럼 기타의 입장에서는 과거 야요인인종, 즉 천손인종이 도래하여 일본민족으로 조몽인을 동화시키면서 피의 혼합을 이루었듯이 현재적 역사 진행에서도 북해도의 대만・조선・만주까지도 일본으로 혼효할 수 있다고 본 것이다. 이러한 역학은 하마다가 조몽인이 야요이인을 만나면서 발전한 일본민족이라는 원칙과는 차이를 지녔지만, "대륙에서 인종적 파동이 일본국토에 점차 영향을 주는데, 북아시아의 만주인・몽고인으로 그것이 조선반도를 거쳐 도래했다고 생각된다. 때문에 우리나라의 문화가 크게 발전할 수 있었던 것이다. 도래의 반복을 통해 현재의 일본인이 성립된 것이다"[66]라는 논리와 맞물리면서 '원일본인 루트'를 창출해 낸 것이다.

기타는 '원일본인'이 조몽인인가 야요이인인가를 둘러싸고 하마다와 논쟁을 벌였지만, 외부문화와 재래문화라는 표현을 빌리며 문화 사이에 존재하는 우성과 열성을 대상화했다. 하마다 또한 '원일본인'을 찾아내기 위해 고군분투했는데, 결론에 이르러서는 조몽인과 야요이

63 위의 글, pp.413~414.

64 喜田貞吉, 「奈良朝に於ける我が國家の發展氣分を論ず」, 『史學文學論集』, 岩波書店, 1935, p.7.

65 喜田貞吉, 「日本民族の構成」, 『喜田貞吉著作集』 第8卷, 平凡社, 1979, p.58.

66 浜田耕作, 「日本原始文化」, 『日本歷史』, 岩波書店, 1935, pp.30~31.

인의 테두리를 넘어 일본민족이 외부에서 영향과 감화를 받은 부분이 있지만 내부에 잠재한 우수성은 소멸되지 않았고 민족이 가진 문화특질, 즉 일본문화의 특질이 강하게 남는 것이라고 보았다. 그리하여 "일본의 경우를 보면 고유문화의 세력이 대단한 우성이라고 생각된다. 또한 여기서 일본문화의 세계적 사명감을 도출해 낼 수가 있다"[67]고 주장한다. 기타의 주장처럼 일본 내부의 동화와 외부의 융합을 통해 일본민족이 마침내 일본제국으로 발전했는데, 양쪽의 우량 성질을 유전 받아 혼혈하여 대일본국민을 생성했다고 보는 논리와 동일한 것이었다.[68]

이는 결국 일본민족의 사명감으로 발전하는데, 여기서 '사명감'이란 메이지 천황의 '은혜'를 통한 동양평화건설이라고 주장한다.[69] 이는 역사학과 고고학의 만남을 통해 새롭게 추출되는 시대 구분, 즉 조몽 토기와 야요이 토기의 발견에 의해 '문화'현상을 바탕으로 '혼효와 동화'를 설명하면서 '일본민족론'을 해결한 결론이었다. 기타가 재생산한 것은, 일본민족은 일본 주변 인종의 혈액을 혼효했고, 문화도 받아들였기 때문에 결과적으로 사해는 동포라는 것이다. 이것은 바로 일본이 세계의 어느 민족 중 이민족에 대해 포용력과 동화력이 풍부하다는 것에 보편성을 담보하려 하였다. 이러한 묘사를 통해 기타는 일본민족이 타민족의 문화를 혼효하고 동화시키면서, 장점을 섭취하고 단점을 보완하

---

67 浜田耕作, 「日本文化の源泉」, 위의 책, p.33.

68 喜田貞吉, 「日本民族概論」, 앞의 책, p.51. 지금 우리나라의 국위(國威)는 해외에도 진출하여 대만, 조선을 병합하여 만주국과는 형제의 나라 관계이다. 때마침 메이지 천황 폐하에게는 '감사의 대은혜' 아래에 동양평화를 위해 동포행복을 위해, (…중략…) 사해(四海)는 모두 동포이다. 동아 민족들이 가진 요소들을 우리 일본민족은 가지고 있는데 이를 보아도 가장 가까운 관계를 가진 동포 중의 동포이다.

69 喜田貞吉, 「日本民族の構成」, 위의 책, pp.75~76.

면서 진화의 극대화가 이루어졌는데, 그것은 일본은 근대에 이르기까지 타민족의 침략이나 정복에 의해 전복되는 일이 없이 아마테라스 오미카미의 황은을 이어 발전해 온 것으로 역사를 재현했다. 기타의 이러한 담론은 바로 기존의 역사학과도 거리를 두고, 혼효와 동화의 원용을 통해, 독자적 발상을 제시하는데, 그것은 제국주의와 결합하는 국수주의적 '셀프(self) 오리엔탈리즘'에 빠질 위험성을 내포하고 있었다.

4. 결론

기타의 역사관을 설명하기 위해, 구체적으로 일본내부에서 벌어진 조몽 토기와 야요이 토기를 둘러싼 논쟁을 하마다와의 시기구분과 인종변화에 대한 동질성과 차이성을 살펴보았다. 그와 동시에 국가적 외부의 문제로서 북해도와 조선반도에서 발견되는 토기와의 비교를 통한 '관계성'의 해석 논리도 살펴보았다. 이러한 내부와 외부의 문제는 결국 일본이라는 '국가'의 입장에서 다시 서구의 이론과 절충되는 동양인의 특질을 설명해내는 '동양학'의 창출과 연관되었었다는 것이 드러났다. 그것은 서구의 이론적 틀로서 수용한 조몽토기와 야요이 토기라는 시대의 명명과 함께 실제 발굴품의 차이에서 문화발전의 시간적 차이에 대한 설명으로 나타났다.

기타는 조몽토기와 야요이토기를 문화전파, 즉 이동의 현상과 연결시키면서 일본으로 건너온 야요이토기에 관심을 집중시켰다. 특히 기존의 역사학 즉『고사기』나『일본서기』의 신화를 통해 해석하는 고대의 역사에 빠지지 않고 근대적 서구의 방법론인 고고학을 접목시키면서 새로운 '역사학'을 구축해가는 방식이었다. 이때 하마다의 고고학 발굴품 해석은 기타의 역사학 인식에 자극을 주었다. 동시에 이루어진 하마다의 국부의 유적 발굴은 역사학의 문헌집중이라는 방법론의 내재적 한계에 균열을 가져왔고, 원일본인의 해석에 대체적 해석이 등장하게 된 것이다. 물론 하마다는 서구적 이론으로서의 고고학적 발굴유물에 대한 해석 이론인 '층위적 방법론'을 통해 조몽토기와 야요이토기가 같은 곳에서 층위가 다른 형태로 나타나는 것을 통해 동일인종의 시간에 의한 진화논리를 주장하게 된다.

기타는 하마다의 동일인종이 외부의 영향에 의해 즉 조몽토기인이 야요이토기인으로 진화했다는 주장에 맞서, 조몽토기인을 구축한 새로운 인종으로서의 야요인의 등장시켰다. 하마다는 '내부 연속성'이라는 논리를 제시했고, 기타는 '조몽인과 야요이인의 단절=교체'를 주장했다. 결과적으로 기타는 조몽과 야요이를 분절하는 방식으로, 일본내부의 지방적 차이를 설명하며, 식민지 조선과도 연결시켰다. 그것이 바로 동화와 혼효라는 사변적 해석을 통해 토기 발전의 차이성을 해명하였고, 한일합방과 일본에서의 아이누인의 '동화과정' 논리를 중첩시켰다. 이러한 인식은 결국 일본이 동아시아에서 중심이 되어 동아협동체를 구상해야 함을 해명하는 논리로 작동했다. 이는 역사학과 고고학을 조립하는 '담론의 유형' 전유를 통해 천황의 황위를 설명해 내는 '일본적' 내러티브를 가시화시킨 것이다. 그것은 '탈'일본화를 이루지 못하고 공동체 내부에 함몰된 보편의 형식을 빌린 지식인의 '셀프 오리엔탈리즘'이었던 것이다.

|참고문헌|

박걸순,『식민지 시기의 역사학과 역사인식』, 경인문화사, 2004.
工藤雅樹,『日本人種論』, 吉川弘文館, 1979.
浜田耕作,「遺物遺跡と民族」,『民族と歷史』1卷2號, 1919.
浜田耕作,「河內國府石器時代遺跡發掘報告」,『京都帝國大學文科大學考古學研究報告』第二冊, 京都帝國大學發行, 1918.
上田正昭,「「日鮮同祖論」の系譜」,『季刊三千里』14號, 三千里社, 1978.
小熊英二,『單一民族神話の起源』, 新曜社, 2000.
松本彦七郎,「日本先史人類論」,『歷史と地理』第3卷 第2卷, 大鐙閣, 1919.
長谷部言人,「石器時代住民と現代日本人」,『歷史と地理』第3卷 第2卷, 大鐙閣, 1919.
赤松啓介,『東洋古代民族史』, 白揚社, 1939.
鳥居龍藏,「河內國府の新發掘に就て」,『鳥居龍藏全集』第1卷, 朝日新聞社, 1975.
喜田貞吉,「日本民族槪論」,『喜田貞吉著作集』第8卷, 平凡社, 1979.
喜田貞吉,「日鮮兩民族同源論」,『喜田貞吉全集』第8卷, 平凡社, 1879.
喜田貞吉,「考古學上より見たる蝦夷」,『ドルメン』第4卷 第6號, 岡書院, 1935.
喜田貞吉,「九州の古代民族について」,『喜田貞吉全集』第8卷, 平凡社, 1879.
喜田貞吉,「民族の同化」,『朝鮮及滿洲』第156號, 朝鮮及滿洲社, 1920.
喜田貞吉,「石器時代のアイヌ民族に就いて」,『民族と歷史』3卷 4號, 1920.
喜田貞吉,「倭人考」,『喜田貞吉全集』第8卷, 平凡社, 1879.
喜田貞吉,「日本民族の構成」,『喜田貞吉著作集』第8卷, 平凡社, 1979.
喜田貞吉,「日本太古の民族について」,『喜田貞吉著作集』第8卷, 平凡社, 1979.

식민지조선의 수사(修史)사업과 구로이타 가쓰미의 조선인식*

송완범

1. 머리말

구로이타 가쓰미(黑板勝美)[1]는 1874년(메이지 7년)에 나가사키(長崎)에서 태어나 도쿄(東京)에 있던 제국대학을 졸업한 이래, 고문서(古文書)와 고전적(古典籍)의 출판과 보급에 커다란 발자취를 남겼다. 구체적인 사

* 이 논문은 2007년 정부(교육인적자원부)의 재원으로 한국학술진흥재단의 지원을 받아 수행된 연구임(KRF-2007-362-A00019).

1 『虛心文集』 전8권, 吉川弘文館, 1939. 1권: 국체, 정치사상; 천황신성 / 2권: 신화, 성덕태자, 후제호천황, 남북조 정통론 / 3권: 문화; 백제, 지나 / 4권: 각 시대사 개관, 대동강 부근 사적, 사적유물보존, 박물관, 고문서관 / 5권: 고문서학, 고문서 / 6권: 고문서양식론, 사경, 『일본서기』 / 7권: 구미문명기(시인을 이해하려면 시인의 나라에 가보지 않으면 안 된다; 괴테) / 8권: 고적; 남유럽, 이집트, 근세 남양, 지중해 등 참조.

그림1_구로이타 가쓰미(黑板勝美)

업은 『대일본고문서(大日本古文書)』의 편찬[2]과 『신정증보국사대계(新訂增補 國史大系)』의 교정 출판사업[3] 등인데, 이는 지금도 일본사의 필수 사료의 위치를 잃지 않고 있다.

구로이타는 일본 근대역사학의 성립에 큰 족적을 남긴 대학자인 것이다. 이러한 구로이타 가쓰미의 '일본 고문서학의 정립'이라는 성과와는 별도로, 구로이타의 40대 이후의 중진 학자로서의 활동은 한반도에 경사되어 있었다. 즉, 구로이타의 후반부 활동은 1915년 조선을 처음 방문한 이래 16년간에 걸친 '조선사편수'(1922~38년)와 그 작업의 일환으로서 '조선고적조사' 사업에 열중한 것이었다.

종래의 연구는 일본에서의 고문서학, 혹은 조선에서의 조선사편수 사업의 어느 한부분에만 관심을 두어 '구로이타사학'의 전체적인 의미와 전환의 사정에 대해서는 별로 주목하지 않았던 것 같다. 그렇다 보니 일본 측의 관점에서 보면 일본의 사료학을 정립한 대학자이자 도쿄제국대학에서 30년 이상의 교편을 잡은 관계로 일본사학계의 장로적 위치를 점한 대학자, 어느 모로 보더라도 모든 것이 선인(善人)[4]의 이미

---

2 『대일본고문서』에는, 편년문서, 소장자별 고문서(家わけ文書), 막말외국관계문서의 세 종류가 있다. 편년문서는 '정창원문서'를 중심으로 나라시대의 문서를 연차순으로 정리한 것이고, 소장자별 고문서는 사원이나 신사 그리고 제가(諸家)의 문서를 소장자 별로 분류 정리한 것이다. 또 막말외국관계문서는 외무성의 막말외교문서의 편찬사업을 계승한 것으로, 페리제독 내항 이후의 외교관계를 둘러싼 근대에 있어 일본 여명기의 사료를 모은 것이다.

3 『신정증보국사대계』의 교정, 출판 사업은 1929년부터 1964년의 장기간에 걸쳐 吉川弘文館에서 행해졌다.

지인 것이다. 그에 비해 한국 측의 입장에서 보자면, 한국사 왜곡의 총사령탑 역할을 한 전형적인 식민사학의 대표자이자, 현재의 한일 양국의 역사인식의 차이를 낳은 잊을 수 없는 악인(惡人)[5]의 이미지일 수밖에 없는 것이다.

그런데, 최근에 구로이타에 대한 이전의 단선적인 평가와는 달리, 복안적으로 접근하려는 새로운 움직임[6]이 나타나고 있음은 고무적인 현상이다. 이제부터라도 한일 어느 한 쪽만의 일방적인 평가가 아닌, 양국에서의 구로이타 활동의 연결성을 탐구하는 속에서 '구로이타사학'에 대한 시비와 재평가 작업이 필요하리라 생각한다.

---

4 1946년 구로이타의 사후, 黑板博士記念會編修, 『古文化の保存と研究: 黑板博士の業績を中心として』, 吉川弘文館, 1953; 三成重敬他, 「黑板勝美博士を偲びながら(座談會)－上・下」, 『日本歷史』(通號134 / 135), 日本歷史學會編, 吉川弘文館, 1959; 東京大學百年史編集委員會編, 『東京大學百年史 部局史四』, 東京大學, 第19編 史料編纂所; 「黑板勝美博士(日本史上の人物と史料<特集>)」, 『日本歷史』 500, 吉川弘文館, 1987; 古代學協會編, 「黑板勝美先生の思い出(黑板勝美博士を偲ぶ)」, 『古代文化』 49-3, 1997 등의 특집은 물론, 여러 역사가들에 대한 평가가 중심이 된 단일 저서에서도 구로이타에 대한 평가는 '선인' 일색이다.

5 김용섭, 「일본, 한국에 있어서의 한국사 서술」, 『역사학보』 31, 1966; 이상시, 『단군실사에 관한 문헌고증』, 가나출판사, 1987; 김성민, 「조선사편수회의 조직과 운영」, 『한국민족운동사연구』 3, 1989; 최재석, 「黑板勝美의 일본 고대사연구 비판」, 『일본고대사연구비판』, 일지사, 1990; 김성민, 「일제 식민사학의 한국사 왜곡」, 국사편찬위원회 편, 『국사편찬위원회사』 1991 등의 평가는 또 '악인' 일색이라고 할 수 있을 것이다. 그 외에도 전체적으로는 旗田巍, 이기동 역, 『日本人의 韓國觀』, 일조각, 1983도 참고가 된다.

6 이성시, 「黑板勝美를 통해 본 식민지와 역사학」, 『한국문화』 23, 규장각한국학연구소, 1999; 이성시, 「日本歷史學の成り立ちと黑板勝美:『朝鮮史』編纂と古蹟調査事業を中心に(報告)(公開シンポジウム: 平成十二年度早稻田大學史學會)」, 『史觀』 No.144, 早稻田大學史學會, 2001; 이성시, 「コロニアリズムと近代歷史學－植民地統治下の朝鮮史編修と古跡調査を中心に」, 『植民地主義と歷史學－そのまなざしが殘したもの』, 刀水書房, 2004. 그리고 箱石大, 「近代日本史料學と朝鮮總督府の朝鮮史編纂事業」, 史學會シンポジウム叢書, 佐藤信・藤田覺 編, 『前近代の日本列島と朝鮮半島』, 山川出版社, 2007 등이 대표적이다.

그럼, 한・일 양국 간에 있어 이러한 정반대의 이미지인 구로이타가 일본에서 조선으로 관심의 영역을 옮기게 된 것은 언제부터일까. 이전환의 시점은 바로 1908년부터 2년간의 유럽 유학의 경험과 1910년의 '한일병합'이 하나의 크나 큰 계기가 되었다고 생각된다. 이러한 점에 주목하여 본 연구는 구로이타라는 일본을 대표하는 걸출한 역사가의 연구 활동이 1910년 '한일병합'을 전후하여 어떻게 전화하고, 또 그 전화의 의미는 무엇이었는지에 대해 분석하고자 한다. 더 나아가 지금의 한국사학계에 아직도 앙금처럼 남아있는 일본역사학의 흔적, 그 중에서도 '구로이타사학'과의 관계에 대해서 밝혀나가고자 한다.

이를 위한 방법론으로서는 첫째, 역사적 사건들과 역사가의 생애를 면밀히 대조하여 시대적 변화상을 추적한다. 둘째, 근대 일본의 고문서학의 확립자라고 말해지는 구로이타의 활동상을 더듬는다. 셋째, 일본에서의 구로이타의 경험이 식민지 조선에서의 조선사편찬사업과 조선사편수사업[7]에 있어 어떻게 나타나고 있었는지에 대해 검토한다. 그리고 이와 아울러 식민지 조선에서의 사료조사사업의 일환으로서 행해진 고적조사사업[8]에 대해서도 언급한다.[9] 마지막으로 결론에서

7 대통령소속 친일반민족행위진상규명위원회, 『친일반민족행위관계사료집』 V(2008)에서는, 조선반도사 편찬사업에서부터 조선사편찬위원회와 조선사편수회에 의해 행해진 조선사 편찬사업에 대한 기초적 자료를 망라하여 식민지기 조선에서의 역사왜곡이 조선총독부에 의해 정책적으로 추진되었음을 밝히고 있다.

8 이순자, 『일제강점기 고적조사사업 연구』(숙명여대 박사논문, 2007)에서는 1910년 한일병탄 전후의 고적조사사업, 고적조사위원회와 고적조사사업(1916~30년), 조선고적연구회와 고적조사사업(1931~45년)의 시기적 변천에 따라 행해진 고적조사사업이 중앙과 지방의 박물관 설립으로 연계되는 것을 지적했다. 물론 여기서도 구로이타의 활약이 있었음은 두말할 나위 없다.

9 이러한 조선에서의 고적조사사업이 이후 일본에서의 후지와라쿄(藤原京) 발굴 조사 등의 또 다른 고적조사로 확장되어 행해진 것을 볼 때 이상의 검토는 구로이타를 이

는, 구로이타가 갖는 한일 양국에서의 '현재적' 의미는 또 무엇인지에 대해서도 살펴보고자 한다.

이러한 연구가 필요하다고 더욱 절실하게 생각하게 된 것은 한국고대사학회가 주최한 최근의 세미나[10]가 하나의 계기가 되었다. 그 세미나에서는 단재 신채호의 『독사신론』을 한국사 연구의 100년의 기점으로 삼을 수 있다고 했다. 또 『독사신론』이 가지는 사학사적 의의와 그 동안의 연구 기간을 민족 · 발전 · 실증의 키워드들로 설명할 수 있다고도 했다. 그러나 그 강연에 접하면서 아쉽게 생각했던 것은 이른바 한국사 연구 100년의 기간 중에 좋고 나쁨을 떠나 적지 않은 영향을 끼쳤을 구로이타를 포함한 '일본사학'이 갖는 위치와 의미에 대해서는 별다른 언급이 없었던 점이다. 식민지기 구로이타를 포함한 '일본사학'에 관심을 가져야 하는 이유는 한국사의 근대역사학 연구의 도정에서 발견되고 잔존하는 '일본사학'의 공과(功過)의 확인과 함께, '식민사학'[11]의 탈피와 극복을 위한 방법론의 발견이라는 점에서도 중요하다고 생각하기 때문이다. 본고는 그러한 논점에 대한 답을 모색하는 시론 차원의 성격도 겸하고 있다는 것을 미리 밝혀둔다.

해하는 데 중요한 작업이 될 것으로 생각한다.

10 2008년 7월24일(목)~25일(금)의 양일간에 걸쳐 한국고대사학회가 주최하는 하계세미나가 열렸다(계룡산 동학산장). 제10회를 맞이한 동 학회의 하계세미나의 전체 주제는 「민족주의 사학과 한국고대사연구」였다. 세미나 제1부에서는 기조발표로서 「고대사연구 100년」(노태돈 서울대 교수)이라는 강연이 있었는데, 고대사를 넘어 한국사 전체가 처한 연구 100년의 문제를 생각해 보게 하는 귀중한 시간이었다. 최근에, 이 강연의 원고는 노태돈, 「고대사 연구 100년 – 민족 · 발전 · 전승」, 『한국고대사연구』 52, 2008, pp.5~18로 완성되어 발표되었다.

11 조인성 외, 『일제시기 만주사 · 조선사 인식』, 동북아역사재단, 2009. 제1부 만선사, 제2부 동북사와 만주사, 제3부 고고학적 조사의 세 부분으로 나누어 모두 5편의 논고가 상재되어 있다. 본고와 관련하여 함께 읽혀지기를 바란다.

2. 구로이타의 생애

그럼, 다음으로는 구로이타의 연보를 통해 그의 생애 속에 근대 일본에서의 사료학과 조선에서의 사료편찬에 관한 관련하는 행적들이 어떻게 나타나고 있는지에 대해 전체적으로 서술해 나가기로 한다.

〔구로이타 연보〕[12]

1874(明治7) 출생

1896(明治29) 제국대학 문과대학 국사과 졸업, 대학원 입학, 제국대학 사료편찬 촉탁, 『徵古文 書 甲集』 간행

1898(明治31) 『徵古文書 乙集』 간행

1901(明治34) 도쿄제국대학 사료편찬원

1902(明治35) 도쿄제국대학 문과대학 강사 촉탁

1903(明治36) 학위 논문 『日本古文書樣式論』 탈고

1905(明治38) 도쿄제국대학 문과대학 조교수, 사료편찬관 / 을사보호조약, 통감부 설치

1908(明治41) 유럽 여행, 『國史の硏究』 초판 간행 / 창덕궁 동원에 박물관 설치

1910(明治43) 귀국, 한일병합

---

12 구로이타의 연보는 이미 여러 차례에 걸쳐 만들어진 것이 있다(주1과 주4를 참조). 하지만 구로이타의 생애와 조선과의 관련에 중점을 두고 만들어진 연보는 거의 없다고 해도 과언이 아니다. 그래서 여기서는 기존의 연보들을 참조하면서 구로이타가 조선에 관심을 갖게 되는 시점이 1910년의 '한일병합'과 관계가 깊은 것에 착안하여 구로이타와 식민지 조선과의 관련을 중심으로 재구성했다.

1913(大正2) 『國史の硏究』 재판간행, 『국사대계육국사;일본후기, 속일본후기, 문덕실록』 간행

1915(大正4) 3개월 이상 반도여행

1916(大正5) 『조선반도사』 편찬 촉탁, [고적 및 유물보존규칙] 발포, [조선반도사편찬요지] 제정, 황해도 / 평안도 조사

1917(大正6) 『조선고적조사보고』 간행

1919(大正8) 도쿄제국대학 교수, 사료편찬관, [사적명승천연기념물보존법] 공포 / 3・1운동

1922(大正11) 반도사 편찬 부대사업으로서 『일한동원사』 편찬 착수, [조선사편찬위원회규정] 발포, [조선사편찬위원회] 발족

1923(大正12) [제1,2회 조선사편찬위원회]

1924(大正13) [제3~5회 조선사편찬위원회], 조선사편수회 고문, 중추원 내 편찬사업 중지

1925(大正14) [조선사편찬위원회]폐지, [조선사편수회관제] 공포, 제1회 위원회

1927(昭和2) 제2회 위원회, 구미 출장

1928(昭和3) 귀국

1929(昭和4) 제3회 위원회

1930(昭和5) 제4회 위원회

1931(昭和6) 『更訂國史の硏究 上』, [조선고적연구회] 발족 ⇒ [조선고적조사보고], [조선고적도 보], [조선보물고적도보], 제5회 위원회

1932(昭和7) 『조선사』 간행 시작, 제6회 위원회

1933(昭和8) 조선총독부 보물고적명승천연기념물 보존위원회 위원, 제7회 위원회

1934(昭和9) 제8회 위원회

1935(昭和10) 도쿄제국대학 정년, 도쿄제국대학 명예교수, 제9회 위원회

1936(昭和11) 『更訂國史の研究 下』, 뇌출혈로 쓰러짐

1938(昭和13) 『조선사』완성, [조선사편수사업개요] 간행

1941(昭和16) 도쿄제국대학 사료편찬소 사무촉탁 의원면직

1943(昭和18) 조선총독부 보물고적명승천연기념물 보존위원회 위원과 조선사편수회고문 의원면직

1945(昭和20) 일본 패망

1946(昭和21) 조선총독부 폐청, [조선사편수회] 소멸, 사망

위의 연보에 의하면, 구로이타 가쓰미는 1874년 생으로 1946년에 세상을 떠났으니 72세의 나이에 수명을 다한 셈이다. 하지만 그는 1936년에 뇌졸중으로 쓰러진 뒤로는 집필활동이나 대외 활동을 거의 못했던 것으로 보인다. 그렇다면 구로이타의 실질적인 활동기간은 약 60년이 되며, 그가 대학을 졸업하고 대학원 입학과 함께 그의 전문인 사료편찬에 뛰어든 시점인 1896년을 학자로서의 학문 활동의 기점으로 삼는다면, 근 40년간이 그의 학문적 활동 기간이었음을 알 수 있다. 한편, 구로이타의 40대 이후의 중진학자로서의 활동은 1915년 조선을 처음 방문한 이래 16년간에 걸친 '조선사편수'(1922~38년)와 '조선고적조사' 사업에 집중되어 나타났던 것을 알 수 있다.

위의 연보를 대략적으로 일곱 부분으로 나눈다면 다음과 같다.

① 1896~1902년: 제국대학 국사학과 졸업과 동시에 대학원에 진학하면서 바로 사료편찬에 관계하는 이후 구로이타 학문의 전형적인 모

습이 형성되는 기초적 시기에 해당한다.

② 1903~1910년: 여기서 특기할 점은 여러 가지가 있다. 먼저 그의 박사 학위논문이 일본 고문서학에 관한 본격적이고도 거의 최초의 저작이라는 점. 그리고 일본제국주의의 실체가 러・일전쟁을 거치면서 급성장하고, 또 그 야심이 한반도를 향해 본격화되면서 결국에는 1910년의 한일병합으로 이어졌던 시기라는 점. 또 간과해서는 안 되는 한 가지는 일본 제국주의의 급속적인 팽창과 함께 구로이타 사학의 형성에 큰 영향을 끼쳤다고 보이는 서양에의 유학이 결행된 점 등 이 시기는 구로이타를 생각함에 있어 매우 중요한 일들이 발생한 기간이었다. 그 당시 쉽지 않았던 유럽으로의 유학을 결심한 구로이타는 궁내성으로부터 유럽 각지의 미술관이나 박물관에서의 '진열 고화기물 보호법'에 대해 조사하라는 명을 받는다. 그와 아울러 구로이타는 유럽에서 '런던 만국평화회의'와 '베를린 만국사학가대회' 그리고 '만국 에스페란토대회' 등에 출석하여 견문을 넓히게 된다.[13]

③ 1913~1919년: 구로이타의 대표적 저작인 『국사의 연구(國史の研究)』가 간행되었고, 일본에서의 고문서학의 체계화와 고전적의 출판과 보급에 힘쓴 전형적인 제국대학의 학자로서의 모습[14]이 보인다. 또 3개월간에 이르렀던 식민지가 된 조선반도의 최초의 여행 그리고 본격적인 조선사편찬의 기초 작업이 이루어진 시기였다. 게다가 1919년은 약 10여년에 이르렀던 일본 제국주의 지배가 식민지 조선의 백성들에 의하여 부정된 사건인 '3・1운동' 이 발생한 중요한 때이기도 했다.

④ 1922~1924년: 그 동안 일본 제국주의의 식민지 지배자들에 의해

13 黑板博士記念會編修, 앞의 책 참조

14 위의 책 참조.

애써 무시되어 왔던 조선민중들에 의해 일어난 독립운동인 '3 · 1운동'의 충격은 컸다.[15] 1915년의 상해에서 출간된 박은식의 『한국통사』의 출판과 보급에 일제는 큰 위기의식을 갖고 조선반도사 편찬사업에 매달렸던 것이다. 이어 대한민국임시정부는 1919년 7월에 국무원 내에 임시사료편찬회(총재 안창호)를 두고 편찬사업을 개시하고 같은 해 9월에는 『한일관계사료집』[16]을 내고 있다.[17] 이러한 '3 · 1운동'을 전후로 앙양된 조선 민중들의 자주적인 조선사 이해에 쐐기를 박아야할 필요성을 느끼게 된 조선총독부는 그 대안이 될 수 있는 조선사 편찬 사업에 본격적으로 뛰어들게 된다. 그런데 조선사 편찬사업의 방향은 근대 일본이 이미 실현해 보았던 사료편찬의 방법[18]일 수밖에 없었다. 그렇다면 결국, 이 시기의 조선사 편찬사업에서 중심인물이 될 수 있는 사람은 사료편찬의 노하우를 체득한 구로이타를 제외하고는 없었다고 할 수 있다.

⑤ 1925~1931년: 조선사 편찬의 대사업에 박차를 가하는 시기였다. 조선사 편찬사업은 '조선반도사' 에서 '조선사편찬위원회'로 그리고 '조선사편수위원회' 로 3단계의 변화를 겪는데 그 중에서 이 시기는 조선사 편찬사업의 대미를 완성하는 기관인 '조선사편수위원회' 가 본격적

15 『박은식전집』 상, 단국대 동양학연구소, 1975 참조. 김성민, 「조선사편수회의 조직과 운영」, 『한국민족운동사연구』 3, 1989 참조.

16 대한민국문교부 국사편찬위원회 편, 『한국독립운동사 자료4 · 임시정부편 Ⅳ』, 1974 참조.

17 箱石大, 앞의 책 참조.

18 도쿄제국대학 문학부 사료편찬괘(현 도쿄대학 사료편찬소)와 문부성 유신사료편찬회의 사료수집과 편찬방식이 조선사 편찬에 있어 모범으로 작용했다. 箱石大, 「史料探訪52 大韓民國 · 國史編纂委員會所藏朝鮮總督府修史事業關係史料の調査」, 『東京大學史料編纂所報』 37, 2002, pp.116~117.

으로 활동하는 때이다. 한편 조선사 편찬사업의 일환이라고 생각할 수 있는 '조선고적'에 대한 조사사업도 본격적으로 추진하고 있는 것을 알 수 있다.[19]

⑥ 1932~1936년: 그 동안의 조선사 편찬사업의 성과가 본격적으로 발간되는 시기이다. 한편 이 시기의 구로이타는 그 동안에 얻어진 고문서학과 고전적의 체계적인 보급과 유럽 유학에서의 선진적인 미술관과 박물관의 진열 및 사적 보호의 노하우를 일본과 조선의 양쪽에서 열정적으로 추진해 나간다.[20] 아마도 구로이타에게 있어 이 시기는 득의양양의 시기였을 것이다. 즉, 긴 시간에 걸쳐 매달려 왔던 조선사 편찬사업의 성과물이 나오기 시작했으며, 30여 년간 봉직했던 도쿄제국대학의 정년에 의해 명예교수로 되고, 그의 대표적 저작인 『국사의 연구(國史の研究)』 수정판이 완성되는 등 절정을 맞고 있었던 것이다. 그러나 인생의 절정과 함께 그는 뇌출혈로 쓰러지고 만다.

⑦ 1938~1946년: 구로이타와 조선총독부의 숙원사업이었던 조선사 편찬사업의 완성과 함께 건강을 잃은 구로이타는 재기의 노력도 보람 없이 그가 평생의 사업으로서 매달렸던 사료편찬소와 조선사편수회의 면직이 상징하는 것처럼 말년에 특기할만한 활약을 보여주지 못한다. 구로이타는 일본의 완전한 패망을 지켜보기라도 하는 것처럼 1946년에 조선총독부의 폐청과 함께 조선사편수회가 소멸하는 그 시기에 자연인으로서의 생애에 종지부를 찍고 있다.

보통 말해지는 구로이타에 대한 평가는 학문 활동 기간의 거의 대부분

19 黑板博士記念會 編修, 앞의 책 참조; 『虛心文集』, 앞의 책 참조.

20 黑板博士記念會 編修, 앞의 책 참조.

그림2_구로이타 가쓰미가 펴낸 국사대계(國史大系)

에 해당하는 34년간을 도쿄제국대학교에서 교편을 잡으면서 후진 양성에 힘썼다는 점, 또 고문서학의 체계화와 고전적의 출판과 보급에 커다란 발자취를 남겼다는 점을 들 수 있다. 그 중에서도 특히 고문서학에 관련된 사업으로는, 정창원문서(正倉院文書)의 조사사업의 개시와 동사(東寺)·금강봉사(金剛峯寺)·제호사(醍醐寺) 등의 고문서의 정리. 그리고 『대일본고문서』의 편찬을 주재한 일. 고전적에 관련한 사업으로는, 『국사대계』 『속국사대계』 『국사대계육국사』 『국사대계유취국사』의 편찬에 이어, 1929년부터 『신정증보국사대계』의 편찬에 착수하는 등, 일본사 연구의 기초 사료의 정리와 보급에 힘쓴 점이 두드러진다.[21]

하지만, 그 외에도 구로이타는 '고사사 보존회', '사적명승 천연기념물 조사회', '국보 보존회', '중요미술품 등 조사위원회', '조선총독부 보물·고적·명승·천연기념물보존회', '법륭사국보보존회' 등의 위원을 지내면서 문화재의 보존에도 전력을 기울였다.[22] 또한 그는 1934년에 '일본고문화연구소'를 창설하여 소장이 되어, 고대일본의 도성연구[23]에 있어 중요한 위치를 차지하고 있는 후지와라쿄의 옛터의 발굴

21 위의 책 참조.

22 위의 책 참조.

23 송완범, 「고대일본의 宮都에 대하여」, 『신라문화제학술논문집－동아시아 도성과 신라왕경의 비교연구』 29, 경주시 신라문화선양회·경주문화원·동국대 신라문화연구소, 2008 참조.

조사를 지도하고 드디어는 후지와라쿄의 정무 시설인 조당원(朝堂院)의 규모를 밝혀내는 데 성공했다.[24] 1936년에는, '국사관(國史館)'이라고 가칭된 국립역사박물관과 연구실을 겸한 시설에 대한 설립의 구상이 구체화되고 있었는데, 그가 병으로 쓰러짐에 따라 생전에 더 이상의 진전은 실현되지 못했다.[25]

일본에는 메이지(明治)시대부터 미술계의 박물관인 '제실박물관(나중의 국립박물관)'이 도쿄(東京), 교토(京都), 나라(奈良) 세 곳에 있었다.[26] 이것들과는 별도의 역사계통의 국립박물관을 설치해야 한다는 의견이 구로이타를 중심으로 한 사람들로부터 전전(戰前)부터 있어 왔다. 하지만 국립의 역사계통 박물관 설치 구상이 본격적으로 구체화된 것은 1945년의 종전을 맞이하고부터였다. 1966년, '메이지백년' 기념사업의 일환으로서 역사박물관의 설치를 결정하고, 1971년에는 문화청 내에 박물관 설치를 위한 기본구상위원회가 만들어졌다. 1978년에는 문화청 내에 '국립역사민속박물관 설립준비실'이 만들어지고 드디어 개관을 향한 준비가 본격화했다. 준비 책임자는 도쿄대학 명예교수 이노우에(井上光貞)였는데, 그는 '고고 · 역사 · 민속' 의 세 분야를 전시의 핵으로 할 것, 박물관은 대학이 공동으로 이용하는 기구로 할 것, 조사연구 기능을 충실하게 할 것 등의 기본 콘셉트를 정했다. 하지만 이 모든 것들은 구로이타의 이상에 힘입은 바가 크다 할 것이다.

이상과 같은 고적과 박물관 등에 대한 구로이타의 시대를 앞서간 관

24 黑板博士記念會 編修, 앞의 책 참조.

25 하지만, 구로이타의 염원은 치바(千葉)현의 사쿠라(佐倉)시에 있는 '국립역사민속박물관'의 건립으로 나타났다. 상세한 것은 http://www.rekihaku.ac.jp 참조.

26 2005년에는 규슈(九州)에 국립박물관이 개관하여 모두 네 곳에 국립박물관이 존재하게 되었다. 규슈국립박물관에 대해서는, http://www.kyuhaku.jp 참조.

심과 정열은 2년간의 유럽 유학과 1910년의 한일병합 이후의 식민지 조선에서의 실제적 운용이 미친 영향이라고 보아야 할 것이다.

결국, 구로이타의 박사학위 논문 『일본고문서양식론(日本古文書樣式論)』이 웅변하는 것처럼 일본에서의 고문서학의 정립은 구로이타의 평생 사업이 된 『대일본고문서』와 『국사대계』 편찬 사업으로 이어졌다. 그 후 선진지역이었던 유럽에의 유학 경험은 박물관을 대표로 하는 유물의 전시와 연구 업무, 그리고 고적조사에도 관심을 갖게 했다. 그리고 이후 그의 경험은 식민지 조선에서 고적 조사사업과 조선사편찬 사업으로 이어지게 되었다. 더 나아가 식민지 조선에서의 그의 총체적 경험은 다시 한국과 일본에서의 사료편찬은 물론이고 현대적인 박물관의 건립, 유적 발굴, 문화재보호법의 정비로 나타났다고 정리할 수 있을 것이다.

그럼, 이상과 같은 구로이타의 개관을 기초로 하여 다음 장에서는 구로이타의 대표적 업적 중의 하나인 '사료학' 의 정립에 대하여 살펴보기로 하자. 이렇게 하는 것에 의해 일본 사료학의 정립을 배경으로 조선사 편찬사업에 이르는 과정을 분석할 수 있을 것이다.

3. 일본 사료학의 확립자, 구로이타

근대일본의 사료학의 발달에는 눈부신 바가 있다. 그런데 근대 일본의 사료학의 배경을 살펴보자면 두 가지 입장으로 나뉜다. 먼저 근대 일본의 사료학은 역시 서양, 특히 독일의 랑케에 의해 제창된 실증주의 사학의 계승자였던 리스(Ludig Riess)에게서 배운 서양열강의 사료학이 그 모태가 되었다는 사실이다.[27] 그리고 또 다른 하나는 일본의 근세시대부터 근대 일본 사료학의 바탕이 이미 생성되어 있었다는 입장[28] 등이다. 구로이타가 도입한 사료 편찬의 방법론은 두 입장이 서로 병용된 것으로, 즉 근대 유럽역사학의 방법론인 국가사업으로서의 사료편찬과 동양적 정사편찬의 방법이 혼용된 일본 독자의 편찬방법이었다고 평가되고 있다.[29]

구로이타가 34년간 재직했던 제국대학(나중의 도쿄제국대학)은 지금은 도쿄대학이 되어 있다. 현재의 도쿄대학에서 그의 흔적은 일본사학과(구로이타의 시절에는 국사학과)와 근대 이후의 일본사료의 편찬을 주도하고 지금도 그 작업을 계속하고 있는 사료편찬소(1929년부터, 그 전은 사료편찬괘)[30]에 확연히 남아 있다. 특히 사료편찬소에서는 아직 사료편찬계의 시절인 1919~1920년에 3대 수장으로서 재직하고 있었다.

---

27 메이지정부에 의해 주도되어 온 편년사를 중심으로 한 사료 편찬에 대해, 외국인 교사 리스는 수집한 사료 자체를 편찬 간행하는 방법을 메이지정부에 제언하고 이후 사료 편찬의 방법에 리스의 방법론, 즉 서양열강의 사용하던 사료 편찬 방법이 도입되게 된다.

28 사료편찬소의 역사는 에도시대로 거슬러 올라간다고 하면서, 1793년 국학자들은 막부의 원조를 받아 사료 편찬 작업을 시작하였다고 한다.

29 箱石大, 앞의 책, pp.251～252.

30 사료편찬소는 메이지정부가 1869년 화학강담소(和學講談所) 자리에 만들어진 사료편집국사교정국(史料編輯國史校定局)을 시원으로 한다. 1870년대에는 수사국(修史局), 수사관, 임시수사국으로 불렸다. 그러다가 1888년에는 제국대학에 국사과가 창설되면서 수사사업은 제국대학으로 이관되어지게 된다. 그 당시의 명칭은 임시편년사 편찬계였다. 이후 1895년 제국대학 문과대학에 사료편찬계가 성립됨으로 인해 본격적인 활동에 들어가게 되고, 이후 1929년에 지금의 사료편찬소라는 이름이 생겨났다.

구로이타는 사료편찬소가 주관, 관할하고 있는 이하의 사료 편찬 사업들에 깊이 관련하고 있다. 다음으로는 사료편찬소의 사료 편찬 사업의 대강과 그 양태를 들여다보도록 하자.

1. 『대일본고문서』[31]

(1) 편년문서; 本編 大寶2年～寶龜 11年(702～780)6책

追加 和銅 2年～寶龜 10年(709～779)17책

補遺 天武天皇 14年～寶龜 7年(686～776)2책

(2) 소장자별(家わけ) 문서;(* 표시는 속간 중인 것)

第1 高野山文書 8 冊 / 第2 淺野家文書 1 冊 / 第3 伊達家文書 10 冊 / 第4 石清水文書 6 冊 / 第5 相良家文書 2 冊 / 第6 觀心寺文書 1 冊 / 第7 金剛寺文書 1 冊 / 第8 毛利家文書 4 冊 / 第9 吉川家文書 3 冊 / 第10 東寺文書 14 冊* / 第11 小早川家文書 2 冊 / 第12 上杉家文書 3 冊 / 第13 阿蘇文書 3 冊 / 第14 熊谷家文書三浦家文書 / 平賀家文書 1 冊 / 第15 山內首藤家文書 1 冊 / 第16 島津家文書 3 冊* / 第17 大德寺文書 14 冊 / 別集 眞珠庵文書 6 冊* / 第18 東大寺文書 19 冊* / 別集 東京大學所藏文書 1 冊 / 第19 醍醐寺文書 14 冊* / 別集 滿濟准后日記紙背文書 3 冊 / 第20 東福寺文書 5 冊 / 第21 蜷川家文書 6 冊 / 第22 益田家文書 3 冊*

(3) 막말 외국관계문서;

嘉永 6년～文久 원년(1853～1861) 기간51책 · 부록7책 *

2. 『대일본유신사료』[32]

31 도쿄대학 사료편찬소, 홈페이지 http://www.hi.u-tokyo.ac.jp/index-j.html 참조.

32 도쿄대학 사료편찬소, 앞의 홈페이지 참조.

편년지부는 弘化 3년(1846) 2월의 효명천황(孝明天皇) 때부터 메이지 4년(1871) 7월의 폐번치현(廢藩置縣)에 이르는 25년간의 사건을 연차순으로 배열한 사료집이다. 총 책 수는 500책을 예정하고 있었지만, 간행 사업은 전전 단계에 이미 중단하고 있다. 현재는 일단 완성된 유신사료고본을 마이크로필름의 형태로 공개하고 있다.

편찬지부는 히코네(彦根)번의 이이(井伊)가의 사료를 편찬하고 있다. 막말의 대노(大老)였던 이이노 나오스케(井伊直弼)의 사료를 중심으로 하고, 막부말의 정치 사료로서 풍부한 내용을 담고 있다.

編年之部 第1編 既刊7冊 弘化 3年 2月 13日 ~弘化 4年 8月29日(1846~1847)

第2編 既刊5冊 安政 元年 正月 元日 ~同年 3月 5日(1854)

第3編 既刊7冊 安政 5年 正月 元日 ~同年 5月 晦日(1858)

類纂之部 井伊家史料 既刊25冊 文政 3年~万延 元年(1820~1860)

3. 『대일본사료』와 『사료총람』[33]

1) 『대일본사료』는 역사상의 중요사건을 「강문(綱文)」이라고 칭하는 사건의 개요를 나타내는 문장으로 나타내고 그 관련 사료를 열거한 것이다. 사료에는 그 사건에 관련하여 나온 문서, 사건을 아는 사람이 남긴 기록, 계도(系圖)나 가보, 후세의 저작이나 지지(地誌) 등 대표적인 것이다. 이것들을 사건의 추이가 쉽게 알 수 있도록 정리하여 둔 것이다.

연대기적으로는 『일본서기』로 시작하는 『육국사』의 뒤를 이어 仁和 3년

33 위의 홈페이지 참조.

(887)부터 慶応 3년(1867)까지의 약 980년을 16편으로 나누어 편찬한 것이다. 현재는 제12편(에도시대 초기)까지가 착수되어 있고 제13편 이후에 대해서는 막부법, 재정・농정관계, 대외관계, 조막관계 등의 기본사료의 수집과 데이터의 정리, 공개를 하고 있다. 또 본편의 간행이 끝난 부분은 근년의 사료 발굴의 성과를 도입하기 위해 보충 편찬을 행하고 있다.

第1編 仁和 3年～寛和 2年(887～986) 本編24冊 完結・補遺既刊4冊

第2編 寛和 2年～応徳 3年(986～1086) 既刊29冊(986～1030)

第3編 応徳 3年～文治 元年(1086～1185) 既刊27冊(1086～1121)

第4編 文治 元年～承久 3年(1185～1221) 本編16冊 完結・補遺既刊1冊(1193～1203)

第5編 承久 3年～正慶 2年(1221～1333) 既刊33冊(1221～1250)

第6編 元弘 3年～明徳 3年(1333～1392) 既刊46冊(1333～1376)

第7編 明徳 3年～文正 元年(1392～1466) 既刊31冊(1392～1418)

第8編 応仁 元年～永正 5年(1392～1466) 既刊40冊(1467～1490)

第9編 永正 5年～永祿 11年(1467～1568) 既刊24冊(1508～1523)

第10編 永祿 11年～天正 10年(1508～1582) 既刊25冊(1568～1574)

第11編 天正 10年～慶長 8年(1582～1603) 既刊24冊(1582～1585)・別冊2(1582)

第12編 慶長 8年～慶安 4年(1603～1651) 既刊58冊(1603～1622)

2)사료총람

『대일본사료』의 전권이 간행되기까지는 상당한 시간이 걸린다고 예상되었기 때문에 『대일본사료』의 초안이 되는 고본(약 5,330책)과 그 후 새롭게 모은 사료 등에 의해 사건의 개요를 나타내는 강문과 전거 사료명만을 뽑아 책으로 묶었다. 현재까지에 仁和3 年(887)부터 寬永16 年(1639)까지의 17책이 간행되어 있다.

4. 『신정증보국사대계』[34]

日本書紀 上・下 / 續日本紀 / 日本後紀・續日本後紀・日本文德天皇實錄 / 日本三代實錄

類聚國史 / 古事記・先代旧事本紀・神道五部書 / 日本書紀私記・釋日本紀・日本逸史 / 本朝世紀

日本紀略(前・後篇) / 百錬抄 / 扶桑略記・帝王編年記 / 續史愚抄 / 今昔物語集 / 宇治拾遺物語・古事談・十訓抄

古今著聞集・愚管抄 / 榮花物語 / 水鏡・大鏡 / 今鏡・增鏡 / 律・令義解 / 令集解 / 類聚三代格・弘仁格抄

交替式(延曆交替式・貞觀交替式・延喜交替式)・弘仁式・延喜式 / 新抄格勅符抄・法曹類林・類聚符宣抄・續左丞抄・別聚符宣抄 / 政事要略 / 朝野群載 / 本朝文粹・本朝續文粹 / 本朝文集 / 日本高僧伝要文抄・元亨釋書

吾妻鏡 / 後鑑 / 德川實紀 / 續德川實紀 / 公卿補任 / 尊卑分脈 / 別卷1. 公卿補任索引 / 別卷2. 尊卑分脈索引

---

34 모두 66책으로 구로이타가 편집하고 마루야마(丸山二郎) 등이 교정을 담당했다. 도중에 구로이타가 1936년에 병으로 쓰러지고, 이후 1946년에 사망했기 때문에 丸山二郎・黑板昌夫・坂本太郎 등이 국사대계편수회를 발족시켜 사업을 계속 진행했다. 그 후 1998년과 2002년에 두 번의 전권 복각사업이 이루어졌다. 2007년 8월부터는 전권을 온디멘드(OD)판으로 제공하고 있다.

5. 『대일본고기록』[35]

각 시대의 대표적인 일기를 음미하고 사료로서 신뢰할 수 있는 텍스트들을 모은 것이다. 일기에는 필자가 직접 쓴 자필원고 뿐만이 아니고 후세의 사본만으로 전하는 것, 다른 사료에 인용된 일문을 모은 것 등 다양하다. 이들을 전부 모아 상호 비교 검토한 것으로 본문을 확정하였다. 또 주기(注記)나 해제에 대한 색인도 붙여 이용의 편의를 도모하였다.

貞信公記
藤原忠平(880～949) 일기
全1冊 完結[907～948]

九暦
藤原師輔(908～960) 일기
全1冊完結[930～960]

小右記
藤原實資(957～1046) 일기
全11冊 完結[982～1032]

御堂關白記
藤原道長(966～1027) 일기
全3冊 完結[998～1021]

後二條師通記
藤原師通(1062～1099) 일기

建內記
万里小路時房(1394～1457)일기
全10冊完結[1414～1455]

薩戒記
中山定親(1401～1459) 일기
既刊3冊[1418～1447 미간분 포함]

臥雲日件錄拔尤
惟高妙安에 의한 瑞谿周鳳(1391～1473)의 일기 초록
全1冊完結[1446～1473]

蔗軒日錄
季弘大叔(1421～1487) 일기
全1冊完結[1484～1486]

二水記
鷲尾隆康(1485～1533) 일기

---

35 도쿄대학 사료편찬소, 앞의 홈페이지 참조. 1952년 간행을 시작한 이래 현재도 간행 중이다.

全3冊 完結[1083~1099]

中右記

藤原宗忠(1062~1141) 일기

既刊5冊[1087~1138 미간분 포함]

殿暦

藤原忠實(1078~1162) 일기

全5冊 完結[1098~1118]

猪隈關白記

藤原家實(1179~1242) 일기

全6冊完結[1197~1235]

岡屋關白記

藤原兼經(1210~1259) 일기

全1冊 完結[1222~1251]

民經記

藤原經光(1212~1274) 일기

全10冊 完結[1226~1272]

深心院關白記

藤原基平(1246~1268) 일기

全1冊 完結[1255~1268]

實躬卿記

藤原實躬(1264~?) 일기

既刊5冊[1283~1307 미간분 포함]

後深心院關白記

近衛道嗣(1332~1387)일기

既刊3冊[1352~1383 미간분 포함]

全4冊 完結[1504~1533]

後法成寺關白記

近衛尙通(1472~1544) 일기

既刊3冊[1506~1536 미간분 포함]

上井覺兼日記

上井覺兼(1545~1589)일기

全3冊完結[1574~1586]

言經卿記

山科言經(1543~1611) 일기

全14冊完結[1576~1608]

言緒卿記

山科言緒(1577~1620) 일기

全2冊 完結[1601~1620]

梅津政景日記

梅津政景(1581~1633) 일기

全9冊完結[1612~1633]

新井白石日記

新井君美(1657~1725) 일기

全2冊 完結[1693~1723]

齋藤月岑日記

齋藤幸成(1804~1878) 일기

既刊6冊[1830~1875 미간분 포함]

江木鰐水日記

江木貞通(1810~1881) 일기

全2冊 完結[1832~1876]

後愚昧記

三條公忠(1324～1383) 일기

全4冊 完結[1361～1383]

付)實冬公記

三條實冬(1354～1411) 일기

第4卷付收完結[1375～1395]

※ [ ] 안은 예정을 포함한 수납연대

이상에서 본 바와 같은 일본근대에 들어서 행해진 방대한 사료편찬 사업에 구로이타는 직·간접적으로 다대한 영향을 미쳤다. 그렇다면 과연 이러한 사료 편찬의 밑바탕에 깔린 사료 편찬의 의도는 무엇일까?

앞에서 살펴본 바와 같이 먼저, 동양에서의 전통적인 정사편찬으로서의 역사편찬, 즉 지배층의 역사, 일본으로 말하자면 천황 중심의 역사관 확립에 공헌하는 편찬 사업이 되기 쉬웠다는 것이다. 그리고 두 번째는 국가적 과제로서의 편찬 사업이다. 이는 서양 열강의 방법론에 다름 아니다. 즉, 국가적 과제로서 시도되는 사료 편찬 사업은 열강의 의도대로 식민지의 역사를 해석할 수 있는 소지를 갖고 있었던 것이다.

다시 말하자면, 천황 중심의 사료편찬에 더하여 서양 열강을 흉내내던 신생열강 일본의 의도가 가미된 사료편찬이라는 이중의 굴절된 편찬방침이 조선사의 편찬에도 적용되었다는 것이다. 결국, 조선사 편찬 사업은 출발선상에서부터 근본적인 한계성을 갖고 있었던 셈이다.

다음으로는 이러한 이중의 굴절된 편찬 의도가 작용하고 있는 조선사 편찬 사업에 구로이타가 어떻게 구체적으로 관여하고 있었던가에 대해 살펴보도록 하자.

4. 조선사 편찬사업과 구로이타

최근에 들어 『친일반민족행위관계사료집』(2008)과 『일제강점기 고적조사사업 연구』(2007)가 잇달아 발표되면서 광범위한 조선사편찬사업에 대한 전체상을 아는데 필요한 자료의 입수가 손쉬워졌다고 할 수 있다. 먼저 전자에는 『위원회의사록』, 『조선사편찬관계서류철』, 『조선사편수회관제관계서류』, 『조선사편수회사무보고서』, 『편수협의회서류철』, 『소화5년12월 편수협의회의사록』, 『비밀문서철』, 『조선사편수회사업개요』 등의 기초적 사료들이 언급된다. 그리고 후자에는 1910년의 한일병탄의 시기를 전후한 시기에서부터 1945년 해방까지의 약 40년간에 걸친 일제의 조선사편찬의 또 다른 한 형태라고 생각하는 조선고적조사사업에 대한 기초적 연구가 고스란히 담겨있다.

1938년 6월 당시, 조선사편찬 사업을 주관한 조선사편수회는 『조선사』 35권, 『조선사료총간』 20종, 『조선사료진집』 3질을 완성하기에 이른다. 이 시점을 계기로 아직 조선사편수회의 임무가 끝난 것은 아니지만 조선사편수회는 사업의 보고서를 제출하는 데 그것이 바로 『조선사편수회사업개요』이다.[36] 이 책은 조선사 편찬 사업을 3단계로 규정하고 있다. 지금부터는 이 3단계 조선사 편찬 사업에서의 구로이타의 관여와 그 행적을 더듬어 보는 것을 주안점으로 삼기로 한다.

그럼 먼저, 전체적인 대강을 살펴보자면 1910년의 한일병합에 의해 새로 부임한 데라우치(寺內)총독은 취조국을 두고 구관제도의 조사를

36 조선총독부조선사편수회 편, 앞의 책 참조. 친일반민족행위진상규명위원회, 앞의 책 참조.

하는 가운데 언젠가는 시도할 조선사 편찬을 위한 준비를 한다. 그러다가 1915년 7월에는 구관제도사업이 중추원으로 이관하게 된다. 이에 중추원에 편찬과를 두어 조선반도사 사업에 착수한다.

그로부터 7년이 지난 1922년 12월에는 조선사편찬위원회가 만들어지고 그 후 3년이 지난 1925년 6월이 되면 조선사 편찬 사업의 완성을 담당한 조선사편수회가 만들어진다. 그로부터 조선사편수회는 다음 해인 1926년 5월에는 쓰시마의 종가(宗家)문서를 구입하고, 드디어 1937년에는 35책 2만 4천 페이지에 이르는 방대한 조선사를 완성하게 되는 것이다.

다음으로는 조선반도사 편찬에 대해 조금 더 상세하게 살펴보자. 1915년 7월, 중추원 안에 조선사 편찬을 위한 작업이 착수되고, 다음해 1월에는 편사 사무의 담당 부분이 배정되는 것에 의해 실질적인 작업이 시작된다. 그에 더하여 1916년 3월에는 구로이타를 위시한 세 사람을 촉탁하여 그 진용을 갖춘다. 같은 해 7월에는 조선반도사 편찬을 위한 편찬요지[37]가 발표된다.

그 내용을 보자면, 조선반도사를 편찬하는 이유 중 한 가지는 재외 조선인이 쓴 『한국통사』는 요망된 설(妄說)이라고 하는 등 자신들에 의해 추진되는 조선반도사가 얼마나 정당한 작업인가를 강조하고 있다.[38] 그러다가 1918년 1월에는 편찬과가 설치되고, 조선의 역사를 상고삼한, 삼국, 통일 후 신라, 고려, 조선, 조선최근세사의 6편으로 나누

37 조선총독부조선사편수회 편, 앞의 책 참조. 黑板勝美先生誕生百年記念會 編, 앞의 책 참조; 친일반민족행위진상규명위원회, 앞의 책 참조.

38 조선총독부조선사편수회 편, 앞의 책 참조. 黑板勝美先生誕生百年記念會 編, 앞의 책 참조; 친일반민족행위진상규명위원회, 앞의 책 참조.

게 된다. 그 이후 작업은 상고삼한, 삼국, 통일 후 신라, 조선의 부분은 일단 탈고 단계에까지 이르게 되는 성과를 거두게 된다.

다음으로는, 조선사편찬위원회의 사업에 대해 살펴보자. 1922년 12월에 만들어진 조선사편찬위원회는 지난번의 조선반도사 편찬의 범위보다 훨씬 방대한 10개년 계획을 세우게 된다. 이러한 장기 계획의 입안에 구로이타가 있었던 것은 물론이다.[39] 구로이타는 조선반도사의 사업에 관여하는 것에 의해 조선사편찬에 필요한 자료 발굴이 계속 이루어지고 또 많은 자금이 소요되는 것을 보고 이러한 장기 계획을 세운 것이다.

우선 1923년 1월 8~10일에 걸쳐 제1회 조선사편찬위원회가 열리는데, 당시의 사이토(齊藤) 총독과 아리키치(有吉) 정무총감이자 조선사편찬위원회 위원장은 도쿄대학의 구로이타와 교토(京都)대학의 나이토(內藤)가 세운 10개년 안을 수용하고, 회의 중에 편찬강령결정에 관한 건의안에 관한 논의를 벌인다. 그 건의안의 내용은 형식, 구분(삼국이전, 삼국, 신라, 고려, 조선 전기, 조선 중기, 조선 후기의 7단계), 체제, 문체, 수집범위, 출판에 관한 것이었다. 구로이타는 아리키치 위원장의 발언에 이어 등장하여 이 안건에 대한 설명을 담당하고 있다.

또 구로이타는 자신이 일본에서 이미 『대일본사료』, 『내일본고문서』 편찬에서 경험을 갖고 있으며, 이 일은 쉽지 않은 일인데 이 작업은 학술적이고 권위 있는 역사편찬이 목적이라고 강조하고 있다. 그리고 구로이타는 삼국 이전의 문제에 대해 이는 대단히 난해한 일이라 하면서 단군조선과 기자조선의 문제는 조선사편찬의 방침이 편년사에

39 조선총독부조선사편수회 편, 앞의 책 참조. 黑板勝美先生誕生百年記念會 編, 앞의 책 참조; 친일반민족행위진상규명위원회, 앞의 책 참조.

있는 것이므로 부적합한 것이라고 하고, 이를 넣는 데는 반대한다고 말하고 있다.[40] 이러한 구로이타를 포함한 당시 일본 측 위원들의 언급에 대해서는 많은 지적과 비판이 따르고 있다.[41]

요컨대, 구로이타의 이와 같은 발언의 배경에는 사료 편찬에 오랫동안 관련해 온 사료학의 권위자인 구로이타가 의식적으로 조선민족의 시조 신화인 단군조선의 이야기를 삭제하려고 하였던 의도가 있었다는 것이다. 그가 삭제 이유로 든 것은 공명정대한 역사 인식을 위한 조치라는 것이었다. 그런데 식민지 조선의 신화에 대한 구로이타의 판단은 그가 『고사기』와 『일본서기』에 나오는 일본신화들에 대해서는 추호도 의심하지 않고 있는 것과 비교해 보면 너무 판이한 것으로 조선사료 편찬에 어떤 의도가 개재되어 있었다고 밖에 볼 수 없다. 구로이타의 조선에 대한 인식은 '일선동조', '타율성', '사대주의', '대가족주의'가 만연한 조선은 이상의 것들을 타파하지 못한다면 일본에 의한 병탄은 최선의 행위는 아닐지 몰라도 어쩌면 당연한 것이라는 논리 위에 선다.[42] 결국, 단군조선의 문제는 여러 논의는 있었지만 구로이타의 의도대로 관철되어졌다.

또 같은 해 5월에는 전국 도지사회의가 열려 도지사들은 조선사편찬사업에 필요한 조선사료의 보존에 힘쓰는 것은 물론 조선사 편찬에

---

40 조선총독부조선사편수회 편, 앞의 책 참조; 친일반민족행위진상규명위원회, 앞의 책 참조.

41 이상시, 『단군실사에 관한 문헌고증』, 가나출판사, 1987. 김성민, 「조선사편수회의 조직과 운영」, 『한국민족운동사연구』 3, 1989; 최재석, 「黒板勝美의 일본고대사연구 비판」, 『일본고대사연구비판』, 일지사, 1990; 김성민, 「일제 식민사학의 한국사 왜곡」, 국사편찬위원회 편, 『국사편찬위원회사』, 1991 참조.

42 黒板勝美, 「朝鮮の歴史的觀察」, 『朝鮮』 78 , 1921 참조.

최대한 협력할 것을 결의하기에 이른다. 6월에는 제2회 조선사편찬위원회가 열리고 이때부터 조선의 민간에 수장하고 있던 사료 수집이 본격화되기에 이른다.[43]

1924년 4월에는 제3회 조선사편찬위원회가 열리고, 여기서는 사료탐방에 더욱 박차를 가하고 일단 수집된 사료를 진열한다. 그리고 조선사편찬의 완성연한을 2년 연장하여 32년까지로 한다. 같은 해 8월에는 제4회 조선사편찬위원회가 열리는데, 당시의 사이토총독이 참석하고 역시 사료전람을 실시한다. 같은 해인 12월에는 제5회 조선사편찬위원회가 열리고 역시 사이토총독이 참석하는 가운데 그 동안 모아진 사료가 전시되었다.[44]

그 다음으로는 조선사편수회 사업에 대해서 이다. 이상과 같이 조선사편찬위원회의 사업이 착실히 진행되고는 있었지만 조선 전국에서 쏟아져 나오는 새로운 사료들의 발굴 속에 조사 사업은 일정한 한계에 직면하게 된다. 이에 구로이타는 좀더 학술적이고 권위 있는 조직으로서의 독립 관청을 찾아 나서게 되고, 그 결과 권위 있고 공평무사한 편년사를 편찬 방침으로 한다는 조선사편수회가 1925년 6월에 발족하게 된다. 같은 해 9월에는 제1회위원회가 열리는데 구로이타는 나이토와 같이 고문으로 추가된다. 이를 보면 역시 조선사편찬위원회로부터 조선사편수회로 담당 기관이 바뀌게 된 데는 구로이타의 수완이 있었음은 짐작하고도 남음이 있다. 구로이타는 사료탐방과 사료정리 그리고 편찬준비를 역설한다.

단, 조선사편찬위원회로부터 조선사편수회로 바뀌는 사정에 주목

43 黑板勝美先生誕生百年記念會 編, 앞의 책 참조. 이순자, 앞의 책 참조.

44 黑板勝美先生誕生百年記念會 編, 앞의 책 참조. 이순자, 앞의 책 참조.

한 최근의 연구[45]를 보는 한 아직도 기초적인 문제가 충분히 해명되었다고는 보기 어렵다. 나아가 이러한 변화에 구로이타가 어떠한 입장을 유지하였고 어떠한 역할을 담당했는지에 대해서는 앞으로의 연구가 기다려진다.

그 후 1927년 7월에 갑작스럽게 제2회위원회가 개최되는데 그 사정에는 구로이타가 해외 출장 가는 시기에 맞추어 열린다는 것이었다.[46] 여기서도 구로이타의 조선사편찬 사업에 관련하는 막강한 영향력을 알 수 있다. 덧붙여 말하자면 해외 출장이란 1927년 7월 말부터 실시된 동남아시아 지방의 답사였음을 알 수 있다.[47] 다음 해인 1928년 7월에는 고문과 위원들의 간담회가 열리는데 구로이타가 참석하여 시간이 없으니 이미 완성된 원고들을 심의하는 것에 의해 편찬의 시간을 줄여야 한다고 발언하고 있다.[48] 이로부터는 구로이타의 조선사 편찬사업에 관련하여 질적이든 양적이든 모든 입장에서 구로이타가 속도를 조절하고 그 사업의 모든 것을 책임 관장하는 위치에 있었음을 알 수 있다.

1929년 12월에 제3회위원회가 열리는데 이 회의도 구로이타가 조선에 온 틈을 이용하여 열리는 회의라 한다. 구로이타는 이 회의에서 조선 후기편을 순조로부터 시작하는 것을 결정한다. 그리고 편찬 후의 성과물들에 대한 편수 및 인쇄를 계량하여 전체적인 조정 작업을 시도

---

45 箱石大, 앞의 책, pp.251~252.

46 조선총독부조선사편수회 편, 앞의 책 참조; 친일반민족행위진상규명위원회, 앞의 책 참조.

47 『虛心文集』 제8권, 앞의 책, 고적조사 편 참조. 黑板勝美先生誕生百年記念會 編, 앞의 책, 「남양의 일본 관계사료 조사보고」 참조.

48 조선총독부조선사편수회 편, 앞의 책 참조. 黑板勝美先生誕生百年記念會 編, 앞의 책 참조; 친일반민족행위진상규명위원회, 앞의 책 참조.

한다. 다음 해인 1930년 8월에는 제4회위원회가 개최되는데, 구로이타는 제1편의 내용은 기록으로서 사적원문을 수록하기로 하고, 제2편 이하는 본문을 인쇄만 하는 것으로 한다고 한다. 한국인 위원 중에 최남선이 묻기를 조선 민족과 여러 특징이 다르지만 조선 민족에 많은 영향을 미친 다른 민족, 특히 숙신과 발해를 어떻게 했으면 좋겠는가 하자, 이마니시(今西)가 대답하기를 '숙신은 인류학이나 민족학적 문제이지 사학적 문제가 아니다. 또 발해는 조선사와 무관하다'고 발언하고 있다.[49] 이렇게 명쾌하게 단정을 하는 의견 개진의 배경에는 구로이타가 있었음은 상상하기 어렵지 않다.

1931년 8월에는 제5회위원회가 열리고, 우가키(宇垣) 총독과 구로이타가 참석한 가운데 제1, 제2편을 인쇄하는데 여러 이유로 서울에서 인쇄를 하기로 결정한다. 게다가 구로이타는 사업을 연신 재촉하고 있다.[50] 다음 해 7월에는 제6회위원회가 열리는데, 구로이타는 작년에 3책을 인쇄하였다고 보고하고, 그 위에 『조선사료총간』과 『조선사료사진집』을 보충할 것을 제안하고 있다. 1933년 8월에는 제7회위원회를 열고 구로이타는 1935년까지 사업을 완성해야한다고 역설하고 있다. 또 다음 해 7월에는 제8회위원회를 열고 구로이타는 35책으로 전체 권수를 변경하고 이 사업의 기한을 1936년까지 1년 연기하기로 한다고 하였다. 게다가 구로이타는 단군조선과 기자조선은 신화, 사상이고 신앙적으로 발전한 것이지 편년사가 될 수 없다고 주장한다.[51] 여기서 보

---

49 조선총독부조선사편수회 편, 앞의 책 참조. 黑板勝美先生誕生百年記念會 編, 앞의 책 참조; 친일반민족행위진상규명위원회, 앞의 책 참조.

50 조선총독부조선사편수회 편, 앞의 책 참조. 黑板勝美先生誕生百年記念會 編, 앞의 책 참조; 친일반민족행위진상규명위원회, 앞의 책 참조.

51 조선총독부조선사편수회 편, 앞의 책 참조. 친일반민족행위진상규명위원회, 앞의 책

이는 구로이타의 단군신화 부정의 논리는 객관적 사료에 바탕을 둔 철저한 실증주의자로서의 구로이타의 이해를 어렵게 한다. 다시 말해서, 사료의 취사선택에 관여하는 구로이타에게서는 조선 민족의 탄생 신화를 무시하려고 하는 의도를 바탕에 둔 일개 사료 수집자로서의 모습밖에 보이지 않는다.

1935년 7월에는 제9회위원회를 열고 구로이타는 조선사의 마지막을 갑오경장으로 하기보다는 '한일병합'까지 하는 것은 어떤지 하는 수정 의견을 내놓고 있다. 여기서도 구로이타의 '한일병합'을 '구 조선사'의 끝으로 그리고 '한일병합'을 '신 조선사' 편찬의 시작으로 하려는 의도가 엿보인다. 이를 마지막으로 위원회는 열리지 않게 되고 1936년 9월에는 고문과 위원들의 간담회가 열리지만 이도 구로이타의 희망대로 폐회되게 된다. 이러한 기나긴 사업의 결과물로서 『조선사』가 완간 편찬되게 되고 편수요령과 범례가 갖추어진다.

그 위에 시대구분은 결과적으로 신라의 통일 이전, 신라통일시대, 고려, 조선 전기, 조선 중기, 조선 후기의 6단계로 정해지게 되었다. 그런데 결론적으로, 이와 같은 시대구분은 조선사의 시작은 부정하고 끝은 일본의 역사로 편입시키자는 것에 다름 아닌 것이다.

다음으로는, 조선사편찬과 조선사편찬의 보조 작업으로서의 고적조사사업이 갖는 의미와 실상[52]에 대하여 살펴본다. 외견상 보기에 『조선사』 편수작업과 고적조사사업 간에는 접점이 없는 것 같지만, 실은 양자 사이에는 유사점이 많다. 우선, 구로이타는 앞선 제국주의 국

참조.

52 전성곤, 『근대 '조선'의 아이덴티티와 최남선』, 제이앤씨, 2008, p.1. 이순자, 앞의 책 참조.

가였던 유럽에서의 유학 경험을 갖고 있다. 구로이타는 1908년부터 2년간의 유럽 유학을 경험하고 있는데 이 기간 동안 그가 돌아다니며 본 것은 발전된 식민지열강들의 대규모의 근대화된 박물관 등의 공공시설과 발굴 조사의 현장경험이었다.[53] 그는 식민지 조선사를 편찬하는 가운데 일선동조론(日鮮同祖論)에 경도된 마인드의 소유자로서 조선사 편수 작업을 지휘하는데 그의 사료 편찬의 의도는 식민지 통치에 공헌하기 위한 것이었다. 그 위에 일본에서의 고적조사와 유럽 유학 경험에서 얻어진 고적조사의 경험은 자연스레 식민지 조선에서의 고적조사로 이어졌던 것이다.[54]

조선에서의 구로이타의 최초의 고적조사는 1915년 4월부터 7월까지의 약 3개월간에 걸쳐 행해졌다. 그 여정을 살펴보면 다음과 같다.[55]

4월－도쿄, 경성, 충북 청주

5월－충북 충주, 단양,

경북 봉기, 순흥, 송천, 부석사, 태백산 사고, 봉화, 안동, 안평, 군위, 대구, 경주

경남 울산, 언양, 양산 통도사, 양산, 물금, 부산, 경북 대구

6월－달성, 성주, 왜관, 김천, 금오산, 상주, 선산, 왜관, 대구, 고령,

경남 합천의 해인사, 초량, 창녕, 영산, 창녕, 마산, 진해, 마산, 진주, 함안,

---

53 『虛心文集』 제8권, 앞의 책, 고적조사 편 참조. 궁내성으로부터 유럽 각지의 미술관이나 박물관에서의 '진열고화기물보호법'에 대한 조사를 명받는다. 이순자, 앞의 책 참조.

54 이성시, 앞의 논문 참조.

55 黑板勝美先生誕生百年記念會 編, 앞의 책, 「조선사적유물조사복명서」 참조. 이순자, 앞의 책 참조.

마산, 삼랑 진, 구포, 김해, 웅천, 고성, 통영, 거제도, 한산도, 삼천포

전남 순천 신성의 왜성, 여수의 고진, 장성리

7월-섬진강, 하동, 화개, 구례, 남원, 임실, 전북 전주

충남 논산, 공주, 부여, 금강, 강경, 군산, 공주, 대전, 경성

평남 평양, 강서, 평양, 개성, 경성

이상의 1915년의 고적조사는 한반도 남부의 대부분을 넘어 한반도 북부까지 미치고 있다. 1915년 이후 구로이타는 매년과 같이 한반도의 고적조사를 하고 있다. 황해도와 평안도의 고적조사는 이후 1916년에 행해진 조사와 아울러 중국문명의 영향력이 가장 빨리 그리고 중심적으로 미친 곳이 평양이라는 가설로 이어졌던 것이다.[56] 이도 또한 조선 독자의 문화가 갖는 자생력을 부정하고 중국문화와의 영향력 아래서만 조선의 역사와 문화는 가능했다는 '타율성론' 의 근거로서 작용했다.

1915년의 구로이타의 고적조사 여행에서 특기할만한 것은 경상도와 전라도의 해안 지역을 답사할 때 '임나일본부'에 대한 추호의 의심 없이 『일본서기』에 써진 그대로 당시의 사정을 이해하고 있는 점이다.[57]

이와 같은 1915~16년 이래의 거의 매년 행해진 조선고적조사는 이후 조선사 편수의 보조 작업으로서 식민지 통치에 공헌하게 되는 것이다. 그리고 구로이타의 조선에서의 고적조사사업은 경성 이외의 지방에서의 고적조사사업으로 이어졌다. 이러한 특히 1910년대 이래의 지방고적보존회[58]의 활동과 연계하여 지방에서의 고적조사사업이 활발

56 黑板勝美, 「朝鮮の歷史的觀察」, 『朝鮮』 78, 1921, pp.48~68.

57 黑板勝美先生誕生百年記念會編, 앞의 책, 「조선사적유물조사복명서」 참조; 黑板勝美, 앞의 논문, pp.58~60 참조. 이순자, 앞의 책 참조.

히 이루어지게 된 것은 일제의 지배가 식민지 조선 전체에서 기능하기 시작했다는 의미하는 것이고, 구로이타의 고적조사 활동과 영향력이 지방에까지 미쳤다는 것을 의미하는 것이다.[59] 한편, 이러한 식민지 조선에서의 경험이 다시 일본에서의 고적조사로 이어져 후지와라경의 발굴사업,[60] 문화재 보호[61] 그리고 박물관 본래의 전시 기능과 연구 기능을 종합한 새로운 박물관의 건립 구상[62] 등으로 이어졌던 것이다.

요컨대, 구로이타에 의한 조선사편찬사업은 일본에서의 일본 사료편찬사업에서는 볼 수 없었던 무언가가 있었는데 그것은 바로 조선 전국을 대상으로 한 고적조사사업과의 연계에서 찾을 수 있다. 또 이러한 구로이타의 경험은 이후 일본 내의 고적조사사업의 본격적인 추진으로 이어졌다는 점에서 구로이타 사학의 식민지적 경험의 확산이라고도 평가할 수 있을 것이다.

---

58 黒板勝美先生誕生百年記念會編, 앞의 책 참조; 이순자, 「1930년대 부산고고회의 설립과 활동에 대한 고찰」, 『역사학연구』 33, pp.153~154.

59 이순자, 앞의 논문, pp.155~193 참조.

60 黒板博士記念會 編修, 앞의 책 참조.

61 위의 책 참조.

62 위의 책 참조; 구로이타가 구상한 '국사관' 의 현재적 모습은 사쿠라시의 '국립역사민속박물관'에서 찾아진다. 자세한 내용은 위의 국립역사민속박물관 홈페이지 http://www.rekihaku.ac.jp 참조.

5. 맺음말－구로이타의 현재적 의미

이상과 같이 구로이타의 학문적 활동기간을 크게는 세 부분으로 나누고 이야기를 전개해 볼 수 있다. 먼저 첫 번째, 1896~1907년은 일본에서의 고문서학의 체계화와 고전적의 출판과 보급에 힘쓴 전형적인 제국대학의 학자로서의 모습. 그리고 두 번째, 1908~1910년의 기간 중에 그 당시 쉽지 않았던 유럽 유학을 한 구로이타는 유럽 각지의 미술관이나 박물관을 조사할 수 있었다. 마지막으로 1911~1936년은 첫 번째 기간 동안에 얻어진 일본에서의 고문서학과 고전적의 체계적인 보급과, 두 번째의 유럽에서의 선진적인 미술관과 박물관의 진열 및 사적 보호의 노하우를 일본과 조선에서 특히 조선에서 열정적으로 추진해 나갔던 시기라 보았다. 특히 구로이타의 40대 이후의 중진학자로서의 활동이 1915년 조선을 처음 방문한 이래 16년간에 걸친 '조선사 편수'(1922~38년)와 '조선 고적조사' 사업에 집중되어 나타났던 것에 주목했다.

이러한 과정을 통해 본 연구는 다음과 같은 결론을 얻을 수가 있었다. 구로이타의 사망 후 60여 년, 건강상의 이유로 학문적 사망으로 따지자면 70여 년이 지났음에도 구로이타가 생전에 미친 영향력은 아직도 한일 양국의 사학계에 건재하고 있다는 것이다. 구체적으로 살펴보면, 사료학과 고적조사, 박물관, 문화재보호법[63]에 이르기까지 사학의 가장 기본적인 자료라는 측면에서 전 방위적으로 관계하고 있는 것이다. 이러한 것이 가능했던 배경을 보건대 근대일본 사료학의 정립이라

63 오세탁, 『文化財保護法原論』, 주류성, 2005, 제4장 참조. 이순자, 앞의 책 참조.

는 실적에다가 당시로서는 드물었던 구미유학의 경험에 더불어 때마침 '한일병합'이라는 제국주의 경험을 실현할 수 있는 무대가 마련되는 등 구로이타에게는 그 어느 것 하나 버릴 게 없는 실천적 조건들이 펼쳐진 것이다. 특히 당시의 학문적 사회적 분위기가 조선에 대한 '일선동조론'의 입장[64]이 팽배해 있었다는 점도 그의 활동을 강하게 뒷받침해 주었다. 요컨대, 조선에서의 그의 활동은 철저하게 식민지 조선의 완성에 이르는 기초적 작업에 몰두한 것이었다. 그의 사료학의 배경이 국학의 전통을 가진 일본 사료학에 후발 제국주의 국가 일본으로서의 서양 사료학의 도입이 있었던 것은 이상에서 확인한 대로이다.

하지만, 그의 사료 편찬의 의도가 무엇이었던가에 대해서는 별로 논의가 되지 않았던 것 같다. 특히 조선사 편찬에서 보여준 그의 확고한 인식은 식민지 조선의 건국신화인 단군신화는 조선사에 실릴 수 없는 비과학적인 요소로 치부되기에 이른다. 구로이타에게 있어 조선사는 공명정대하고 권위에 넘치는 과학적이고 합리적인 사서여야만 했다. 그렇다면 구로이타를 중심으로 한 조선사의 편찬 방침에 따르는 한, 식민지 조선의 건국신화인 단군신화는 그 존재할 곳이 애초부터 없었던 것이다. 아울러 조선사 편찬은 철저하게 조선의 일본화를 달성하기 위한 원대한 기간시설의 레일을 부설하는 사업이어야만 되는 그런 것이었다. 이러한 의도는 조선사만의 이야기가 아니라 자국사인 일본사 편찬에도 예외 없이 적용되었던 것이다. 즉, 천황 중심의 사료 편찬에 편찬의 방향이 설정되어 있었던 것이다.[65] 그렇다면 적어도 한・일 양국 사학계에서의 구로이타의 영향력은 과거의 어느 한 시기에만 존재하

64 旗田 巍著, 이기동 역, 앞의 책 참조.

65 黑板勝美, 앞의 책 제1권과 제2권 참조.

고 있었던 것이 아니라 지금 현재도 미치고 있음에 유의해야 할 일이다.

다시 말하자면, 식민지 시대의 식민사학자들 중에서도 구로이타는 가장 기초적이고 본질적인 면에서 한·일 양국의 사학계를 지배하고 있었던 존재가 아닌가 하고 여겨진다. 그리고 더 나아가 구로이타의 흔적은 어디까지나 '일본중심주의'[66]에 입각한 것이었다는 데 주의할 필요가 있다. 일본에서의 구로이타의 사료에 입각한 고문서학의 확립과 식민지 조선에서의 그의 경험의 확산은 조선사의 연구에 있어 가장 기본인 사료를 취사선택했고 재배열했다는 점에서 주목할 필요가 있을 것이다. 결국, 이러한 사료의 편향적이고 의도된 재단은 조선사 연구를 근본적으로 제약하는 효과를 가져 올 수 있었다고 생각된다. 또 어떤 의미에서는 구로이타의 작업은 식민지조선의 본질적인 지배와도 관련된다고 할 수 있을 것이다. 앞으로 구로이타에 대한 관심을 더 많이 가져야 하는 이유가 바로 여기에 있다 할 것이다.

---

66 '일본중심주의'의 실태와 이념을 통시대적으로 분석한 최근의 논저로서는, 김현구 외, 『동아시아 세계의 일본사상-'일본 중심적 세계관' 생성의 시대별 고찰』, 동북아역사재단, 2009가 있다. 이 성과물은 「'일본율령국가'와 '일본중심주의'-『일본서기』를 중심소재로 하여」, 「중세 일본의 신국사상과 그 역사적 변천」, 「전국시대 일본적 세계관과 신국사상」, 「신유학의 수용과 고학의 일본정신」, 「'국체' 관념의 시각화-동경부 양정관의 '국사회화'를 중심으로」 등의 5편의 논문으로 구성되어 있다.

|참고문헌|

1. 사료와 사전

黑板勝美(編),『國史大系』(第1卷~14卷), 大八州出版, 1934.

__________, 國史大系編修會編,『類聚國史』(國史大系), 吉川弘文館, 1979.

__________, 和田維四郎編纂,『岩崎文庫所藏日本書紀舊鈔本に就きて』, 岩崎文庫, 1919.

__________,『德川實紀』(第1篇~第10篇), 吉川弘文館, 1929~1935.

__________,『令集解』(前篇, 中篇, 後篇), 吉川弘文館, 1953~1955.

__________,『國史の硏究』(總說の部, 各說の部), 文會堂書店, 1918.

__________,『國體新論』, 博文堂, 1925.

__________,『皇家中興の大業』(岩波講座日本歷史 / 國史硏究會編), 東京:岩波書店, 1933.

__________,『國史の編著』(岩波講座日本歷史 / 國史硏究會編), 岩波書店, 1934.

__________,『國史の大觀』(岩波講座日本歷史 / 國史硏究會編), 岩波書店, 1935.

__________, 國史大系編修會編,『政事要略』(國史大系第28卷, 吉川弘文館, 1964.

國史大辭典, 第4卷, 吉川弘文館, 1984.

歷史學事典, 第5卷－歷史家とその作品, 弘文堂, 1997.

2. 연구서

朝鮮總督府朝鮮史編修會,『朝鮮史編修會事業概要』, 1938.

朝鮮總督府中樞院,『朝鮮舊慣制度調査事業概要』, 1938.

朝鮮總督府朝鮮史編修會,『朝鮮史首卷日錄事業概要』, 1938.

『虛心文集』全8券, 吉川弘文館, 1939.

黑板博士記念會 編修,『古文化の保存と硏究: 黑板博士の業績を中心として』, 吉川弘文館, 1953.

坂本太郎 他,「黑板勝美博士－近代史學を作った人々」,『歷史教育硏究』18, 1961.

黑板勝美先生誕生百年記念會 編,『黑板勝美先生遺文』, 吉川弘文館, 1964.

芳賀登,『批判近代日本史學思想史』, 柏書房, 1974.

永原慶二・鹿野正直,『日本の歷史家』, 日本評論社, 1976.

旗田巍 저, 이기동 역,『일본인의 한국관』, 일조각, 1985.

「黑板勝美博士(日本史上の人物と史料〈特集〉)」,『日本歷史』500, 吉川弘文館, 1990.
古代學協會 編,「黑板勝美先生の思い出(黑板勝美博士を偲ぶ)」,『古代文化』49-3, 1997.
오세탁,『文化財保護法原論』, 주류성, 2005.
坂本太郎,『歷史と人物』, 東京: 吉川弘文館, 1989.
전성곤,『근대 '조선'의 아이덴티티와 최남선』, 제이앤씨, 2008.
조인성 외,『일제시기 만주사·조선사 인식』, 동북아역사재단, 2009.

3. 논문

稻葉岩吉,「朝鮮史硏究の過程」,『世界歷史大系11 朝鮮滿州史』, 平凡社, 1935.
丸山二郎,「黑板勝美博士の年譜と業績」, 黑板勝美博士記念會 編,『古文化の保存と硏究－黑板博士の業績を中心として』, 吉川弘文館, 1953.
中村榮孝,「朝鮮史の編修と蒐集－朝鮮總督府朝鮮史編修の事業」, 黑板勝美博士記念會編,『古文化の保存と硏究－黑板博士の業績を中心として』, 吉川弘文館, 1953.
藤田亮策,「朝鮮古蹟調查」, 黑板勝美博士記念會編,『古文化の保存と硏究－黑板博士の業績を中心として』, 吉川弘文館, 1953.
三成重敬 他,「黑板勝美博士を偲びながら(座談會)－上」, 日本歷史學會編,『日本歷史』(通號134), 吉川弘文館, 1959.
他,「黑板勝美博士を偲びながら(座談會)－下」, 日本歷史學會編,『日本歷史』(通號135), 吉川弘文館, 1959.
김용섭,「일본, 한국에 있어서의 한국사서술」,『역사학보』31, 1966.
旗田巍編,『シンポジウム・日本と朝鮮』, 勁草書房, 1969.
石井進,「史料論まえがき」,『岩波講座日本通史25 別巻2』, 岩波書店, 1976.
高橋正彦,「古文書誕生のころ－明治二十一年より四十五年にかけて」,『歷史公論』3-9, 1977.
日本古文書學會編,『日本古文書學論集1總論 I 日本古文書學の展開』, 吉川弘文館, 1986.
金義煥,「『近代日鮮關係の硏究』(田保橋潔)の著述刊行の動機とその內容について」,『朝鮮學報』88, 1978.
이상시,『단군실사에 관한 문헌고증』, 가나출판사, 1987.

東京大學百年史編集委員會編,『東京大學百年史 部局史四』第19編, 史料編纂所, 1987.
김성민,「조선사편수회의 조직과 운영」,『한국민족운동사연구』3, 1989.
최재석,「黑板勝美의 일본고대사연구 비판」,『일본고대사연구비판』, 일지사, 1990.
김성민,「일제 식민사학의 한국사 왜곡」, 국사편찬위원회 편,『국사편찬위원회사』, 1991.
齋藤忠,「黑板勝美先生の思い出(黑板勝美博士を偲ぶ)」,『古代文化』 Vol.49, No.3, 古代學協會, 1997.
兒玉幸多,「黑板先生の思い出(黑板勝美博士を偲ぶ)」,『古代文化』Vol.49, No.3, 古代學協會, 1997.
黑板伸夫,「追想 黑板勝美(黑板勝美博士を偲ぶ)」,『古代文化』Vol.49, No.3, 古代學協會, 1997.
大久保利謙,「黑板勝美先生の風格と學問(黑板勝美博士を偲ぶ)」,『古代文化』Vol.49, No.3, 古代學協會, 1997.
李成市,「日本歷史學の成り立ちと黑板勝美:『朝鮮史』編纂と古蹟調查事業を中心に(報告)(公開シンポジウム: 平成十二年度早稻田大學史學會)」,『史觀』144, 早稻田大學史學會, 2001.
李成市他, 「コロニアリズムと近代歷史學－植民地統治下の朝鮮史編修と古跡調查を中心に」,『植民地主義と歷史學－そのまなざしが殘したもの』, 刀水書房, 2004.
永島弘紀,「日本統治期における'史學'と'史料'の位相」,『歷史學硏究』795, 2004.
箱石大, 「史料採訪－韓國所在日本關係史料調查」, 『東京大學史料編纂所報』38-41號, 2003~2006.
井上直樹,「日露戰爭後の大陸政策と滿鮮史」,『洛北史學』8, 2006.
箱石大,「韓國國史編纂委員會所藏の朝鮮總督府修史事業關係史料について」,『前近代東アジアにおける日本關係史料の硏究 2003~2006年度科學硏究費補助金基盤硏究(A)硏究成果報告書』, 2007.
______,「近代日本史料學と朝鮮總督府の朝鮮史編纂事業」, 佐藤信藤田覺 編,『前近代の日本列島と朝鮮半島』(史學會シンポジウム叢書), 山川出版社, 2007.
박찬흥,「만선사관에서의 한국고대사 인식 연구」, 고려사학회 편,『한국사학보』

29, 2007.
이순자, 『일제강점기 고적조사사업 연구』, 숙명여대 박사논문, 2007.
대통령소속 친일반민족행위진상규명위원회, 『친일반민족행위관계사료집』 V, 2008.
김영하, 「일제시기의 진흥왕순수비론－'滿鮮' 의 경역인식과 관련하여」, 『한국고대사연구』, 53, 2008.

나이토 고난의 중국 인식과 동아시아 표상*

신현승

1. 들어가는 말

1) 본고의 과제와 방향

인류의 역사 속에서 빈번히 발생한 역사적 사건의 배경에는 그와 같은 대사건으로 이끈 잠재적 요인(要因)이 몇 가지 존재하며, 그 당시를 살아간 지식인층의 역사인식과 역사관이 내재되어 있다. 우리에게는 역사적 비극으로 기억되는 한일병합도 그 배경에는 일본 역사학자들

---

* 이 글은 필자가 2008년도 동북아역사재단 프로젝트에 공동연구원으로 참가하여 연구한 보고서 「內藤湖南의 '支那論'과 동아시아 인식」을 수정・보완한 것이다.

의 잘못된 역사인식과 역사관이 자리 잡고 있었다. 여기에서 '잘못되었다'고 단언하는 것은 그것이 세계사적 보편성이라는 시각에서 벗어났다는 의미이다. 보편성을 결여한 특수성은 타자의 의식과는 별도로 자기들만이 공유하는 편협한 의식의 산물일 수밖에 없다. 그런 의미에서 일본 근대 역사학자들의 동아시아상(像)은 보편성을 간과하는 모순으로서 자기의식의 특수성을 강조한 나머지, 일그러진 동아시아 표상(表象)이 되지 않을 수 없었다.

그럼 1876년 강화도조약 이후, 한일병합(1910) 및 중국의 신해혁명(1911)을 전후로 하여 당시 일본의 역사학자들은 어떠한 역사관과 동양사관(東洋史觀)을 가지고 있었을까. 그 동양사관은 또 어떠한 내용과 의미를 지니고 있는 것일까. 이러한 물음에 답하기 위해서는 그들의 시대정신과 역사인식 및 개개의 언설을 분석하지 않으면 안 된다.

그래서 본고는 이와 같은 문제의식을 가지고 한일병합을 전후로 하여 활동한 일본의 대표적 동양사학자인 나이토 고난(內藤湖南, 1866~1934)의 역사인식 및 동양사관에 주목해 보고자 한다. 특히 그의 대표작이라 할 수 있는 『지나론(支那論)』과 『신지나론(新支那論)』 및 중국에 관한 언설을 중심으로 해서 위와 같은 문제의식의 초점에 접근하고자 한다. 하지만 이 논고에서는 '지나론'이라고 해서 서명(書名)만을 의미하지 않으며, 그의 '중국론' 전체를 의미한다. 즉 나이토 고난의 '중국 인식' 내지는 '중국상(像)' 혹은 넓은 의미에서 '동아시아 표상'이라 할 수 있다. 나이토 고난이라 하면 일본

그림1_나이토 고난(內藤湖南)의 초상. 도덕민(陶德民), 『明治の漢學者と中國』, 關西大學出版部, 2007年 참조.

의 동양사학계와 동아시아 각국의 역사학계 및 사상계는 물론이고 서구의 동양사학 연구자들에게도 널리 알려져 있는 20세기 초엽의 대표적 동양사학자 중의 한 사람이다. 그는 젊은 시절 저널리스트로서 활동한 후 교토(京都)제국대학 교수로서 동양사 강좌를 담당한 역사학자였는데, 그의 대표적 역사학 이론으로서 중국사의 '시대구분론'이 유명하다. 이 시대구분론은 당시 중국의 근대가 서구인의 도래와 함께 시작된다는 통설에 반대하여 송대(宋代)에 근대화의 싹이 트기 시작했다는 것을 염두에 두고 송대(宋代)부터를 근세(近世)로 설정한다. 다시 말해 당송변혁(唐宋變革)이라는 용어로 표현되듯이 당(唐)・송간의 사회변화를 근대의 역사학자들 중에서 가장 먼저 지적한 것이다. 아직도 이 '시대구분론'이 동아시아의 역사학계에서 널리 인정받고 있는 상황을 생각해 보면 나이토 고난의 학문적 업적의 위력이 어떠했는가를 실감할 수 있다.

한편 그는 중국의 신해혁명(辛亥革命)에 의한 청조(淸朝)의 붕괴, 중화민국의 성립이라는 근대 중국의 변화에 다대한 관심을 가지기 시작하여 마침내 중국의 내정(內政)문제에 입각한 『지나론(支那論)』(1914)을 간행한다. 이 『지나론』은 바로 한일병합을 전후로 한 나이토 고난의 중국론이자 동양사관의 극치라 할 수 있다. 이것은 타자(他者)로서의 중국을 본격적으로 인식하기 시작한 것이고 아둔하고 정체된 중국의 이

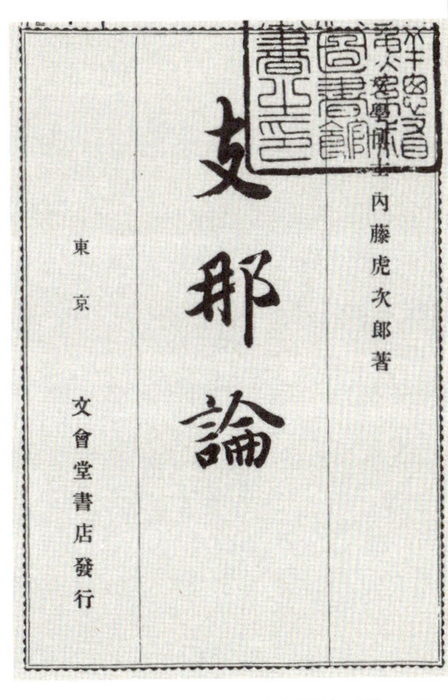

그림2_나이토 고난(內藤湖南)의 『지나론(支那論)』 표지

그림3_나이토 고난(內藤湖南)의 『신지나론(新支那論)』 표지

미지를 부각시키고 있다. 다시 말해 정체된 늙은 대국으로 중국을 폄하하여 묘사함으로써 일본보다 열등하다는 단순 논리를 내세운다. 또 『지나론』이 간행되고 10년 후, 즉 1924년 9월에 『신지나론』이 간행된다. 여기에서도 그의 중국론은 10년의 세월이 변했음에도 불구하고 기본적인 사유(思惟) 구조는 결코 변하지 않았다. 그는 여기에서 제국주의적 담론으로서의 양상을 한층 더 노골적으로 드러내고 있다. 본 연구에서는 바로 이 두 권의 책을 주요 참고문헌으로 삼았음을 밝혀둔다. 정치적 담론에서 출발한 그의 중국론과 동양사관은 최후에 중국을 둘러싼 근대 일본의 학술 담론으로서 '지나학'이 형성되는 계기를 만들어 주었던 것이다. 그래서 본 연구는 나이토 고난의 지나학이 어떻게 형성되었는지에 대해서도 초점을 맞추려 한다.

결론적으로 본 연구는 이와 같은 나이토 고난의 '중국론(=지나론)'을 중심으로 그 자신의 시대정신과 역사인식 및 동양사관을 분석함으로써 한일병합을 전후로 활동한 일본 역사학자들의 역사관의 한 양상을 추적해 보고자 한다. 또 이와 같은 작업을 통하여 우리는 근대 일본의 지적 풍토와 실상 및 그들에 의해 지지되고 자행된 제국주의 전쟁의 실상과 잘못된 의식으로서의 근대의식을 더욱 분명하게 이해하게 될 것이다. 즉 그들의 시대정신과 역사관이 어떠했는지를 파악함으로써 현대 일본인의 역사관 및 역사인식에 관해서도 조금이나마 이해하게 될 것이다.

2) 기존 연구성과의 회고

나이토 고난은 1866년 일본의 아키타현(秋田縣) 가즈노군(鹿角郡) 게마나이초(毛馬內町)에서 태어났고 조부의 대(代)부터 한학을 익혔으며 그 영향으로 인해 나이토의 경우도 어린 시절부터 한학적 소양을 키워 왔다고 한다. 1883년 현립(縣立) 아키타 사범학교에 입학하여 1885년 동교(同校) 고등사범과를 졸업하였다. 졸업 후 2년간 소학교에서 재직하다가 1887년 교직생활을 청산하고 도쿄로 진출하였다. 이후 1907년 교토(京都)제국대학 문과대학의 사학과 동양사학 강좌의 강사에 취임하기 전까지 신문·잡지사 등에서 활약하면서 저널리스트로서 왕성한 문필활동을 전개하였다.[1] 이때부터 그는 서서히 중국에 관심을 가지게 되었고 그 후의 저명한 동양사학자로서의 길을 가는데 있어서 그 기초를 닦았다고 할 수 있다. 그런데 이제까지 일본 국내에서의 나이토 고난에 대한 연구 성과는 방대하다고 말할 수 있다. 양적 혹은 질적인 측면 모두에서 우수한 연구가 이루어졌음은 두말할 나위도 없다. 하지만 동아시아의 또 다른 축을 이루는 한국과 중국에서는 상대적으로 미약할 수밖에 없었다. 물론 한국과 중국에서도 동양사학계 내부에서는 나이토 고난의 명성이 대단하였다. 그것은 그의 '시대구분론'이 어느 정도의 위력을 발휘했기 때문이다. 그렇더라도 나이토에 관한 전기(傳記)나 역사관 및 나이토 개인에 관한 연구는 큰 주목을 받지 못하였고 그 때문에 연구 성과는 적을 수밖에 없었다. 여기에서는 이러한 이유로 일본 국내의 연구사만을 간략하게 정리하고자 한다. 우선 현재의

1 나이토 고난의 삶과 경력에 관해서는 三田泰助, 『內藤湖南』(中公新書, 1972)을 참조.

시점에서 나이토 고난의 전체적 실상을 파악하기 위해서는 필연적으로 그의 문집인 전집(全集)을 검토하지 않으면 안 된다. 전집은 1969년부터 1976년까지 순차적으로 정리되어 도쿄의 지쿠마쇼보(筑摩書房)에서 『나이토 고난 전집(內藤湖南全集)』으로 간행되었는데, 전 14권본이다. 제1권에서 4권까지는 주로 '언론인'으로서 활약하고 있던 시기의 작품을 수록하고 있다. 그 중 제1권에는 『근세문학사론(近世文學史論)』, 『제갈무후(諸葛武侯)』, 『누주타주淚珠唾珠』 등이 있고 제2권에는 1899년의 중국여행의 기행문 『연사초수(燕山楚水)』를 비롯하여 『台湾日報·万朝報』 게재문인 「다카하시 겐지군 전(高橋健三君傳)」과 「추상잡록(追想雜錄)」을 수록하였다. 제3권과 4권은 『大阪朝日新聞』 소재(所載)의 논설과 잡문(1900~06년), 및 『日本人』 등에 실린 시사론(時事論)으로 구성되어 있다.

그리고 본 연구에서 다룰 『지나론』과 『신지나론』은 전집의 제5권에 수록되어 있는데, 이 제5권에는 교토대학의 교단에 몸담았을 시기에 저술한 시국론, 즉 중국론이며 두 개의 지나론과 함께 『청조쇠망론(淸朝衰亡論)』 등이 수록되어 있다. 제6권은 시사론 이외의 잡문이나 강연, 일본어로 쓴 서문과 여행일기, 『한국동북강계고략(韓國東北疆界攷略)』과 『만주사진첩(滿洲寫眞帖)』 등을 수록하고 있다.

제7권에서 제13권까지의 총 7권은 교토대학 교수 시절에 집필하여 학계에 발표하고 소개한 순수 학술논문과 강의록이다. 그런데 제8권에서 제13권에 이르기까지 여기에 수록된 저작은 정년퇴직 무렵에 저술하고 정년 후에 증보판을 낸 『일본문화사연구(日本文化史研究)』를 유일한 예외로 하더라도 모두 몰후에 장남 나이토 겐키치(內藤乾吉) 등에 의해 편찬된 것이다. 제7권에서 13권까지의 목록을 보면 다음과 같다.

第7卷: 『연기소록(硏幾小錄)』, 『독사총록(讀史叢錄)』. 第8卷: 『동양문화사연구(東洋文化史研究)』, 『청조사통론(淸朝史通論)』. 第9卷: 『일본문화사연구(日本文化史研究)』, 『선철의 학문(先哲の學問)』. 第10卷: 『지나 상고사(支那上古史)』, 『지나 상고의 문화(支那中古の文化)』, 『지나 근세사(支那近世史)』. 第11卷: 『지나 사학사(支那史學史)』. 第12卷: 『목도서담(目睹書譚)』, 『지나 목록학(支那目錄學)』, 『書目答問(史部)補正』. 第13卷: 『지나 회화사(支那繪畫史)』, 『회화사잡찬(繪畫史雜纂)』. 第14卷은 한문(漢文)으로 쓴 문집 혹은 시집(詩集)을 망라하고 있고 더불어 와카(和歌)와 서간문을 수록하고 있으며 최후에는 연보(年譜)와 저작 목록을 부록으로 실고 있다.[2]

이와 같은 나이토 고난의 『전집』은 그의 사후 많은 연구자들에게 그의 실체를 파악할 수 있도록 좋은 연구 자료로서 기능하고 있으며, 또 이것은 나이토 고난의 연구를 위해서는 필수적으로 다루어야 할 1차 자료이다. 한편 나이토 고난의 사후에 이루어진 다수의 연구 성과가 눈에 뜨인다. 그것을 잠시 소개해 두면, 우선 나이토 고난의 경력을 포함한 전기(傳記)에 관해서는 대표적인 논고로서 다음과 같은 것이 있다.

安藤德器 『西園寺公と湖南先生』(言海書房, 1936), 高橋克三編 『湖南博士と伍一大人』(石川伍一大人・內藤湖南博士生誕記念祭實行委員會, 1965), 青江舜二郎 『龍の星座－內藤湖南のアジア的生產』(朝日新聞社, 1966) 등이 있고, 『內藤湖南全集』(1969~1976)이 출판되던 무렵과 그 후의 대표적 논고에 三田村泰助 『內藤湖南』(中公新書, 1972), 森鹿三 「內藤湖南－日本文化論」(『日本民俗文化大系11』, 講談社, 1978), 增淵龍夫

2 內藤湖南(虎次郎), 『內藤湖南全集』(第1卷~14卷), 東京: 筑摩書房, 1969~1976. 『內藤湖南全集』의 전체 목록을 참조.

『歷史家の同時代史的考察について』(岩波書店, 1983), 千葉三郎『內藤湖南とその時代』(國書刊行會, 1986), 加賀榮治『內藤湖南ノート』(東方書店, 1988) 등 이 외에도 많은 논고가 있다.

그런데 일본 내에서의 나이토에 대한 연구는 비판적 시각에서 평가한 논고가 그리 많지 않음을 쉽게 간파할 수 있다. 보편사적 역사관으로서 나이토 사학(史學)을 평가하지 않았다는 것이며, 대부분이 나이토 고난의 동양사학계에서의 업적을 개괄하고 긍정적으로만 평가한 논고가 많았다는 얘기이다. 그래서 본 연구는 그와 같은 일본 내의 연구 성과에 대해 비판적 시각의 잣대를 들이대고 세계사적 보편성 혹은 '동아시아사적' 보편성이라는 관점에서 나이토의 중국론과 동아시아상(像)을 검토해 보고자 한다.

2. 정치적 담론으로서의 '지나론'

1) 나이토와 '지나학(支那學)'의 형성

당시의 명칭에서 볼 때 '지나학(支那學)'은 중국에 관한 제 논의와 연구를 일컫는다. 나이토 고난의 '지나학'을 이해하고 분석하기 위해서는 우선 그 자신의 경력과 동양사 연구에 관심을 갖게 된 계기에서부터 출발해야한다. 주지하다시피 나이토의 일생은 그 전반기를 신문사의 논설기자로서 언론계에서 활약하였고, 후반기는 교토제국대학(京都帝國

大學)에서 동양사학을 강의하면서 동양사 연구에 매진한 시기로 구분할 수 있다. 나이토는 교토제국대학 교수로 부임하기 이전부터 도쿄제국대학 동양사학과에 대한 강한 라이벌 의식을 가지고 있었던 것 같다. 그가 오사카 매일신문사에 재직하고 있을 때인 1901년 『오사카(大阪) 매일신문(每日新聞)』 지상에 「교토대학과 문과(京都大學と文化)」, 「간사이의 문화와 교토대학(關西の文化と京都大學)」, 「교토대학과 박학의 사(京都大學と樸學の士)」[3] 등의 논설을 계속하여 게재하고 교토제국대학에 문과대학이 설립돼야 한다는 필요성을 강조한 것으로 보아도 짐작할 수 있다. 특히 '태서풍(泰西風)의 대학'(도쿄제국대학을 지칭)에는 '박학(樸學)의 사(士)'가 없으니, "교토대학에서 求(구)해야 할 것이다"라고 말한 다음, 다음과 같이 기술하고 있다.

> 바야흐로 개설될 문과대학에 있어서는 그 교수가 가장 박학(樸學) 연찬(硏鑽)의 풍모를 지니고 고증·번쇄(煩瑣)의 폐해를 벗어나 문명의 비평, 사회의 개조에 의하여 입견(立見)하고 고래 간사이(關西) 학자에 특유한 고로하되 잡(雜)돼서는 안 되고, 준엄(峻嚴)하되 부박하지 아니한 학풍을 일으키면 (…중략…) 듣기에 교토대학의 문과에 설치되어야 할 것은 우선 사학과(史學科)로부터 시작해라. 나는 현재 도쿄대학의 사학(史學) 연구방침에 대하여 또한 비견(鄙見)이 있음을 면치 못하는 자이나 그러나 이것은 스스로 타일(他日) 별론(別論)을 요하는 것이다.[4]

이와 같은 언설은 확실히 도쿄제국대학을 의식한 논조였고, 또한 도

3 이 논고들은 모두 『內藤湖南全集』의 第3卷에 수록되어 있다.

4 內藤湖南, 「京都大學と樸學の士」(『內藤湖南全集』 第3卷 所收)를 참조.

쿄제국대학 사학과의 '고증·번쇄(煩瑣)'적인 학풍을 비판하고, 앞으로 설립될 교토제국대학 사학과가 지녀야 할 학풍으로 '박학(樸學)'의 학풍을 제창한 것으로 이해할 수 있다. 어쨌든 이 '박학'의 학풍은 나이토 사학(史學), 나아가서 교토학파의 학풍으로 그 전통을 이루게 된다. 동시에 시라토리 구라키치(白鳥庫吉, 1865~1942)가 이끌던 도쿄제국대학의 고증 사학과 대립한 학풍으로 정립되었던 것이다.[5] 하지만 나이토나 시라토리 모두 '일본중심주의적' 역사관을 가지고 있었다는 점에서는 공통된 의식의 소유자였다.

그런데 나이토의 이러한 학문적 태도는 그의 전반기의 삶, 즉 저널리스트로서의 경력과 무관하지 않다. 다시 말해 그의 전반기의 삶이 후반기의 삶에 영향을 끼쳤다는 것은 말할 필요도 없을 것이다. 전반기에 있어서 나이토는 중국사 혹은 중국문화보다도 일본문화에 대한 관심이 컸던지라, 그의 논고는 자국의 문제와 자국사에 대한 것으로 가득 채워졌다. 그렇게 볼 때 나이토가 본격적으로 동양사 연구(좁게는 중국사 연구)로 전환하는 계기는 신문기자 생활의 말년에 해당할 것이다. 특히 기존의 나이토 고난에 관한 연구서를 검토해 보면 두 시기가 일본 연구에서 중국 연구로 전화하는 한 계기가 되었음을 확인할 수 있다. 즉 1894년과 1905년이다.

첫 번째 계기는 1894년인데, 이 해 8월 1일에 발표된 청일전쟁 선전포고의 조칙에 앞서 『大阪朝日新聞』에 7월 29일부(付)로부터 3회에 걸쳐 연재된 「교전국 인민의 마음가짐(交戰國人民の心得)」이라고 제목이 붙은 사설은 다카하시 겐지(高橋健三, 1855~1898)의 지론을 나이토와

5 洪淳昶, 「日本東洋史家의 中國文化論－白鳥·內藤을 中心으로」, 『大丘史學』 第十七輯, 1979, pp.152~153.

다른 한 사람이 공동으로 정리한 문장이다. 이어서 전쟁이 발발하자 다카하시를 따라 히로시마(廣島)의 대본영으로 향하였고 9월에는 나이토 자신도 오사카 아사히(朝日) 신문의 기자가 된다. 아사히에 먼저 입사해 있던 니시무라 덴슈(西村天囚, 1865~1924)는 동양사학에 관한 폭넓은 지식을 가지고 있던 나이토의 논설을 높이 평가했다고 한다. 이때부터 나이토는 청일전쟁에 종군하였고 후에는 오사카(大阪)의 가이토쿠도(懷德堂, 오사카에 있던 일반인들을 대상으로 한 私塾)의 재건에 힘썼으며, 또 『일본송학사(日本宋學史)』를 저술한 한학자 니시무라 덴슈와의 전 생애에 걸친 교우가 시작된다. 덴슈가 세상을 떠났을 때 나이토는 「文學博士西村君墓表」(全集第十四卷)을 짓기도 하였다. 이와 같이 청일전쟁을 계기로 하여 그때까지의 일본문화의 연구로부터 일전하여 중국 연구에 전념하게 되었다.[6] 한편 두 번째로서 러일전쟁(1904~05)을 계기로 하여 나이토 고난은 본격적으로 동양사 연구의 한 계기를 만든다.

러일전쟁 전야에 즈음하여 제정 러시아의 남침 정책에 대해 만주를 자국 일본의 이익선(利益線)으로 생각하고 있던 나이토는 민족 자위의 입장으로부터 주전론(主戰論)을 되풀이하여 주장한다. 그리하여 제정 러시아에 대한 승리가 확정된 시기인 1905년(메이지 38년) 8월 그는 외무성으로부터의 촉탁을 받고 다시금 만주로 향했고 봉천(奉天, 지금의 요령성 성도인 심양)의 궁전에서 『만문당로(滿文老檔)』와 『오체청문감(五体清文鑑)』 등의 귀중한 만문(滿文) 비적(秘籍)을 발견한 뒤 크게 기뻐했다고 한다. 그것과 함께 청조 흥기의 역사 유적지를 답사한다. 그는 이를 계

---

6 礪波護, 「東洋史學－內藤湖南」, 礪波護・藤井讓治 編, 『京大東洋學の百年』, 京都大學學術出版會, 2002, p.74. 이 논고에서는 나이토 고난에 대해 전반생은 논설기자, 후반생을 동양학자로 규정하고 있다.

기로 하여 본격적으로 동양사 연구에 전념할 결심을 하게 되었다고 한다.[7] 그런데 나이토의 여러 전기에 의하면 그는 1898년 8월 말부터 3개월간 최초로 중국 땅을 방문한 뒤 지나(支那)의 문제에 관심을 갖기 시작했고, 그 후 러시아에 대해서는 줄곧 강경책을 지론으로 삼아 주전론을 주장했다고 전한다. 이렇게 볼 때 나이토 '지나학'은 러일전쟁 시기의 주전론(主戰論)에서 출발했음을 쉽게 간파할 수 있다. 그것은 다름 아닌 당시 나이토의 정치적 담론이기도 하였다. 그래서 본 연구의 초점을 정치적 담론으로서의 지나론(=중국론)에 맞추었고 그것도 동양사 학자의 길을 걷기 시작한 1898년 이후의 시기에 주목하였다.

그럼 나이토의 『지나론』은 언제 간행되었을까. 나이토 고난이 우여곡절 끝에 교토제국대학 문과대학의 사학과 동양사학 강좌의 강사에 취임한 것은 1907년(메이지 40) 10월 16일이며, 2년 뒤인 1909년 9월 10일에는 교수로 승진, 다음 해에는 총장의 추천을 받아 문학박사가 수여되었다. 바로 『지나론』은 이 시기 이후, 즉 교수가 된 이후의 시기에 집필한 단행본 가운데 대표작이라 할 수 있다. 그의 시국론이라 할 수 있는 『청조쇠망론(淸朝衰亡論)』은 1912년, 『지나론』은 1914년(大正 三年)에 초판이 간행되었던 것이다. 나이토의 이 두 저작은 1938년에 다시 『지나론』이란 제목으로 묶여 「근대 지나의 문화생활(近代支那の文化生活)」을 새롭게 수록하여 소겐샤(創元社)에서 간행되었다. 한편 이러한 저작을 아카데미즘(academism)의 구현자로서 교수가 된 이후에 간행했더라도 그것은 한 순간에 나온 정신적 산물은 아니었다고 볼 수 있다. 저널리스트(journalist)로서 인생의 전반기를 보내고 저널리즘(journalism)

7 위의 논문, p.79.

이 정신과 육체 모두에 익숙해 있던 나이토가 『지나론』을 집필하는 데 있어서 그 영향을 받지 않았다는 것은 생각할 수 없는 일이다. 저널리즘은 말 그대로 팜플렛 · 뉴스레터 · 신문 · 잡지 · 라디오 · 영화 · 텔레비전 · 책 등을 통하여 대중에게 뉴스 · 해설 · 특집물 등을 수집 · 준비 · 배포하는 활동으로서 근원적으로 포퓰리즘(Populism, 대중인기영합주의)을 나타낼 수밖에 없다. 나이토의 경우도 이 포퓰리즘에서 자유로울 수 없었다. 그는 대중매체인 신문을 통해 대중과 소통하는 글쓰기를 몸에 익힌 상태였고 순수 학문으로서의 문장표현보다는 대중의 감성을 자극하는 정치적 수사어구와 같은 문장표현에 익숙해 있었다. 그러한 경향은 본격적으로 아카데미즘의 산실인 대학이라는 공간에 몸담은 뒤에도 여실히 들어난다. 그 대표적 작품이 『지나론』과 『신지나론』이었고, 이 두 저작을 읽고 지금의 시각에서 살펴보면 타자인 중국과 중국인에 대한 멸시를 표현하기 위해 치졸하고 편협한 혹은 유치할 정도로까지 느낄 수 있는 문장표현을 많이 사용하고 있다.

사실 나이토의 『지나론』이 간행되기 전에 이미 일본에서는 소위 '지나분할론'과 '지나론'이 유행하였고 그것과 관련된 단행본도 출간되어 있었다. 그 하나가 1912년(大正 元年)에 도쿄 세이쿄샤(政教社)가 출판한 나카지마 단(中島端)의 『지나 분할의 운명(支那分割の運命)』이고, 또 하나는 다음 해인 1913년(大正 二年)에 도쿄 게이세이샤(啓成社)가 간행한 사카마키 데이이치로(酒巻貞一郎)의 『지나 분할론(支那分割論)』이다. 그 대략적 논지를 살펴보면 『지나 분할의 운명』에서 나카지마 단이 전개하는 논지는 지나(=중국)를 20세기의 수수께끼이며 부패하고 타락한 더럽고 병든 국가로 단정하면서 철퇴를 가지고 이것을 부수지 않으면 타개할 길이 없다고 단정한다. 또 중국은 결국 분열의 시기가 올 것이고 그

것이 바로 필연적 운명이라는 결론을 내리면서 일본의 중국에 대한 간섭도 용인하는 논리를 펼치고 있다. 이와 마찬가지로 『지나 분할론』에서 사카마키는 국가의 성쇠를 신체의 내과적 질환과 외과적 질환에 비유하여 지금 빈사(瀕死) 상태에 빠진 중국은 부패와 혼탁의 극에 달해 있고, 그 원흉은 원세개(袁世凱)이며 새롭게 등장한 손문(孫文)도 신용할 수 없기 때문에 결국 공화정체(共和政體)로 극복한다는 것은 불가능하며 전제정치(專制政治)에 의한 길밖에 없다는 논지를 전개한다.

그런데 여기에서 사카마키가 말하는 전제정치는 그 일부를 외인(外人, 즉 외국인)의 손에 맡겨도 좋다는 의미에서이고 열강 세력이 중국을 점거한다면 그 가운데 일본이 가장 큰 힘을 써야한다는 주장을 펼치고 있다. 그 결론은 결국 중국 내의 분할과 서구 열강에 의한 분할이 있을 것이고 이 때 일본도 지나 영토의 분할에 적극 참여해야 한다는 것이었다.[8] 이와 같이 보면 나이토의 『지나론』이 출간되기 2,3년 전부터 이미 일본 내에서는 일반적으로 중국을 부패와 무능의 왕국으로 묘사하고 그러한 인식의 바탕 위에서 적극적으로 일본의 개입을 촉구하는 목소리가 높았다는 것을 알 수 있다. 그리고 이 두 저작의 중국 인식에 편승하여 중국을 폄하하고 멸시하는 나이토의 『지나론』이 출간된 것이다. 이렇게 볼 때 나이토의 『지나론』 집필은 당시 일본의 일부 지식인층의 중국론과 맥을 같이했다고 판단할 수 있다. 그리고 그 영향과 자극을 받아 『지나론』을 집필한 것이다.

그리고 나이토의 '지나론'과 궤를 같이하면서 그 6년 뒤, 또한 『지나론』의 속편격인 『신지나론』(1924)이 출간되기 4년 전에 이미 일본에서

---

8 增井經, 「內藤湖南と山路愛山」, 夫竹內好外·橋川文三 編, 『近代日本と中國(上)』, 朝日新聞社, 1974, pp.285~287.

는 '지나학'이라는 명칭을 가진 학술잡지가 등장한다. 즉 1920년 9월 1일에 창간된 잡지 『지나학(支那學)』이 그것이다. 어떤 측면에서는 공식적으로 이때부터 본격적으로 '지나학'이 성립되었다고도 볼 수 있다. 물론 나이토 고난이 이 잡지를 통해 활약한 것은 말할 것까지도 없다. 잡지 『지나학』은 아라키 마사지(青木正兒), 고지마 스케마(小島祐馬), 혼다 나리유키(本田成之) 세 사람의 발기인에 의해 1920년 9월에 제1권 1호를 발행하였다. 그 뒤 교토대학(京都大學) '지나학회(支那學會)'의 기관지 성격을 띠면서 계속 간행되었고 일본의 패전 후인 1947년 8월 제12권 5호로 폐간되었다. 초기의 잡지를 보면 나이토 고난은 물론이고 가노 나오키(狩野直喜) 같은 교토대학의 지나학 연구자를 위시해서 이시하마 준타로(石浜純太郎), 스즈키 도라오(鈴木虎雄), 유아사 렌손(湯淺廉孫), 다케우치 요시오(武內義雄), 간다 기이치로(神田喜一郎) 등의 이름이 매호 목차에 등장하고 있다. 여기에서 근대 일본의 대표적인 학술 담론으로 '지나학'을 형성시킨 인물들의 이름을 확인할 수 있다.[9] 그리고 이와 때를 같이하면서 '지나학'의 명칭을 가진 자료집과 단행본 및 논문이 차례차례로 등장하기 시작하는데, 바로 1920년부터 1950년까지가 '지나학'의 성립과 발전 시기인 것이다. 아래의 표는 1920년부터 1950년까지 일본에서 간행된 '지나학' 명칭을 가진 자료들이다.

9 고야스 노부쿠니, 김석근 역, 『일본근대사상비판』, 역사비평사, 2007, pp.118~119.

표1 '지나학' 관련 도서목록(1920~1950)[10]

1. 『支那學說林』 / 神田喜一郎著, 出版地不明, 出版者不明, 1934.11.
2. 『支那學入門書略解』 / 長澤規矩也編, 新訂補修版, 東京:文求堂, 1948.6.
3. 『支那學研究』 / 斯文會[編]; 第1編~第4編, 東京:斯文會, 1929~1935.
4. 『支那學の問題』 / 吉川幸次郎著, 東京:筑摩書房, 1944.10.
5. 『支那詩論史』(支那學叢書; 第1編) / 鈴木虎雄著, 京都:弘文堂書房, 1927.
6. 『支那學入門書二種』 / 北京:今關研究室, 1924.3.
7. 『支那學整理案三種』 / 北京:今關研究室, 1923.11.
8. 『現代日本に於ける支那學研究の實狀』 / 中村久四郎著, 東京:外務省文化事業部, 1928.
9. 『支那學入門書略解』 / 長澤規矩也編. ー東京 : 文求堂書店 , 1930.5.
10. 『支那學入門書略解』(新訂版) / 長澤規矩也著, 東京:文求堂書店, 1940.7.
11. 『支那學文獻の解題と其研究法』 / 武田熙著, 東京:大同館, 1931.2.
12. 『支那學論攷』 / 石濱純太郎著, 大阪:全國書房, 1943.7.
13. 『益々旺んならんとする歐米に於ける支那學』 / 佐伯好郎[述], 東京:國民文庫刊行會, 1924.3.
14. 『支那に於ける支那學の現状と動向』(東亞研究講座第63輯) / 長瀨誠著, 東亞研究會, 1935.6.
15. 『支那學論叢:高瀨博士還曆記念』 / 高瀨博士還曆記念會[編], 東京:弘文堂書房, 1928.12.
16. 『支那經學史論』(支那學叢書;第3篇) / 本田成之著, 東京:弘文堂書房, 1927.11.
17. 『支那學論叢』(內藤博士還曆祝賀) / 羽田亨編纂, 京都:弘文堂, 1926.5.
18. 『支那文化と支那學の起源:支那思想のフランス西漸』 / 後藤末雄著, 東京:第一書房, 1939.1.
19. 『支那學研究法』 / 武內義雄著, 東京:岩波書店, 1949.1.
20. 『支那學論叢』(狩野教授還曆記念) / 鈴木虎雄編, 京都:弘文堂書房, 1928.2.
21. 『支那學文藪』 / 狩野直喜著, 京都:弘文堂書房, 1927.3.
22. 『支那學雜草』 / 加藤繁著, 東京:生活社, 1944.11.

'지나학' 관련 자료는 이와 같지만, 이 시기를 전후로 하여 '지나(支那)'와 관련된 자료는 이보다 훨씬 많았다는 것을 언급해 두고 싶다. 이렇게 20세기 초엽 일본에서는 '지나'와 '지나학'에 대한 관심이 뜨거웠고, 그것은 초기의 정치적 담론으로서의 '지나학'에 그치지 않고 서서히 학문적 관심으로 이어져 전후(戰後)의 중국학 혹은 동양학으로 발전했던 것이다. 나이토의 『지나론』과 『신지나론』의 경우도 이러한 시류를 이끄는 초기 단계의 원동력으로서 일본 '지나학' 형성에 많은 기여

10 이 표의 도서목록은 東京大學 도서관 藏書目錄 데이터베이스에 근거하여 필자가 선택·취사하여 만든 것이다. 단, 연대순으로 정리한 것은 아니다.

를 하게 되었다고 볼 수 있다. 나이토의 '지나론'이 타자 내지는 타국(타국민을 포함하여)에 대한 폄하와 멸시 및 부정적인 정치적 언설로 가득한 '지나학'이었다는 점을 생각해보면 초기 일본 '지나학'의 성격이 어떠했는지도 자명해 진다. 다음 절에서는 나이토 '지나론'의 사유(思惟) 구조에 관해 분석하기로 한다.

2) '지나론'의 사유 구조

이미 본고에서는 그 전제로서 나이토 고난의 '지나론'을 정치적 담론으로 규정하였다. 정치적 담론의 가장 중요한 특징은 시국론(時局論)이다. 따라서 격변하는 중국의 정치적 상황을 다룬 시국론으로서의 『지나론(支那論)』과 『신지나론(新支那論)』은 정치적 색채를 강하게 띠지 않을 수 없었다. 그럼 나이토가 정치에 관심을 기울이기 시작한 것은 언제부터일까. 도나미 마모루(礪波護)의 경우는 나이토의 정치지향적 태도의 원인을 부친에게서 찾고 있다. 도나미의 견해에 의하면 아키타(秋田)사범학교에 입학할 무렵의 나이토는 자작의 한시(漢詩)나 작문을 부친에게 보내 첨삭을 청하거나 부친의 지시에 의해 라이 산요(賴山陽)의 『일본정기(日本政記)』를 구입해서 숙독했다고 하는데, 그러한 과정을 통해 이윽고 정치에 관심을 가지게 되었다는 것이다. 여기에는 부친의 현실정치에 대한 관심이 있었고, 마침 『아키타일보(秋田日報)』의 주필을 담당하고 있던 이누카이 쓰요시(犬養毅, 1855~1932)의 개진당(改進黨)에 나이토 자신이 입당했다고 하는 일화도 관계가 있을 것이라고 도나미는 주장한다.[11] 결국 나이토의 정치 관심과 정치지향적 태도는 부친에게서 물려받은 것으로 추론하는 것이다. 이와 같은 현실정치에 대한 관심은 저널리스트로서 발전하는 데 기여했을 터이고 학계에 진입한 뒤에도 변하지 않았으며 그 연장선상에서 『지나론』과 『신지나론』이 탄생한 것이라 볼 수 있다.

당시 동아시아 세계의 정치적 사건을 시야에 넣으면 나이토의 이 저작이 정치적 담론이라는 것이 쉽게 이해된다. 즉 일본이 조선을 강제로 병합한 것이 1910년이고 다음해인 1911년에는 중국에서 신해혁명(辛亥革命)이 발발했다. 1912년에는 중화민국이 성립하지만 원세개(袁世凱)가 정치적 야심을 품고 등장하여 혁명 후의 정치제도를 해체시킴으로써 전제(專制)로 복귀하였다. 정권을 잡게 된 원세개는 1913년 11월 국민당을 해산시키고 이듬해에는 국회마저 폐지한다. 1914년은 또 제1차 세계대전이 일어난 해이고 1915년에는 일본이 21개조 요구를 중국에 제시하였다. 바로 이와 같은 혼란과 격변의 시기에 『지나론』이 출판된 것이다. 더 구체적으로 보면 『지나론』의 연술(演述)은 1913년 11월과 12월에, 속기록의 정정은 1914년 1월부터 2월에, 「자서(自敍)」의 작성은 3월 12일에 행해졌다.[12]

이 「자서」 작성 당시의 심경에 관하여 나이토는 수년 후에 다음과 같이 말한 적이 있다.

> 내가 국가로서의 지나(支那)를 비관적으로 본 것은 오늘 막 시작된 일이

---

11 礪波護, 「內藤湖南」, 『20世紀の歷史家たち(2)』(日本編下), 1999, p.40.

12 陶德民, 『明治の漢學者と中國－安繹·天囚·湖南の外交論策』, 關西大學出版部, 2007, p.229.

아니다. 원세개가 제정(帝政)의 야심을 넌지시 비추기 시작했을 무렵, 즉 공공연한 야심을 적나라하게 피력했을 무렵, (나는) 이와 동시에 지나가 각성하지 않으면 열국(列國)의 공동통치를 받아야 할 운명에 기울어져 있음을 극론하였는데, 지나인의 악감(惡感)은 물론이고 일본인의 반대 목소리마저 불러일으켰다.[13]

나이토의 이와 같은 고백은 그 자신만이 중국의 미래를 객관적으로 예상하고 있다는 자신감이 가득한 뉘앙스를 풍겨주고 있다. 더욱 주목할 것은 '열국의 공동통치'라는 부분인데, 중국의 미래는 열국의 공동통치가 행해져야 한다는 논리이다. 즉 『지나론』의 시각은 어디까지나 당시의 중국 정치현실을 간파한 뒤에 그 결론으로서 열국의 공동통치가 행해져야 한다는 제국주의적 담론이었다.

이 절에서는 그것(=정치적 담론)의 논증으로서 나이토 자신의 정치적 언설이 표현되어 있는 『지나론』을 중심으로 하고 그 사유 구조를 파악할 수 있는 일부분을 추출하여 고찰해 보고자 한다. 우선 『지나론』의 전체 구성 체계부터 시작해보자. 『지나론』은 서언(緖言)을 제외하고 총 5장으로 구성되어 있는데, 각 장의 제목을 보면 제1장은 「군주제인가 공화제인가」, 제2장은 「영토 문제」이며 제3장 이하 제5장까지가 중국의 내치(內治) 문제를 다루고 있는데, 제3장은 「내치 문제(1) – 지방제도」, 제4장은 「내치문제(2) – 재정」, 제5장은 「내치 문제(3) – 정치상의 덕의(德義) 및 국시(國是)」라는 소제목을 달고 있다.[14]

13 內藤湖南, 「支那を悲觀し併せて我國論を悲觀す」, 『內藤湖南全集』(第5卷), 東京: 筑摩書房, pp.17～18.

14 內藤湖南, 「目次」, 『支那論』, 創元社, 1938, p.1.

제1장 「군주제인가 공화제인가」는 지나의 근세가 어느 때부터 시작되었는지에 관해 논의를 시작하여 그 다음으로 귀족정치와 명족(名族), 가족제도, 무인의 발흥과 명족의 쇠멸, 군주・신료 지위의 변화 등에 관하여 논하고 있다. 제2장은 「영토 문제」를 다루고 있는데, 여기에서는 이종족(異種族) 통치문제에 주목하여 중국 역사 속의 영토 문제를 서술하고 있다. 제3장에서 제5장까지는 「내치 문제」에 관한 내용으로서 나이토가 가장 중시한 것은 지방정치와 재정이었는데, 중국의 지방 행정제도를 등급이 과다한 제도로 평가한다. 결국 『지나론』은 나이토가 1914년을 전후한 시점에서 목격한 중국 정치상(像)의 표현이며, 역사와의 관련을 통해 현재의 모습과 과거의 모습이 중층적으로 묘사된 중국 역사상(像)의 표현이기도 하였다.

나이토는 본격적으로 『지나론』의 본론으로 들어가기 전에 그 「서언(緒言)」 속에서 당시 중국의 급변하는 모습을 '주마등'에 비유하여 표현하고 있다.

> 지나의 시국은 주마등처럼 급전(急轉)하여 변화하고 있다.……본래 지나인은 절제와 절개가 없고, 형편이 되는대로 세력에 부화뇌동하고 일정의 주장을 결여하면서 시종일관 마음이 흔들리고 부글부글 끓기만 하여……. 지금 세력의 중심이 된 원세개 그 사람에게도 특별히 일관된 정책이 없다.[15]

여기에서 눈에 띄는 것은 당시 중국의 시국이 급변하고 있다는 표현이 아니다. 중략의 뒤에 이어지는 다음의 표현, 즉 중국인은 절제와 절

15 內藤湖南, 「緖言」, 위의 책, p.3.

개도 없고 대충 되는대로 살아간다는 식의 단순 논리와 중국인들은 자기주장도 없고 항상 흔들리고 들썩이는 마음을 지니고 있다는 표현이다. 과연 나이토의 이 표현이 학술적인 의미를 지니고 있는 것일까. 이것은 냉철한 분석이기 보다는 감성적 측면에 기울어진 평가라 할 수 있다. 또 신해혁명의 주역들을 몰아내고 정권을 잡은 원세개를 일관된 정책도 펴지 못하는 정치가로 저평가하고 있다는 점도 눈에 띤다. 사실 이 문장에서 문제시되는 것은 그 전제로서 깔고 있는 중국인과 중국 정치지도자에 대한 폄하와 감정적 부정이다.

이렇게 할 경우 『지나론』은 시작에서부터 중국이 멸시의 타자로 등장함으로써 부정적으로 인식될 수밖에 없는 사유 구조를 형성한다. 그리고 이 전제 하에서 『지나론』의 본론이 서술되었고 이 책에 일관하는 사유(思惟) 양태가 '중국에 대한 불신과 멸시'였다는 것을 쉽게 간파할 수 있다. 이러한 나이토의 사유 양태는 『지나론』이 간행되고 정확히 10년 뒤에 나온 그 속편에서도 일관되고 있다. 즉 중국인들은 자신의 역사와 문화조차 이해 못하는 아둔한 사람들이라고 묘사한다.

> 최근의 지나(支那)의 신인(新人)들은 역사 지식이 없기 때문에, 과거 지나의 폐해를 모르고 그 장점도 모른다. 단지 선악에 그치지 않고 지나의 모든 문화를 파괴해버리고, 서양문화를 잘라내 붙이려는 생각이 많으며, 그것을 가장 진보한 의견으로 생각한다. 그 결과는 실행이 불가능하다고 할까, 아니면 실행한다 하더라도 다시 지금까지의 폐해보다 더한 폐해를 생기게 하는 데 지나지 않는다. 그러한 것은 제1기 혁명 이후 오늘에 이르기까지 지나의 개혁론을 목격하고 지나의 긴 역사를 연구한 외국인들이 오히려 정확한 의견을 갖고 있다.[16]

사실 중국인들에게 역사 지식이 없다고 무시하는 식으로 단언하는 나이토의 이 표현은 오늘날의 시점에서도 객관적으로 받아들이기 힘든 발언이다. 또 이런 발언의 대상자로서 당사자인 중국인들이 직접 듣게 된다면 오만불손하다고 여길 것이고 불쾌하기 짝이 없을 것이다. 이것이 과연 학술적 담론으로 가능한 얘기일까. 그것은 그렇다 치고 마지막 부분에 보이는 중국의 역사를 가장 잘 아는 '외국인'은 누구를 의미할까. 당연히 나이토 고난 자신이다. 타인이 보기에 '자만'으로 비칠 만큼의 포부와 자신감은 어디에 근거를 두고 있는 것일까. 너무도 단순 논리에 의거한 서술이라는 것을 쉽게 짐작해 볼 수 있다. 그의 '지나론'은 이렇게 편협한 시각에 바탕을 둔 저작이라는 점과 단순 논리의 '사유 구조'에 바탕을 두었다는 점에 주의하지 않으면 안 된다.

한편 이러한 사유 구조는 『지나론』의 「자서(自敍)」 속에서도 여실히 드러난다. 아래의 문장에서는 중국 향촌사회의 부로(父老, 향리에서 나이가 많은 어른 혹은 향리의 실질적 지도자)들에 관하여 다음과 같이 논평하고 있다.

> 부로(父老)가 된 자들은 외국에 대한 독립심 · 애국심 등을 각별히 중시하고 있지 않다. 향리(鄕里)가 안전하고 종족이 번영해서 그날그날을 즐겁게 보낼 수 있다면, 어느 나라 사람의 통치 아래서도 유순하게 복종한다. 장발적(長髮賊) 이충왕(李忠王)을 관군(官軍)에게 밀고한 자는 향인(鄕人)들에게 타살되었다. 지나(支那)에서 생명이 있고 체통이 있는 단체는 향당(鄕黨)과 종족 이상에서는 나오지 않는다. 이러한 최고 단체의 대표자가 부

16 內藤湖南,「新支那論」,『內藤湖南全集』第5卷, pp.542~543.

로(父老)이다. 원세개(袁世凱)는 어쩌면 이러한 부로(父老)들 위에서 성공한 대총통으로서 지나의 국민을 도통정치(都統政治)로 이끌어 계승한 큰 인물일지도 모른다.[17]

중국의 역사는 황제전제(皇帝專制)로 표현되듯이 표면적으로는 중앙의 힘이 큰 걸로 이해하고 있지만, 실은 그렇지 않았고 송대 이후 특히 명대 이후에는 지방의 세력이 강하였다. 거기에는 명대에 등장한 향신층(鄕紳層)의 존재가 있었기 때문이다. 이들은 지역에 거주하는 지식인층으로서 대개가 유교적 교양을 지닌 사대부 계층이었다. 나이토의 말을 빌리자면 "지나의 국수(國粹)라고도 해야 할 학문 · 예술을 담당한" 자들이었으며, "가장 진보된 계급"이었다. 나이토가 이 문장에서 말하는 부로(父老)의 의미는 바로 그러한 유교적 교양을 몸에 익힌 로컬 엘리트(local elite, 지방 지식인)였다는 사실이다.

그런데 나이토가 어떠한 근거를 가지고 이러한 부로들을 폄하하고 있는지는 이 문장에서 보는 한 그다지 상세한 논증이 보이지 않는다. 그는 당시 중국의 사회구조를 분석하면서 지방에서 부로들이 주도적 역할을 담당하고 그 토착세력으로서 존재한다는 것을 직시하고 있다. 이것은 나이토의 '향단론(鄕團論)'이라 할 수 있으며 그의 눈에 비친 부로들의 정치적 성향은 "어느 나라 사람의 통치 아래서도 유순하게 복종"하는 것이었다. 이것을 조금 더 생각해 보면 "일본이 통치하더라도 유순하게 복종"한다는 논리와 연결될 수 있다. 즉 작금의 중국 사회가 향당이나 종족사회로 묘사되고 이 단체의 대표자는 부로(父老)이며 나

17 內藤湖南, 「支那論自敍」, 『支那論』, 創元社, 1938, p.10.

이토는 이 세 가지의 기능을 모두 부정적으로 평가하고 있는 것이다. 따라서 이 문장은 그러한 기반 위에서 성립한 원세개 정권도 문제가 있다는 식의 표현을 암시해 주고 있다.

이와 같이 나이토의 부분적 언설들을 살펴보면 그 전제에는 항상 느슨하고 정체된 중국상(像)이 존재하며 그곳에 있는 모든 사람들은 마치 미개한 문화에서 생활하는 인물로 그려지고 있고 멸시의 대상이 된다. 『지나론』과 『신지나론』은 바로 그와 같은 타자에 대한 멸시와 폄하의 사유 구조가 그 배경에 있었던 것이다.

3. '신지나론'의 구조와 동아시아 표상

1) '신지나론'의 사유 구조

『지나론』과 궤를 같이하는 나이토의 저작에 『신지나론(新支那論)』이 있다. 이 『신지나론』의 구성 체계를 살펴보면 대략 다음과 같다. 전체 6장으로 구성되어 있는데, 각 장(章)의 소제목을 보면 제1장은 「지나 대외관계의 위험－파열은 일본에서 시작되다」, 제2장은 「지나의 정치 및 사회조직－그 개혁의 가능성」, 제3장은 「지나의 혁신과 일본－동양문화중심의 이동」, 제4장은 「자발적 혁신의 가능성－군사 및 정치, 경제」, 제5장은 「지나의 국민성과 그 경제적 변화－과연 세계의 위협이 될 것인가」, 제6장은 「지나의 문화 문제－신인(新人)의 개혁론의 무가치」이다.[18] 이 저작은 말할 필요도 없이 정치적 · 제국주의적 담론의 양상을 더 한층 노골적으로 드러낸 나이토의 중국상(像)이자 동아시아 표상의 총체적 산물이었다.

고야스 노부쿠니(子安宣邦)는 나이토 고난의 『지나론』과 『신지나론』의 성격에 관하여 "지나인을 대신해서 지나를 위해서 생각"했다는 『지나론』과 달리 『신지나론』은 '일본과 지나의 관계'를 축으로 서술하고 있다고 말하면서 후자에는 전자보다 훨씬 더 노골적으로 중국에 관여하는 나이토의 입장이, 또는 중국에 대한 그의 표상 시각의 양태가 잘 나타나 있다고 말한다.[19] 사실 고야스의 지적은 물론이고 나이토 고난의 『지나론』과 『신지나론』에 대해서는 후대 일본의 비판적 지식인들이 지적하는 바와 같이 일종의 편협한 사유 구조가 내재되어 있다. 그것도 『지나론』이 완성된 후 10년이 지난 1924년에 출간된 『신지나론』에서 더욱 세련된 형태로 등장한 것이다. 이 무렵 이미 나이토는 저널리스트로서의 흔적이 사라지고 교토대학(京都大學)에서 동양사학자로서의 입지를 공고히 해 나가는 시기였다. 하지만 『지나론』의 사유 구조에 깊숙이 흐르고 있는 중국 폄하와 멸시의 태도는 여기에서도 전혀 변하지 않았다. 그런데 주목할 것은 그의 대표적 사학 이론이자 문화 이론으로 알려진 '문화중심이동설'이 이 저작에서 제기되고 있다는 것이다.

나이토는 『신지나론』의 제3장 「지나(支那)의 혁신과 일본」에서 「동양문화중심의 이동」이라는 부제를 달고 '문화중심이동설'에 관하여 자신의 논지를 펼치고 있다. 그는 다음과 같이 말한다.

---

18 內藤湖南, 「目次」, 『支那論』, 創元社, 1938, p.2.

19 고야스 노부쿠니, 앞의 책, p.116.

> 원래 오늘날 지나(支那)의 본국에서도 옛날부터 민족상의 관계 등을 음미하면 반드시 하나의 민족이라고 생각할 수는 없으며 적어도 2, 3종 이상의 민족으로부터 성립되어 있는데, 그것들도 문화의 발전에서는 민족의 구별을 없애버리고 하나의 동양문화를 형성하는 경로를 걸어왔다. 그 문화가 발전하고 계속해서 이동하면서 진행해 온 것은 이미 지나의 상고(上古)로부터 일어났던 일이고, 이 때문에 개벽(開闢)으로부터 전국시대까지 동안에도 그 역사를 유지하고 있다. 진한(秦漢) 이후 지나가 하나로 통일된 이래에도 문화중심이 점차로 이동하였고 따라서 그 문화의 중심이던 곳이 점점 쇠약해졌고, 또 문화가 열리지 않았던 지방이 점차로 열려졌으며 혹은 지방이 그 중심이 되어갔다.[20]

이 문장에서 보면 나이토가 중국의 역사를 사례로 들고 문화의 발전, 민족의 구별 없음, 동양문화를 형성하는 경로, 문화중심, 지방 등등의 말을 하면서 자신의 '문화중심이동설'을 설명하고자 하는 의도가 엿보인다. 특히 맨 끝 문장에 주목해 보면 "그 문화의 중심이던 곳이 점점 쇠약해졌고, 또 문화가 열리지 않았던 지방이 점차로 열려졌으며 혹은 지방이 그 중심이 되어갔다"고 하는 부분이 눈에 띤다. 무언가를 얘기하고 싶은데, 이 단계에서는 구체적인 역사적 논증이 없다. 하지만 이어지는 문장을 살펴보면 나이토가 왜 이 발언을 했는지 그 해답을 얻을 수 있다. 거기에는 동양문화의 중심지가 항상 새로운 지역으로 이동하며 이전의 중심지들의 문화 수준을 능가하는 의미가 내재되어 있다. 그는 다음과 같이 말한다.

---

20 內藤湖南, 「新支那論」, 앞의 책, pp.263~264.

그래서 한대(漢代)까지는 황하(黃河) 유역에 문화중심이 있었는데, 삼국(三國) 이후에 점점 남쪽으로 이동하여 지리상의 관계, 지리에 대한 인력(人力)이 더해진 관계, 예를 들면 대운하(大運河)와 같은 것에 의해서도 그 중심의 이동이 영향을 받아 근래까지도 점차 동쪽으로 동쪽으로, 또한 남쪽으로 기울어져 개척되어 옴으로써 남송(南宋) 이후 더더욱 문화가 동남(東南)으로 기울어져 근래는 대체로 대운하를 따라서 위치한 지방에 중심이 있게 되었다. 그리고 그들 지방문화가 과도하게 난숙(爛熟)해지자 이번에는 종래 전혀 개발되지 않았던 지방이 개발되어 운남(雲南) 혹은 귀주(貴州)라는 지방에까지 문화가 파급되는 양상이 되었다. 그 가운데 중심이 된 지방은 당대(唐代)까지 아직 하남(河南) · 섬서(陝西) 지방이었는데, 송대(宋代)와 원대(元代)에는 직예(直隷) 및 하남(河南)의 동부로 이동하였고 그 이후 명대(明代)가 되어 강소(江蘇) · 절강(浙江)지방이 전성기를 맞이하였으며, 최근 외국과의 교통이 활성화되고 나서부터는 거의 광동(廣東)에 그 중심이 옮겨지려고 하고 있다. 강소 · 절강지방은 지나의 상고(上古) 때에는 순수한 지나인으로부터는 완전히 이적(夷狄)으로 보인 땅이었는데, 하물며 광동 등은 극히 최근의 시대까지도 거의 외국인 취급을 받았던 곳이다. 그런데도 문화중심의 이동으로부터 보면 오늘날에는 강소 · 절강지방이 전성기가 되었고, 게다가 광동이 전성기를 맞이하게 되었어도 그것에 의문을 품는 지나인(支那人)이 없어진 상태이다.[21]

나이토는 '문화중심이동설'을 주장하면서 그 문화중심지의 대부분을 중국의 여러 지방으로 규정하고 있다. 또 그는 후대에 개발된 지역

21 위의 글, pp.264~265.

들 가운데 광동(廣東)지방은 중국이기는 했지만, 이전에 야만이나 이적(夷狄)으로 간주되었던 곳임을 강하게 지적한다. 사실 운남이나 귀주 및 광동 등은 지금도 중국의 소수민족이 가장 많이 살고 있는 지역이기도 하다. 그런데 이 문장을 자세히 살펴보면 어떤 암시가 들어있다. '문화중심이동'의 키워드는 '동양문화'와 '중심이동'이라는 것은 명백하다. 동양문화는 곧 중국문화이며 이 점에 대해서는 나이토도 의문을 제기하지 않는다. 즉 '동양문화=중국문화'라는 등식을 나이토는 설정한다. 그는 일본이 중국문화를 받아들였다는 것에 대해서도 인정하면서 문화의 중심이동이 '동쪽'으로 이동했다는 점에 착안하였고 이제 동양문화의 중심이 일본에 있다고 주장한다. 결국 나이토가 그와 같은 장황한 전제와 설정을 하고 중국인을 폄하한 것은 일본의 우월성, 그것도 문화적 우월성을 주장하기 위함이었다는 것을 간파할 수 있다. 이어서 그는 노골적으로 일본인과 일본문화의 우수성에 관해 '문화중심'이라는 키워드를 사용하여 다음과 같이 기술하고 있다.

> 문화중심의 이동은 앞에서도 서술했다시피 국민의 구역(區域)에 개의치 않고 진행해 간 것이기 때문에 지나문화(支那文化)를 받아들임에 있어 광동(廣東)보다도 결코 늦지 않았던 일본이 오늘날에 있어서 동양문화의 중심이 되고자 하여 그것이 지나의 문화에 있어서 하나의 세력이 되었다고 하는 것은 어떤 불가사의도 없는 일이다. 일본은 오늘날 지나 이상의 훌륭한 강국(强國)이 되었기 때문에 일본의 융흥에 대해서 지나인(支那人)은 일종의 의심의 눈초리로 바라보게 되었지만, 만일 어떠한 사정으로 일본이 지나와 정치상 하나의 국가를 형성하게 되었다고 한다면 일본으로 문화의 중심이 이동하고 일본인이 지나의 정치·사회 분야에서 활약하더라도 지나인은

각별히 불가사의한 현상으로서 보지 않을 것이다. 그것은 옛날 한대(漢代)에 있어서의 광동인(廣東人)처럼 안남인(安南人, 베트남인)에 대한 당시 지나인의 감정으로부터 추측하더라도 알 수 있는 일이다. 동양문화의 진보·발전으로부터 말하면 국민의 구별이라는 것과 같은 일은 작은 문제이다.[22]

나이토의 이 발언은 다이쇼(大正, 재위 1912~1926) 후기, 중국에서 배일(排日) 운동이 점차 고조되어 가던 당시의 중일관계를 그 자신의 동양문화사관, 중국문화의 주변으로의 파급과 그 반동이라는 독자적 문화사관에 의해 설명하고 정당화하고자 했던 문장이다. 여기에도 명료하게 나타나 있는 바와 같이 그의 문화사적 관점에서 보면 동양문화의 발전이 주된 관심사이며 거기에는 민족의 구별이 소멸되어 버린다.[23] 그리고 이 문장의 주된 핵심어를 보면 문화중심, 국민의 구역, 동양문화의 중심, 훌륭한 강국, 일본의 융흥, 하나의 국가, 동양문화의 진보 · 발전 등등이다. 이렇게 볼 때 어느 누구라도 쉽게 간파할 수 있는 하나의 논리가 도출될 수 있다. 즉 문화중심이 이제 동쪽으로 이동하여 동양문화의 중심이 일본에 있고, 일본은 이미 강대국으로서 융흥(隆興)의 기운을 맞이했으며 만일 중국과 하나의 국가를 형성한다고 해도 중국인은 전혀 개의치 않을 것이라는 이야기이다. 또 이렇게 해야지만 동양문화의 진보 · 발전이 되는 것이며 이를 위해서는 국민 혹은 민족의 구별이 중요하지 않다는 논리인 것이다. 마치 태평양전쟁 때에 '대동아공영권'을 외치던 일본 제국주의의 망령이 이미 그 서막을 여는 듯하다.

---

22 위의 글, pp.265~266.

23 增淵龍夫,「日本近代史學史における中國と日本(II)－內藤湖南の場合」,『日本の近代史學史における中國と日本－津田左右吉と內藤湖南』, 岩波書店, 2001, pp.61~62.

그런데 나이토의 '문화중심이동설'은 이와 같은 지역적 이동만이 있는 것이 아니다. 그는 문화의 계층 간의 이동도 주장한다. 그는 『신지나론』의 제6장 「지나의 문화 문제」에서 「신인(新人)의 개혁론의 무가치」라는 부제를 달고 다음과 같이 문장을 시작한다.

> 앞에서 지나의 문화중심이 시대에 따라 점차 이동해 왔다고 말했지만, 이 이동은 단지 지방에서만 행해졌던 것은 아니며, 계급에 있어서도 행해졌다. 육조(六朝)에서 당(唐)까지 명족(名族)이 각종의 문화를 점유하고 있었던 시대부터 그 이후 점차 변화해 왔는데 당말오대(唐末五代)에는 고래의 명족이 대개 멸망한 것과 동시에 문화의 중심이 독서인(讀書人) 계급으로 옮겨졌다. 물론 이 독서인 계급의 대부분은 사관자(仕官者)였는데, 원조(元朝)에서는 사관자의 대부분을 몽고 · 색목인(色目人) 등이 점유하였다. 이때부터 문화의 중심이 처사(處士)로 옮겨온 시대가 되었기 때문에 원말(元末)부터 명(明) 중엽까지는 문학 · 예술이 대량의 처사들 사이에서 이루어졌다. 그러나 명청(明淸) 2대에는 역시 사관자가 문화계급으로서 최대의 것이었는데, 청조(淸朝)가 되어 특별한 현상은 상인계급의 발달이었고 주로 그것은 양주(楊州) 지방을 중심으로 한 염상(鹽商)의 일단(一團)이다. 이것은 역시 앞에서 말한 지방에서 아직 문화의 혜택을 받지 못한 곳이 점차로 옛 지방의 문화를 이어받은 것처럼, 그리고 또한 새로운 문화를 낳았던 것과 마찬가지로 종래 문화의 혜택을 받지 못했던 계급이 점차로 앞의 문화계급으로부터 받은 바의 문화를 더욱 새롭게 문화로 화성(化成)하여 생면(生面)을 열고 있는 것이다.[24]

24 內藤湖南, 앞의 글, pp.312~313.

이 문장에 근거하여 나이토의 계층 간의 문화이동을 정리하면, 대략 "명족(육조~당) → 독서인(당말~송) → 처사(원말~명 중엽) → 독서인으로서의 사관자(명청) → 상인계급(청조)"의 흐름이 될 것이다. 여기에서 주목해야 할 것은 청조의 특별한 현상으로서의 상인계급의 발달에 관한 언급이다. 이 상인계급은 곧 경제력 혹은 선진적 경제문화를 의미한다. 이는 곧 당시의 상황에서 볼 때 일본의 경제문화가 중국에 앞선다는 의미이기도 하다.

그래서 나이토의 문화사관 혹은 문화중심이동설을 그 자신의 시각에서 보면, 지역적으로 볼 때 현재의 문화중심은 동쪽으로 옮겨와 일본이 문화중심이 되었고, 계층적으로 보면 상인계급이 최종적으로는 문화중심이 된 것인데, 현재 경제문화가 가장 발달한 곳은 일본이고 일본의 상인계급에게 문화중심이 옮겨왔다는 논리로 해석할 수도 있다. 이와 같이 나이토의 '문화중심이동설'은 지역과 계층이라는 두 측면에서 문화중심이 이동했다는 이론에 바탕을 두고 성립된 것이었다.[25]

언뜻 보기에 나이토의 이 '문화중심이동설'은 매우 객관적인 것처럼 보인다. 그것은 문화라는 코드로 역사적 전개를 설명했기 때문이다. 특히 민족의 구별을 뛰어넘고 민족의 차별을 철폐하는 공간적 파급으로서의 문화이동을 언급하는 대목에서 보면 나이토는 철저한 평화주의자이자 민족평등주의자처럼 보이기도 한다. 하지만 문제는 이것을 현실정치와 접목시키고 그 주장의 각각의 부분에서 서술하고 있는 구체적 내용을 보면 일본 민족 이외에는 안중에도 없다는 듯이 다른 민족은 월등하며 더 나아가 폄하와 멸시로 가득한 언설을 사용한다. 이러

25 졸고, 「일본의 동양사학자 內藤湖南의 역사인식」, 『200년도 동아시아고대학회 추계학술대회 발표논문집－동아시 역사인식의 중층성』, 동아시아고대학회, 2008.10, p.106.

한 논리적 모순을 어떻게 설명해야 할까. 타자 내지는 타 민족에 대한 비하와 멸시를 노골적으로 드러내는 그가 민족의 구별을 없앤다는 말을 할 수 있을까. 나이토의 민족의 구별 운운은 결국 강자의 논리에 지나지 않는 것이다. 또 이러한 그의 생각이 『신지나론』의 사유(思惟) 구조를 형성하고 있었던 것이다.

2) 타자 인식의 오류—동아시아 인식

나이토의 경우 '동양문화=중국문화' 이외에 여타 동아시아의 소수민족 문화에 대해서는 특별한 관심을 가지고 있지 않았다. 더불어 조선이나 베트남과 같은 국가에 대해서도 관심을 기울이지 않았다. 물론 일찍이 만주를 여행하면서 그와 관련된 자료를 수집하고 만주국과 조선에 대한 약간의 언급을 하였다고는 하지만, 시종일관 그의 관심은 중국이었다. 그의 동아시아 인식은 중국상(像) 내지는 중국 이미지와 겹쳐지는 것이었으며 중국에 대한 이미지는 그대로 동아시아 세계 전체에 대한 이미지이기도 하였다. 바로 그의 동아시아 인식은 중국상(像)과 일맥상통한다고 볼 수 있다. 나이토는 당시의 중국을 매우 품위없이 묘사하고 파악하고 있는데, 다음의 문장에서도 그러한 태도가 확연히 엿보인다.

> 일본의 국정(國情)은…… 예를 들어 오가사와라(小笠原) 섬이 외국에 점령된다면 일본 국민에게 격동을 안겨줄 것이 틀림없다. 지나(支那)의 사정은 이와 달리 마치 지렁이와 다를 바 없는 저급한 동물과 마찬가지여서, 일

부를 때려서 잘라낸다 하더라도 다른 부분은 그것을 느끼지 못하고 여전히 전과 같은 생활을 계속하는 그런 국가가 되어버렸다.[26]

이러한 나이토의 '지나(支那) 인식'(=중국 인식)은 외부의 처방 시책이 필요한 대상으로서 중국을 파악하는 시각이다. 중국은 병들어 있으며 그 병을 치료해주지 않으면 안 된다는 마치 인도주의자처럼 행세하는 듯한 자세이다. 그렇기 때문에 철저하게 중국을 폄하하고 있는 것이다. 중국을 저급한 지렁이에 비유하고 가끔 그것을 잘라내어도 아무런 느낌도 받지 않을 것이라는 냉혈인간적 태도와 멸시적 인식에서 섬뜩함마저 느껴진다.

기본적으로 나이토의 역사적 내러티브(narrative)는 그의 논문 「일본문화란 무엇인가(日本文化とは何ぞや)」에 잘 드러나 있다. 나이토는 여기에서 중국적 세계 질서로부터 독립된 그리고 자주적인 일본상(日本象)을 묘사한다. 즉 일본의 통일과 문화적 차용이 가능했던 것은 그가 특정 민족들만이 타고난 것이라고 주장했던 진취성과 자발성 덕분이었다고 말한다. 또 일본인이 진취적 기상을 지녔다는 것을 믿음의 문제였다는 점으로 전제하면서 일본과 대조적으로 독립적인 국가 의식을 발전시키는 데 실패한 한국은 부정적 본보기로서, 결과적으로 일본이 이러한 특수한 자질을 지녔다는 증거가 되었다고 주장한다.[27] 결국 나이토는 일본문화의 특수한 우월성을 내세우면서 한국은 결과적으로 특수한 자질을 지니지 못한 민족이었다고 폄하하고 있다. 따라서 나이

---

26 內藤湖南, 앞의 글, pp.245~246.

27 內藤湖南, 「日本文化とは何ぞや」, 『現代日本思想大系 27 歴史の思想』, 桑原武夫外編, 東京: 筑摩書房, 1965, pp.206~207.

토의 눈에 비친 한국의 존재는 전혀 신경쓸 필요 없는 미개한 국가이자 민족에 지나지 않았다. 이 논리는 『지나론』과 『신지나론』에서 중국을 폄하하고 있는 사유 방식과도 일치한다. 그것은 논리학에서 말하는 타자 인식의 오류였다.

한편 이러한 나이토 고난의 역사 인식에 대해 일본계 미국인 사학자 스테판 다나카는 "나이토의 주된 목표는 일본인들의 창조적이며 역동적인 잠재력을 보여주고, 비록 이론적으로는 문제가 많았지만 일본문화가 한국 출신의 선진인(先進人)들의 이주나 중국문화 그 자체에서 발생한 것이라는 모든 암시를 논박하는 데 있었다. ……일본의 발전이 토착적 특성에 의한 것이라는 생각을 고수하였다. 그러나 그러한 주장은 일본인은 특별하며 천성적으로 창조력과 역동성을 지녔다는 신념(혹은 신화)을 근거로 하고 있다"[28]고 평가한다. 이 스테판 다나카의 평가는 매우 객관적 평가라 할 수 있다. 나이토는 일본인의 우수성과 우월성을 전제하면서 동아시아 내의 타자인 중국과 한국 및 베트남 등의 국가를 평가하고 판단하였다. 그 주장의 배경에는 이렇게 일본의 특수성, 즉 역동적 잠재력이 있음을 자부하고 일본 고유의 문화가 존재한다는 것을 정당화시키기 위해서라도 중국과 여타 동아시아 국가는 철저히 부정되어야 할 타자의 역할이 부여될 수밖에 없었다.

나이토는 '동양문화=중국문화' 연구에 중점을 두면서도 '일본문화'의 연구에 소홀하지 않았다. 하지만 '일본문화'의 연구에 있어서는 또 다른 형태의 전제가 깔려 있다. '문화중심이동설'과는 논리적으로 모순되는 것으로서 일본문화가 '동양문화=중국문화'나 '한국문화'에서 발

28 스테판 다나카, 박영재 · 함동주 역, 『일본 동양학의 구조』, 문학과지성사, 2004, p.242.

생했다는 것을 논박한다. 비록 동양이라는 전제를 의식했더라도 그는 일본인이 다른 민족보다 특별하며 역동적 잠재력, 창조성이 있다는 것을 강하게 긍정하고 있다. 그 대표적 논문이 「일본문화란 무엇인가(日本文化とは何ぞや)」와 「일본 상고의 상태(日本上古の狀態)」이며, 이러한 논문 속에서 자부심 가득한 일본인의 우월성을 표현한다.

그런데 나이토의 '문화중심이동설'과 '일본문화 예찬론'은 하나의 공통점을 지니고 있다. 그것이 바로 일본인과 일본의 우수성 내지는 우월성이다. 그의 의식 구조의 심연에는 이와 같은 생각이 가득해 있었고 이것은 다시 타 민족에 대한 폄하와 멸시로 이어졌다. 그는 중국 침략의 정당성에 관한 문제에까지 과감한 발언도 주저하지 않고 있는 것이다. 다음의 문장을 살펴보자.

> 지나(支那)의 논자들, 특히 근래의 논자들은 외종족(外種族)의 침략을 어떻든지 지나인의 불행처럼 생각하고 있지만, 실질적으로 지나(支那)가 기나긴 민족생활을 유지할 수 있었던 것은 전적으로 이렇게 누차에 걸쳐 행해진 외종족의 침입에 의한 것이다. ……오늘날 외종족의 세력은 경제적으로 평화롭게 관여하고 있는 것이다. ……일본의 경제적 운동이 이 기회에 지나(支那) 민족의 장래의 생명을 연장하기 위해서는 실로 막대한 효과가 있는 어떤 것으로 보지 않으면 안 된다. 아마도 이 운동을 저지한다면 지나 민족은 스스로 쇠약해져 죽음(瀕死)을 불러올 것이다. 이 커다란 사명으로부터 말하면 일본의 지나에 대한 침략주의라던가 군국주의라던가 하는 것과 같은 일의 의론은 전혀 문제가 되지 않는다.[29]

29 內藤湖南, 「新支那論」, 『支那論』, 創元社, 1938, pp.273~274.

여기에서 나이토는 지금의 시각에서 보면 비상식적 태도를 보인다. 중국의 역사가 장구히 지속될 수 있었던 요인으로서 '외종족의 침입', 즉 이민족의 침략을 제기한다. 또 당시의 서구 열강에 의한 중국 진출을 정당화하는 언설도 눈에 띈다. 이민족 세력이 경제적으로 평화롭게 관여한다는 것이다. 중국의 입장에서 보면 치욕과 굴욕의 역사인데 나이토는 이것을 중국의 행복으로까지 생각했던 것이다. 만일 이러한 전제를 세우지 않는다면 일본의 중국 진출도 그 정당성을 결여해 버린다. 그 때문에 나이토는 일본의 중국 침략과 군국주의 노선에 있어서 정당성을 확보하게 된 셈이다. 더욱 놀라운 점은 일본의 경제 진출을 중국이 가로막는다면 중국은 마침내 쇠퇴하여 멸망의 길을 걸을 것이라는 발언이다. 따라서 이와 같은 일본의 경제 진출에 대해 반감을 가지고 일어나는 중국의 민족주의적 배일운동은 나이토에게 있어서는 '스스로 쇠약해져 죽음을 불러오는' 것과 같은 아둔한 행동이었다. 또 그는 군사적 수단을 동반한 중국 시장의 개척의 정당성에 관해서도 다음과 같이 말하고 있다.

> 물론 그 사이에 때때로 무력적 관계가 있었던 것을 완전히 부정하는 것은 아니다. 하지만 드넓은 전지(田地)를 개척하기 위해서 관개용(灌漑用)으로서 구거(溝渠, 봇도랑)를 판다고 하는 일이 있으며 그 구거(溝渠)를 통과하는 도중에는 때에 따라서 지하의 커다란 암석에 부딪치기도 하여 여기에 큰 도끼를 사용하거나 혹은 폭약을 사용하지 않으면 안 되는 일도 있을 것이다. 그러나 그 진면목이 전지(田地)의 개척에 있는 것을 잊어버리고 그 토지의 폭발 파괴만을 목적이라고 단정하는 사람이 있을 것이다. 지금 일본의 국론(國論)은 자국의 역사와 그 장래에 진행해 나가야 할 길을 잊은

채 일시적으로 응급수단에 이용되는 무력을 침략주의라든가 군국주의라든가 라고 하여 스스로 그것을 폄하하고 있는 것이다.[30]

앞에서 인용한 바 있는 문장과 더불어 여기에서도 나이토는 일반적 국제관계에서 벗어나는 자국중심주의의 논리를 펼친다. 특히 문장 마지막 부분에서 침략주의, 군국주의 운운하는 것이 우선 눈에 들어온다. 이것은 침략주의와 군국주의라는 비판에 대한 자신의 생각을 피력한 것이다. 즉 응급수단에 불과한 무력사용을 침략주의와 군국주의로 매도하는 것은 일종의 폄하라고 단정해 버린다. 나이토의 이러한 발언은 확실히 중국 경제 진출에 있어서 만일 장애와 걸림돌이 있다면 무력, 즉 전쟁을 해서라도 성과를 얻어내야 한다는 논리이며 무력은 관개용의 봇도랑을 파는 일처럼 매우 단순하면서도 반드시 필요한 일이라고까지 언급하고 무력사용과 전쟁을 정당화시킨다. 결국 자국 일본 내에서의 반대 여론에 대하여 역사와 미래지향성 운운하면서 침략주의 · 군국주의라는 비판을 잠재우려고 하고 있는 것이다. 나이토는 이제 동양문화라는 큰 틀에서 중국의 혁신에 자연스럽게 참여할 수 있는 정당성을 확보하고자 하는 생각을 야심차게 드러낸다. 아래의 문장이 그것이다.

지나(支那)의 혁신에 대하여 일본이 힘을 보탠다고 하는 것은 단순히 일시적 사정에서 나온 문제가 아니다. 이것은 동양문화의 발전상, 역사적 관계에서 온 당연한 약속이라고 해도 괜찮다. 지나 혹은 일본, 혹은 조선, 혹은 안남(安南)이라고 하는 각 국민이 있음은 각 국가에게는 상당히 중요한

30 內藤湖南, 『新支那論』, 「三 支那の革新と日本－東洋文化中心の移動－」, 『內藤湖南全集』(第5卷), 東京: 筑摩書房, p.514.

문제일 것이다. 하지만 동양문화의 발전이라고 하는 전체 문제에서 생각하면, 그것들은 입에 올릴 필요가 없는 문제이며 동양문화의 발전은 국민의 구별을 무시하고 일정한 경로를 따라 진행하고 있다.[31]

이 문장을 자세히 살펴보면 중국의 혁신을 가능케 하기 위해서는 일본의 힘이 필요하다고 하는 자위적 언사를 사용하면서 '동양문화'라는 용어로 전제를 깔고 그 정당성을 확보하려는 의도가 엿보인다. 중국의 혁신이라는 것은 곧 일본의 중국 진출을 의미하며 일본의 도움이란 다름 아닌 경제적 침탈과 대응하는 것이었다. 그리고 일본의 중국 진출이 '역사적 관계에서 온 당연한 약속'이라는 나이토의 견해는 동양사학자의 신분으로 아카데미즘을 체현하는 언설이라고는 도저히 믿기지 않는다. 저널리스트의 신분 그대로였다면 가능한 이야기일지도 모른다. 그렇다 하더라도『지나론』과『신지나론』에서 시종일관 이러한 언설로 가득 채워져 있다는 사실을 볼 때 전혀 납득이 가지 않는다. 더욱이 중국을 포함하여 조선, 베트남 등 여타 동아시아 국가와 지역도 '동양문화'라는 범주 안에 집어넣고 그 발전상에서 국민의 구별 같은 것이 하등의 가치를 지니지 못한다는 언설은 일본이 동양문화의 주역이라는 사실을 우회적으로 부각시키기 위해 나온 발언이라고 밖에 볼 수 없다.

이와 같이 나이토는 '일본중심주의'에 기반을 둔 '지나론'을 제기하고 있으며, 이것이 곧 '나이토 지나학'의 본질이자 동시에 동아시아 인식이었던 것이다. 타자에 대한 배려와 소통의 노력 없이 일방통행적 인식에 의해 타자 인식의 오류를 범하고 있으며, 객관성을 결여한 채

31 內藤湖南,「新支那論」,『支那論』, 創元社, 1938, pp.263~264.

타자의 이야기에 귀 기울이지 않는 오만함을 드러내고 있는 것이다. 나이토의 주장은 결국 근대 일본 제국주의자들의 전형적 동아시아(像)을 보여주고 있다고 할 수 있다.

4. 나오는 말

이 논고는 나이토 고난의 '지나론'의 실상, 즉 그 사유 구조 및 동아시아 표상과 인식(주로 중국 인식)에 관한 분석을 목적으로 하였다. 그래서 이 논고의 구성 체계는 크게 두 개의 본문으로 구성되었다. 우선 본문으로 들어가기 전에 본고의 과제와 방향 및 기존에 이루어진 나이토 고난에 대한 연구 성과를 간략하게 정리하였다.

본문 첫 번째에서는 「정치적 담론으로서의 '지나론'」이라는 소제목으로 나이토의 생애를 분석하고 그 속에서 어떻게 동양사학자의 길을 걷게 되었는지를 고찰하면서 그것이 일본 '지나학'의 형성 과정과도 일정의 관계가 있다는 것을 논증하였고, '지나론'의 사유 구조에서 그 핵심이라 할 수 있는 일본 우월성 및 타자(=중국 혹은 동아시아 세계)에 대한 폄하와 멸시의 요소를 발견하였다. 여기에서 중요한 것은 나이토의 부분적 언설들의 전제(前提)였고, 그 전제에는 항상 느슨하고 정체된 중국상(像)이 존재했다는 사실이다. 그뿐 아니라 발전가능성이 없는 늙은 대국 — 중국 — 을 자신이 속한 일본이라는 국가가 치유해주지 않으면 안 된다는 제국주의적 담론의 정당성을 확보하려는 흔적도 엿보였다.

본문 두 번째에서는 「'신지나론'의 구조와 동아시아 표상」이라는 소주제를 설정하고 『지나론』 간행 10년 뒤에 출간된 『신지나론』의 언설에 입각하여 '신지나론'의 사유 구조를 분석하고 동아시아 표상이 타자 인식의 오류를 범하고 있다는 것을 지적하였다. 그런데 『신지나론』에서도 나이토는 10년 전의 『지나론』에서처럼 중국 폄하와 멸시의 태도를 더욱 노골적으로 드러낸다. 특히 '문화중심이동설'을 제기하여 이제 문화의 중심은 일본에 있고 일본인은 우월하며 강국(强國)이 되었기 때문에 미개한 중국과 동아시아 각 지역을 이끌어 주어야 한다는 논리를 펼치고 있다. '신지나론'의 사유 구조는 결국 중국과 동아시아 세계에 대한 편협한 역사 인식 하에서만 성립될 수 있는 포퓰리즘으로서의 '시국론'이었다고 밖에 볼 수 없다.

이와 같이 『지나론』과 『신지나론』을 공통적으로 관통하는 이념은 '일본중심주의(우월주의)' 혹은 '강대국으로서의 일본' 혹은 '동양문화중심으로서의 일본'이라는 것을 자부하는 것이었다. 또 나이토의 중국 인식과 동아시아 표상의 배경에 당시 일본 내에서의 제국주의적 발상과 여론이 존재했다는 점도 결코 잊어서는 안 될 것이다. 그도 그와 같은 일본 내에서의 여론을 의식하면서 시국론이라 할 수 있는 위의 두 권의 책을 집필했던 것이다.

그런데도 편협・편견・선입견만이 가득한 나이토의 동양사학이 지금까지도 일본 국내 동양사학계에서 위력을 떨치고 있는 것은 아이러니라 하지 않을 수 없다. 비록 몇몇 비판적 지식인들에 의해 나이토 '지나학'과 '동양사학'이 비판받고 있기는 하지만, 여전히 소수의 의견일 뿐이다. 금후 국내에서도 나이토 고난에 대한 연구가 활성화되기를 기대해 본다.

|참고문헌|

1. 사료

內藤湖南(虎次郎),『內藤湖南全集』(第1卷~14卷), 東京: 筑摩書房, 1969~1976.

______________,『支那論』, 創元社, 1938.

______________,『東洋文化史』, 東京: 弘文堂, 1950.

______________,『近世文學史論』(朝日文庫), 朝日新聞社, 1949.

______________,『支那繪畫史』, 東京: 弘文堂書房, 1967.

______________,『支那論』, 東京: 文會堂書店, 1914.

______________,『新支那論』, 東京: 博文堂, 1924.

______________,『先哲の學問』, 東京: 弘文堂書房, 1946.

______________,『中國近世史』, 東京: 弘文堂, 1947.

______________,『支那上古史』, 東京: 弘文堂書房, 1944.

______________,『支那史學史』, 東京: 弘文堂, 1949.

______________,『日本文化史研究』, 東京: 講談社, 1976.

2. 연구서

三田泰助,『內藤湖南』, 中公新書, 1972.

陶德民,『明治の漢學者と中國: 安繹・天囚・湖南の外交論策』, 關西大學出版部, 2007.

芳賀登,『批判: 近代日本史學思想史』, 柏書房, 1974.

青江舜二郎,『龍の星座－內藤湖南のアジア的生産』, 朝日新聞社, 1966.

增淵龍夫,『歷史家の同時代史的考察について』, 岩波書店, 1983.

________,『日本の近代史學史における中國と日本－津田左右吉と內藤湖南』, 岩波書店, 2001.

加賀榮治,『內藤湖南ノート』, 東方書店, 1988.

宮崎市定, 礪波護 編,『東洋的近世』, 中央公論新社, 1999.

山內昌之,『歷史の作法: 人間・社會・國家』, 東京:文藝春秋, 2003.

礪波護・藤井讓治 編,『京大東洋學の百年』, 京都大學學術出版會, 2002.

奧崎裕司,『中國史から世界史へ: 谷川道雄論』, 汲古書院, 1999.

筒井清忠 編,『日本の歷史社會學』, 岩波書店, 1999.

安藤德器,『西園寺公と湖南先生』, 東京: 言海書房, 1936.
神島二郎,『近代日本の精神構造』, 岩波書店, 1961.
青江舜二郎,『アジアびと・內藤湖南』, 東京: 時事通信社, 1971.
千葉三郎,『內藤湖南とその時代』, 東京: 國書刊行會, 1986.
三田村泰助,『內藤湖南』, 東京: 中央公論社, 1972.
岡本幸治 編,『近代日本のアジア觀』, ミネルヴァ書房, 1998.
町田三郎,『明治の漢學者たち』, 研文出版, 1998.
佐竹靖彦,『唐宋變革の地域的研究』, 京都: 同朋舍出版, 1990.
小堀桂一郎,『國民精神の復權』, 東京: PHP研究所, 1999.
桑原武夫 外 編,『現代日本思想大系 27 歷史の思想』, 東京: 筑摩書房, 1965.
竹內好外·橋川文三 編,『近代日本と中國(上)』, 朝日新聞社, 1974.
陶德民,『明治の漢學者と中國－安繹・天囚・湖南の外交論策』, 關西大學出版部, 2007.
고사카 시로, 야규 마코토 외 2인 역,『근대라는 아포리아』, 이학사, 2007.
고야스 노부쿠니, 김석근 역,『일본근대사상비판』, 역사비평사, 2007.
이광래,『일본사상사연구－습합・반습합・역습합의 일본사상』, 경인문화사, 2005.
스테판 다나카, 박영재・함동주 역,『일본 동양학의 구조』, 문학과지성사, 2004.

3. 논문

內藤湖南,「支那古典學の研究法に就きて」,『研幾小錄: 一名支那學叢考』, 弘文堂, 1928.
吉川幸次郎,「支那學の問題」,『吉川幸次郎全集』第17卷, 筑摩書房, 1969.
森鹿三,「內藤湖南－日本文化論」,『日本民俗文化大系11』, 講談社, 1978.
礪波護,「東洋史學－內藤湖南」,『京大東洋學の百年』, 京都大學學術出版會, 2002.
______,「內藤湖南」,『20世紀の歷史家たち(2)』(日本編下), 1999.
小川環樹,「內藤湖南の學問とその生涯」,『內藤湖南』(日本の名著), 中央公論社, 1971.
溝上瑛,「內藤湖南」,『東洋學の系譜』, 大修館書店, 1992.
谷澤永,「內藤湖南參考文獻目錄」,『內藤湖南著書展』, いづみ書店, 1969.
杉村邦彥,「NHKテレビ內藤湖南特集に對する反応」,『湖南』第十八號, 1998.
洪淳昶,「日本東洋史家의 中國文化論－白鳥·內藤을 中心으로」,『大丘史學』第十七輯, 1979.

도쿠토미 소호의 동아시아 인식*

청일전쟁부터 한국병합 시기를 중심으로

방광석

1. 머리말

도쿠토미 소호(德富蘇峰, 1863~1957)는 '대일본제국'의 흥망과 운명을 같이 한 대표적인 언론인이자 제국주의 이데올로그로 널리 알려져 있다. 한편으로 그는 역사학자이기도 했다. 아카데미즘 사학자는 아니었으나 『근세일본국민사(近世日本國民史)』 등 수 많은 역사 저술을 통해 대중에게 큰 영향을 끼친 '민간사학자'였다.

도쿠토미의 생애는 주로 언론인으로서 활동한 전반기와 역사 서술에 매진한 후반기로 나뉜다. 도쿠토미는 메이지 중기의 논단을 국수주

* 본 논문의 원고는 『동북아역사논총』 27호(동북아역사재단, 2010.3)에 게재되었다.

의와 양분하는 '평민주의'의 주창자였다. 그는 1886년 『장래의 일본(將來之日本)』을 발표함으로써 '메이지 신시대'의 대변자로서 논단에 지위를 확립하고 상경해 언론활동을 본격적으로 시작했다. 신분적 제약이 있었던 '자유민권운동'에 반발하며 구미국가와 같은 평민사회를 지향하는 '평민주의'의 기치를 내걸었던 것이다. 1887년에 창간한 종합잡지 『고쿠민노토모(國民之友)』는 정부의 귀족적 구화주의(歐化主義)와 국수주의에 대비되는 '평민적' 구화주의를 지향해 청년층의 압도적인 인기를 받았고 1890년에는 『고쿠민신문(國民新聞)』을 발간하기에 이르렀다.

도쿠토미는 청일전쟁을 계기로 '대외팽창론'을 적극적으로 전개했다. 삼국간섭에 의한 요동반도 환부가 제국주의로의 '전향'에 결정적인 역할을 했다. 이 시기부터 도쿠토미는 국권주의적 경향을 더욱 드러내며 정권에 접근했다. 가쓰라 타로(桂太郎) 등 유력정치가의 신임을 얻어 어용사상가라는 평판을 받았다. 이후 가쓰라파의 입장에서 정치에 깊숙이 관여하며 번벌정권을 옹호하여 정당과 민중의 반발을 샀다. 1910년 일본의 한국병합이 이루어지자 총독 데라우치 마사타케(寺內正毅)의 요청을 받아 『경성일보(京城日報)』의 감독으로 조선에 부임해 1918년까지 조선인 '교화'의 논진을 펼쳤다. 그러나 1913년 가쓰라가 사망하자 현실정치에서 손을 떼고 50대의 나이에 역사저술활동에 매진하겠다는 뜻을 밝혔다. 메이지유신 지도자들의 전기류를 꾸준히 편찬하는 한편 장기간에 걸쳐 『근세일본국민사』를 신문에 연재했다. 제2차 세계대전 패전 후에는 A급전범 용의자로 지명되어 자택연금을 당하기도 했다.

역사가로서 도쿠토미의 업적은 ① 1880년대 이후 『國民之友』 시기의 업적, ② 메이지(明治) 지도자들의 전기, ③ 『近世日本國民史』 등 세 부분으로 나뉜다. 이밖에 역사수필이나 사론에 해당하는 저작을 상당수 남겼다. 도쿠토미의 생애 전반기에는 봉건제도를 타파한 메이지유신을 근대적 입장에서 높이 평가하는 저술이 눈에 띈다. 그러나 청일, 러일전쟁을 거치면서 '평민주의'에서 '제국주의'로 선회해 대외팽창론을 주도했다. 현실정치에 거리를 둔 1910년대 후반 이후 도쿠토미는 황실중심주의, 국체론으로 기울었다. 그러한 입장에서 메이지 지도자들의 전기(傳記)를 편찬했고 『近世日本國民史』를 저술했다. 『近世日本國民史』(전100권)는 1918년부터 그의 사후인 1962년까지 지속적으로 집필, 간행된 것으로 그 내용은 오다 노부나가(織田信長)에서부터 메이지 시기까지 이르는 방대한 저술이다. 여기에서 그는 메이지유신을 '혁명'으로 적극적으로 평가했다. 그의 사관은 황실중심주의 및 영웅주의이며 일본국가의 우월감과 제국주의적 관점이 바탕에 깔려있다고 할 수 있다.

본고의 목적은 언론인이자 역사가로서 근대일본의 전반에 큰 영향력을 미친 도쿠토미의 동아시아 인식을 분석하는 것이다. 특히 청일전쟁 이후 국가주의, 제국주의의 입장으로 선회한 도쿠토미가 조선과 중국 등 동아시아에 대한 인식을 어떻게 전개하였는지 추적하려고 한다.

도쿠토미에 관해서는 지금까지 수많은 논저가 발표되었는데 주로 그의 언론활동과 정치언설에 초점을 맞추어 연구가 이루어졌다. 민유샤(民友社)와 『國民之友』, 『國民新聞』에서의 활동과 기사를 분석하여 그의 '평민주의', '제국주의론' 등 정치사상을 검토한 것이 대부분이다. 도쿠토미의 대외관(對外觀)을 다룬 연구도 다수 이루어졌으나 미국을 중심으로 한 서구국가에 대한 인식이 주 검토대상이고,[1] 그의 동아시

---

1 宮本盛太郎, 「德富蘇峰の'轉校'とイギリス」, 宮本盛太郎, 『知識人と西歐(第二版)』, 蒼林社, 1983; 澤田次郎, 「ウィルソンの國際理想主義と德富蘇峰の反応」, 慶應義

그림1_『국민지우』 창간시의 도쿠토미

아 인식에 대한 연구는 그리 많지 않다.[2] 그러나 도쿠토미가 한국의 식민지화 등 일본의 대외침략 논리를 제공하는데 미친 영향력을 고려할 때 그의 동아시아 인식에 대한 해명은 중요한 의미를 지니고 있다. 따라서 이 글에서는 기존 연구에서 충분히 검토되지 못했던 도쿠토미의 동아시아상 혹은 동아시아 인식을 청일전쟁부터 한국병합 전후 시기를 중심으로 살펴보고자 한다. 이 시기 도쿠토미가 '제국주의' 사상을 견인하면서 직접적인 견문 등을 통해 동아시아 인식을 심화시키고 구체화시켜 나갔다고 보기 때문이다.

塾大學,『法學政治學論究』 29, 1996; 澤田次郎,「太平洋戰爭と德富蘇峰のアメリカ觀」,『法學政治學論究』 30, 慶應義塾大學, 1996; 澤田次郎,「日露戰爭後をめぐる德富蘇峰のアメリカ觀」,『法學政治學論究』 31, 慶應義塾大學, 1996.

2 도쿠토미의 동아시아 인식에 관해 일본학계에서는 杉井六郎,「德富蘇峰の中國觀－とくに日清戰爭を中心として」(明治期の日本と中國),『人文學報』 通號 30, 京都大學人文科學硏究所, 1970.3. 나중에 『德富蘇峰の硏究』, 法政大學出版局, 1977에 게재; 藪田謙一郎,「德富蘇峰の見た清末中國」,『曙光』 12, 2001; 神谷昌史,「文明・大勢・孤立－德富蘇峰における'支那'認識」,『大東法政論集』 10, 2002.3 등의 기존연구가 있는데 연구범위가 주로 청말 중국인식과 제국주의론에 한정되어 있다. 국내에서 발표된 관련 연구로는 朴羊信,「19・20세기 전환기 일본에서의 '제국주의'론의 諸相－서양사상과의 관련에서」,『일본역사연구』 제9집, 1999; 朴羊信,「청일전후 일본 지식인의 대외인식론－陸羯南과 德富蘇峰을 중심으로」,『東洋學』 제31집, 단국대 동양학연구소, 2001; 야가사키 히데노리,「21세기 일본의 선택－대일본주의인가? 소일본주의인가?」,『국제정치논총』 41-3, 2001; 鄭大成,「德富蘇峰テクストにおける「朝鮮」表象－日本型オリエンタリズムと植民地主義」,『日本言語文化』 제5집, 2004; 요네하라 겐(米原謙),「4개의 전쟁과 일본 내셔널리즘의 변용－도쿠토미 소호(德富蘇峰)를 소재로」,『한국문화』 41, 2008 등이 있으나 대부분 청일전쟁 이후 도쿠토미의 제국주의론을 소개하거나 대외팽창론을 강조해 언급하는 데 그치고 있다. 鄭大成의 논문은 도쿠토미의 조선상을 텍스트의 언설 분석을 통해 통시적으로 검토한 것으로, 도쿠토미의 조선 인식을 파악하는데 참고가 된다.

2. '평민주의'에서 '제국주의'로

도쿠토미는 1863년 3월 15일 구마모토(熊本)현 미나마타(水俣)의 鄕士 집안에서 장남으로 태어났다. 본명은 이이치로(猪一郎)였고 소호(蘇峰)는 그의 아호로 1887년 잡지 『國民之友』를 창간하면서 사용하기 시작했다. 구마모토는 원래 일찍이 서양문명이 유입된 곳으로 많은 학자와 문화인을 배출했다. 그는 부모 밑에서 『三國志』, 『太閤記』, 『漢楚軍談』, 『唐詩』 등을 배웠고 아홉 살 때부터는 한학자 가네사카 시스이(兼坂止水)의 사숙에 들어가 사서오경을 공부했다. 열 살이 되면서 구마모토 현립 양학교(洋學校)에서 들어가 미국인 교사 젠스(Leroy Lancing Janes, 1837~1909) 밑에서 공부했고, 젠스로부터 교토 도시샤(同志社)의 니이지마 조(新島襄)를 소개받아 열세 살 때 도시샤에 입학했다. 그는 니이지마의 인격에 감화를 받았으나 기독교에 입교하지는 않았고 『도쿄니치니치신문(東京日日新聞)』과 『구마모토신문(熊本新聞)』, 『유빈호치신문(郵便報知新聞)』 등의 기사를 탐독하면서 신문기자로서의 꿈을 키워갔다. 특히 세이난(西南)전쟁 때 종군기자로 크게 활약한 『도쿄마이니치신문』의 후쿠치 겐이치로(福地源一郞)에게 매료되었다고 한다.[3]

도쿠토미는 도시샤 졸업을 1개월 정도 앞둔 1880년 5월 도쿄로 가기 위해 학업을 중단했다. 도쿄에 가서 후쿠치를 만나 신문기자로서의 꿈을 펼치려 했던 것이다. 그러나 막상 도쿄에 도착하니 후쿠치는 무명

3 도쿠토미의 생애와 國民新聞의 창간과정에 관해서는 德富猪一郞, 『蘇峰自傳』, 中央公論社, 1935; 米原謙, 『德富蘇峰－日本ナショナリズムの軌跡』, 中公新書, 2003; 정일성, 『일본군국주의의 괴벨스－도쿠토미 소호』, 지식산업사, 2005을 참조.

서생인 그를 만나주지도 않아 낙담 끝에 후쿠오카로 낙향했다. 신문기자의 꿈을 일단 접은 도쿠토미는 아버지의 도움으로 1882년 3월 자신의 집에 오에기주쿠(大江義塾)라는 사설 학교를 개교했다. 그의 나이 겨우 19살 때였다. 그는 기존의 학교 교육을 비판하고 사회의 미래를 결정하는 것은 청년이라고 강조하며 '독립의 기상'을 키우는 것을 교육 목표로 삼았다.

오에기주쿠를 운영한 지 3년째 그는 『19세기 일본의 청년과 교육』이라는 책을 집필했다. 앞으로 사회의 대세를 결정하는 청년의 동향을 교육에 반영해야 한다고 강조했다. 이 책은 자비출판으로 가까운 사람들에게만 배포했는데 뜻밖에도 『도쿄게이자이잡지(東京經濟雜誌)』 등에 소개되어 큰 반향을 불러 일으켰다. 특히 그를 높이 평가한 사람은 같은 구마모토 출신의 고위 관료인 이노우에 고와시(井上毅)였다. 도쿠토미의 평판은 이노우에를 통해 널리 전해지기 시작했다.

이에 용기를 얻은 도쿠토미는 1886년 5월 그의 운명을 건 저작 『將來之日本』을 집필했다. 그는 스펜서의 진화설, 밀의 공리설, 맨체스터 학파의 자유방임주의, 요코이 쇼난(橫井小楠)의 평화사상 등 당시 그가 알고 있던 지식을 총동원해 이 책을 저술했다. 이 책에서 도쿠토미는 '武備主義'와 '생산주의'를 대조하며 논리를 전개했다. 군사형 사회가 되면 정권은 소수에게 돌아가고, 부의 분배가 불평등하며 군대가 모델이 되는 강박적인 사회가 된다고 설명한다. 반면 산업형 사회에서는 인심 중심으로 정치가 이루어지고 사회는 계약에 바탕을 둔 평화를 기초로 결합하게 된다는 주장이다. 즉 일본은 무비, 귀족, 완력주의를 벗어나 역사의 대세에 따라 생산, 평민, 평화주의로 나아가야 한다고 결론지었다.[4]

이러한 내용의 『將來之日本』은 출판되자마자 날개 돋친 듯 팔려나갔다. 이에 고무된 도쿠토미는 1886년 12월 오에기주쿠의 문을 닫고 가족과 함께 도쿄로 이주했다. 그리고 제자들과 함께 1887년 2월 민유샤를 설립하고 잡지 『國民之友』를 창간했다. 이 또한 인기가 높아 창간 당시 월 1회 발행하던 것을 10월부터는 월 2회로 늘리고 1889년 1월부터는 월 3회 발간했다. 이 『國民之友』의 성공을 바탕으로 도쿠토미는 일간지의 창간에 나섰다. 일간지는 막대한 자금과 인력이 필요한 사업이었다. 그는 민유샤의 수익금과 대출을 통해 자금을 마련해, 약 5천 엔의 자본금으로 히요시마치(日吉町)의 건물을 사들여 사옥으로 삼고 다른 신문이 이용하던 인쇄소를 이용했다. 이렇게 해서 1890년 2월 『國民新聞』이 창간되었다. 창간 당시 지면은 4~6면이었고 발행부수는 5,000에서 1만 부였다. 당시로서는 큰 신문에 속했다. 도쿠토미는 어릴 적부터의 신문기자의 꿈을 신문사 경영이라는 형태로 실현시켰고 언론인으로서 본격적인 활동을 시작했다.

힘겨운 과정을 거쳐 탄생한 『國民新聞』은 '독립신문', '중류, 평민주의'를 표방했다. 이는 신문사의 주의주장을 명확히 갖고 중류사회와 평민층을 대변하는 신문을 만들겠다는 의미였다. 도쿠토미는 자신이 개혁의 최선봉이라고 자부하고 네 가지의 개혁을 내세웠다. 첫째는 정치개혁이고 둘째는 사회개혁, 셋째는 문예개혁, 넷째는 종교개혁이었다. 그 중에서도 정치개혁을 가장 중시해 메이지유신을 주도한 사쓰마(薩摩), 조슈(長州) 출신자가 주도하는 '번벌정치' 타파를 강경하게 주장했다.

이 시기 도쿠토미가 품고 있던 생각은 영국을 모델로 한 근대화였

4 植手通有編, 『將來之日本』, 『德富蘇峰集』(明治文學全集34), 筑摩書房, 1974.

다. 즉 경제적으로는 자유무역주의, 정치적으로는 의원내각제라고 할 수 있다. 그 배경에는 산업형 사회의 도래하는 역사관이 있었다. 이 역사관에서 나오는 것은 산업화에 의한 상공계급의 발달과 그 사회적 주도권의 확립이다. 이러한 구상은 '中等社會'에 대한 기대감으로 나타나고, 의회정치에서는 구 자유당과 개진당을 합친 '진보당 연합'이라는 주장으로 전개된다. 도쿠토미는 학자가 주장하는 입헌정치가와 운동가가 주장하는 동양식 창업가라는 정치가상을 모두 부정하고 학자와 실무가를 겸비한 개혁정치가라는 정치가상을 제시했다.[5]

그런데 실제 정치과정은 도쿠토미의 생각대로 이루어지지 않았다. 그가 기도한 진보당 연합이 결성되지 않았을 뿐만 아니라 정당세력과 평민이 결합하는 '중등사회' 구상도 야당이 농민과 상인을 자기편으로 끌어들이지 못하고 그 균열이 심화되었다. 결국 도쿠토미는 '장래의 일본'에 대한 전망을 상실하고 그가 주장하던 평민주의도 퇴색되어 버리고 말았던 것이다.

평민주의를 둘러싸고 자신의 신념과 현실 사이의 괴리에 고심하고 있던 도쿠토미에게 전환점이 된 것은 1894년에 발발한 청일전쟁이었다. 청일전쟁을 향한 긴장감이 고조되는 가운데 도쿠토미는 『國民新聞』의 창간 당시 표방했던 '평민주의'의 이념을 접고 정부에 대한 단순한 협력이 아니라 신문보도의 내용에서 국익을 앞세우는 '제국주의'[6]를 주장하기 시작했다. 1894년 5월 '대외강경론'을 주요 내용으로 하는 『自主的外交』라는 소책자를 펴냈으며 『國民新聞』의 사설에 「조선에 군

5 『德富蘇峰集』(明治文學全集34), pp.51~54.

6 도쿠토미는 제국주의를 '세계의 대세'로 파악하고 자신의 입장 변화를 "평민주의에서 제국주의로 진화했다"고 표현했다(德富猪一郎, 『蘇峰文選』, 民友社, 1915, p.514).

대를 보내야 한다」[7]는 출병론을 주장했다. 6월 초에는 『國民之友』에 "국가를 팽창시키는 결정적 요소는 인구증가이다. 일본인은 어떠한 기후에도 적응할 수 있는 팽창 가능성을 지니고 있다. 일본 국민 최대의 라이벌은 더위에 약한 서구 제국의 국민이 아니라 중국인이다"[8]라는 「일본국민 팽창성」을 발표하고 제국주의 논리를 노골적으로 전개했다.

도쿠토미가 평민주의를 포기하고 '제국주의'로 나아간 것은 時流에 앞서나가려는 그의 성향이 크게 작용했지만, 반면 평민주의에 대한 사상적 신념이 확고하지 못했다는 것을 반영하는 것이다. 또한 애초에 주 독자층으로 겨냥한 중류계층이 제대로 형성되지 못하고 정당이나 정부쪽에 흡수되었던 점도 이유로 작용했다. 그는 창간 당시 편집 목표를 '중류 평민계층'을 중심으로 "천하국가의 일을 생각하되 일신일가(一身一家)를 잊지 않고, 일신일가를 생각해 천하국가를 잊지 않는다"는 '일신일가'와 '천하국가'를 결합한 국민정신의 구현에 두고 있었다. 그러나 이를 과감히 벗어던지고 국가 장래가 걸렸다고 본 청일전쟁을 옹호하는 쪽으로 나아갔던 것이다.

3. '평화적 팽창주의'와 동아시아

그렇다면 청일전쟁 시기 도쿠토미는 아시아를 어떻게 바라보았을

---

7 『國民新聞』, 1894.5.31.

8 『國民之友』 제228호, 1894.6.3.

까. 그의 아시아 인식은 중국이나 조선 등 아시아지역에 대한 직접적인 고찰이 아니라 서양 국가들과의 대비를 통해 형성되었다. 도쿠토미는 『自由道德及儒教主義』(1884)에서 다음과 같이 주장한다.

> 미국과 영국 두 나라는 가장 자유로운 나라이다. 支那와 인도 두 나라는 옛날에는 가장 인의도덕이 높았고 특히 근래에 가장 전제적인 나라이므로 인도, 支那야말로 무엇보다 도덕의 세계이고 미국과 영국이야말로 가장 험악하고 부도덕한 나라라고 할 수 있냐면 그렇지 않다. 도덕을 자랑스러워하는 支那와 인도는 자유가 결핍되어 있고 또 도덕도 결핍되어있다. 영국과 미국은 자유의 진보와 함께 도덕도 진보한 것은 결코 다툴 수 없는 사실이다. ……청교도가 도덕의 인민이고 인도, 支那 등이 부도덕한 나라라는 것은 어찌 의심할 것이냐. 오직 자유가 있기 때문에 도덕이 있는 것이다. 자유 없으면 도덕이 없는 것이다. 나는 이것을 유교주의의 경험에 비추어 그러하다는 것을 믿는다. ……2천 년 동안 支那 인민의 지덕을 부패시킨 유교주의를 통해 우리 메이지의 改進 인민의 지덕을 부패시키려 하는가.[9]

이것은 유교주의, 특히 중국의 개혁을 막아온 학문사상을 비난한 것이다. 즉, 유교주의가 아시의 진보를 가로막고 부패시켰다고 보았다. 나아가 도쿠토미는 "이미 동양에는 하나의 주인이 있음을 기억해야 한다. 주인이란 즉 영국이다"[10]라고 까지 주장한다. 철저히 힘의 논리, 문명의 논리로 아시아를 인식하고 있다. 파워폴리틱스를 바탕으로 국제정세를 파악하고 대외정책을 논했던 것이다. 그는 조선 문제에 관해서

9 『德富蘇峰集』(明治文學全集34), pp.46~49.

10 『將來之日本』, 위의 책.

도 전통적 조공책봉관계, 즉 청조(清朝)와 순치보거(脣齒輔車)의 관계에서 생각하기보다는 러시아를 강하게 의식해 조선을 중국에서 떼어내는 '독립국'화, 나아가서는 보호국화를 생각했다.[11] 따라서 그가 말하는 '조선의 독립'이란 "조선을 위한 독립이 아니라 일본의 독립을 위한 독립"[12]이었던 것이다.

도쿠토미는 서양세력, 특히 러시아의 위협에 대한 위기감을 전제로 군사적 관점에서 동아시아 정세를 평가했다. 1888년 11회에 걸쳐 『國民之友』에 연재한 「일본의 국방을 논한다」는 논설에서 다음과 같이 강조했다.

> 支那는 풍부한 나라이다. 인구가 많은 나라이다. 그러나 그 인민은 애국심이 적고 독립심이 적고 특히 군사에 있어서는 매우 쓸모가 없는 인민이지만 대저 참을성이 강한 인민이라는 것을 기억해야 한다. 그러므로 지나를 결코 멸시해서는 안 된다. 그렇지만 또한 지나를 결코 두려워할 필요는 없다. 대체로 일본에서는 한 때 지나를 경멸하는 풍이 크게 일어난 데 대한 반동으로 최근에는 빈번히 지나를 존경하는 생각이 부족해졌다. 일본 인민은 처음으로 지나를 내려보고 그 진가를 알지 못하는 것이다. 지나를 가리켜 매우 두려워해야 할 것이라고 말하는 것은 실로 청국 금일의 상황을 잘 모르는 논의이다. 만약 일본에게 두려워해야 할 것이 있다면 그것은 북방의 이웃나라 러시아이다.[13]

11 『國民之友』 제8호, 1887.9.15.
12 『國民之友』 232호, 1894.7.13.
13 『國民之友』 제26호, 1888.7.20.

우리나라는 군사상 항상 지나를 상대로 비교하는데 …… 우리 국권의 신축상 우리 國利의 손해득실상 항상 우리 머리를 누르고 있는 나라는 어디인가. 청국이 아니라 서양열강이 아닌가. 대저 일국을 세운 이상 홀로 청국만이 아니라 서양 각국도 아울러 주목하지 않으면 안 된다. …… 가령 일단 일이 벌어져 중국이나 조선에 이긴다 해도 이로 인해 일본이 강국으로 천하의 인정을 받는 것은 아니다.[14]

이렇듯 도쿠토미가 중국이나 조선 등 주변 동아시아 국가를 인식하는 바탕에는 서양열강과의 대결의식이 깔려 있었다. 물론 이 단계에서 중국에 대한 팽창론을 본격적으로 전개하지는 않았지만 유교주의를 기축으로 진보를 가로막는 중국 보수주의의 고루함을 지적하면서 그의 동아시아상은 점차 부정적으로 나아갔다고 할 수 있다. 이러한 인식은 당시 일본지식인 사이에 확산되어갔다.

도쿠토미는 청일전쟁 직전 「好機」라는 글을 통해 "호기란 얻기는 어려워도 잃기는 쉽다. ……호기란 말할 필요도 없이 청나라와의 개전이다. 다른 말로 설명하면 팽창적 일본이 팽창활동을 달성할 수 있음을 뜻한다"[15]며 청나라와의 일전(一戰)을 촉구하고 나섰다. 그리고 전쟁이 시작되자 "청일전쟁은 정부와 군대만의 전쟁이 아니라 '국민적 전쟁'이다. 국민은 대외정책의 원동력이다. 국민 개개인은 잠재적 병사이고 국가의 명예와 위신을 높이는 일은 모든 국민에게 부과된 의무이다"라고 외치며 국민의 전쟁 참여를 선동했다.[16]

---

14 『國民之友』 제36호, 1888.12.21.

15 『大日本膨脹論』, 『德富蘇峰集』(明治文學全集34), pp.249~251.

16 「市民と兵士」, 『國民新聞』, 1894.7.28.

청일전쟁을 앞두고 도쿠토미의 언설은 점차 강경해졌다. 이것은 당시 주도적 지식인의 인식과 궤를 같이 하는 것이었다. 당시 일본지식인들은 청일전쟁이 열강으로부터 일본의 실력을 인정받을 수 있는 좋은 기회가 될 것으로 보았다. 도쿠토미도 구미 열강의 시선을 의식하면서 "유럽 나라들도 전쟁을 통해 그 지위를 인정받고 국가 이익과 영광을 가져왔다"고 주장했다.

이와 같은 분위기 속에서 1894년 7월 청일전쟁이 시작되자 일본 언론은 앞다투어 종군기자를 전투지역에 파견하며 열광적인 지지를 보냈다. 청일전쟁이 발발했을 때 일본 언론인은 거의 예외 없이 이 전쟁에 '대의(大義)'가 있다고 보았다. 도쿠토미나 민유샤도 다르지 않았다. 『國民新聞』도 20여 명의 종군기자를 파견해 승전소식을 전했다. 도쿠토미는 청일전쟁을 '문명과 야만의 전쟁'으로 보았다. 이것은 「탈아론」을 주창한 후쿠자와 유키치(福澤諭吉)의 논리를 그대로 받아들인 것이다. 열강의 식민지배 논리와 동일한 논법으로 청일전쟁 도발을 정당화하고 나아가 일본에 대한 구미열강의 차별적인 시각을 없애겠다는 발상이었다. 도쿠토미는 「세계의 공적(公敵)」[17]이라는 사설에서 "청나라는 문명의 적, 인도(人道)의 적이므로 이를 토벌하는 것은 의전(義戰)이다"라고 주장하며 전쟁을 찬양했다.[18] 이러한 '탈아론'적 논리에서는 아시아는 일본 팽창의 대상으로만 비추어졌고 일본과 마찬가지로 구

---

17 『國民新聞』, 1894.9.9.

18 이러한 전쟁긍정론은 도쿠토미와 같은 국가주의자에 한정된 것은 아니다. 우치무라 간조(內村鑑三)도 "지나는 社交律의 파괴자이고 人情의 害敵이며, 야만주의의 보호자이다"라고 했으며, 전쟁 전에는 일본의 문명개화를 무원칙적인 구화주의로 비판했던 구가 가쓰난(陸羯南)도 전쟁발발 후에는 청국을 '동양의 一야만국'이라고 비난했다(『國民之友』 제234호, 1894.10).

미열강에 대항하는 측면은 무시되었다.

또한 도쿠토미는 6월 초 「일본국민의 팽창성」[19]이라는 논설을 발표해 일본인에게 인종적으로 팽창의 자질이 있다고 주장했다. 일본인은 어떠한 기후에도 적응할 수 있는 자질을 갖고 있으며 팽창의 가능성을 갖추고 있다고 보고, 이 국민팽창에 있어 최대의 라이벌은 더위에 약한 구미 각국의 국민이 아니라 중국인이라고 논했다. 이러한 주장에 특별한 근거가 있었던 것은 아니나 전쟁을 긍정하기 위해 사용된 논리라고 할 수 있다. 다케코시 산사(竹越三叉)도 『지나론(支那論)』에서 '커다란 일본'의 실현은 '국민의 팽창성'에 기인하는데 그 가장 어려운 적은 '지나인종'이라며 팽창론을 전개한다. 그는 맬더스의 인구증가론을 차용해 62년 뒤에 일본인구가 두 배에 달할 것이라고 전제하고 어딘가에 이민할 곳을 발견하지 않으면 일본은 멸망할 것이라는 주장을 펼치고 있다.[20]

청일전쟁은 일본의 일방적인 승리로 끝났지만 그 뒤 삼국간섭으로 인한 요동반도의 반환은 도쿠토미에게 커다란 충격을 안겨 주었다. 전쟁 승리로 인해 도쿠토미는 일본도 구미국가와 같은 '제1등국'이 되었다는 자신감에 차 있었을 것이다. 삼국간섭은 그러한 도쿠토미의 자존심에 큰 상처를 주었다. "요동(遼東) 환부(還付)는 몸도 마음도 모두 타 재로 변한 일대 치욕이었다. 10년, 20년, 아니 100년 뒤가 되더라도 기어코 설욕하지 않으면 안 된다"고 결심했다. 당시 일본 사회에서 러시아에 대한 반감은 극에 달했다. 언론계를 비롯한 식자층에서 '와신상담(臥薪嘗膽)'이 국민적인 슬로건이 되었고 '군비확충론'이 비등했다. 청일전쟁 이전부터 주전론을 펼쳐온 도쿠토미는 『國民新聞』을 통해 연일 군비확충만이

19 『國民之友』 제228호, 1894.6.3.

20 米原謙, 앞의 책, p.116.

굴욕을 씻을 수 있다며 군비증강과 정치지도자의 분발을 촉구했다.

청일전쟁 이후 구미에서는 황화론(黃禍論)의 바람이 급속히 불기 시작했다. 황화론은 청일전쟁이 일본의 승리로 끝나자 일본의 국력과 발언권이 높아져 그동안 아시아를 무대로 펼쳐진 열강의 제국주의 정책이 크게 위협받은 데서 비롯됐다. 1895년 독일황제 빌헬름 2세는 과거 유럽을 휩쓸었던 오스만터키나 몽고와 같은 황색인종이 또다시 발호하면 유럽문명 내지 기독교문화 전체가 흔들리게 되는 심각한 상황을 초래할 수 있으므로 유럽열강은 일치단결해 이에 대비해야 한다고 역설했다.

이러한 황화론은 러일전쟁 때 최고조에 달했다. 러일전쟁의 전세가 일본으로 기울자 구미 언론은 러일전쟁을 인종대결로 보도했다. 이에 대해 도쿠토미는 황화론을 부정하며 "이는 일본을 다른 아시아 나라들과 동일하게 본데서 비롯된 오해라며 러일전쟁은 인종이나 종교와는 무관하다"고 해명했다. 그리고 "일본인은 서양인과 같은 길을 걸어왔으며 일본을 무조건 아시아적이라고 뭉뚱그려 동일시하는 것은 공정치 못하다"[21]고 주장했다.

도쿠토미는 무엇보다 일본이 '아시아적'이 아니라는 점을 강조했다. "우리 제국과 국민에 대한 모든 시기, 질투, 공포와 혐오는 '아시아적'이라는 문자에 포함되어 있다. 이 어찌 위험천만한 단정이 아니냐"[22]고 경고했다. 일본을 아시아로 보는 것은 구미의 차별과 편견이라는 주장이다. "우리는 東亞를 아군으로 황인종을 이끌고 백인종에 대항하는 자가 아니다. 歐洲人보다 앞서 아시아 정벌을 도모하려는 것은 더더욱 아니다. 일본은 그럴 야심이 없다. 이 전쟁은 오로지 자위를 위한 것이며 문

21 「我が國民の抱負」, 『國民新聞』, 1904.4.17.

22 「黃禍論の反響」, 『國民新聞』, 1904.6.26.

명 열강과 보조를 같이 해 문명세계가 공유하는 경복(慶福)을 얻으려 한 것"[23]이라고 말한 데서 그의 인식이 잘 드러나 있다. 도쿠토미는 아시아란 호칭으로 조선이나 중국과 동일시되는 것을 가장 두려워했다.[24] 후쿠자와가 『탈아론』에서 주장했듯이 일본은 지리적으로 아시아에 위치해 있지만 더 이상 아시아가 아니라 서양과 다름없는 문명국가라는 것이다. 구미 열강에 대해 일본을 차별하지 말라는 것은 주변 아시아 국가들과는 다르다는 또 다른 차별의식을 반증하는 것이기도 하다.

이 시기 일본에서는 황화론에 대항해 고노에 아쓰마로(近衛篤麿) 등을 중심으로 흥아론(興亞論)이 대두하고 있었다. 그러나 도쿠토미는 이러한 아시아주의적 주장을 단호히 거부하고 아시아주의를 주장하는 것은 일본을 어려운 처지에 내모는 것이라고 경고했다. 그러면서 그는 '제국주의'를 주장했다. 자신이 말하는 '제국주의'는 침략주의나 무단주의가 아니라 '평화적 팽창주의'라고 강조한다. '평화적 제국주의'는 "무역을 통해, 생산을 통해, 교통을 통해, 식민을 통해 일국의 이익을 확충하고 민족의 발달을 기하는" 것이고 군비는 이 평화적 팽창을 위한 방편에 지나지 않는다고 보았다.[25] 그러나 제국주의 시대에 주장된 도쿠토미의 '평화적 팽창주의'는 결국 침략을 위한 논리에 불과했다는 것은 그 뒤의 일본의 대륙 침략과정이 여실히 증명하고 있다.

---

23 위의 글.

24 米原謙, 「'膨脹'する'大日本'－日清戰爭後の德富蘇峰」, 『阪大法學』 50-4, 2000.11, pp.56~62.

25 「帝國主義の眞意」, 『國民新聞』 사설, 1899.3.24. '평화적 팽창주의'는 이후 '아시아 먼로주의'로 발전해나가는데 그에 대한 분석은 神谷昌史, 앞의 논문; 中村尙美, 「德富蘇峰の「アジア主義」」, 『社會科學討究』 37-2, 1991; 米原謙, 앞의 논문, 2000; 李京錫, 「德富蘇峰の亞細亞モンロー主義」, 『早稻田政治公法硏究』 73, 2003 등 참조.

4. 문명론적 동아시아 인식의 전개

이렇듯 청일전쟁과 러일전쟁을 거치며 형성된 '제국주의'론과 '평화적 팽창주의'론에서 도쿠토미는 오로지 일본의 팽창 대상으로서 동아시아를 인식하였는데 그러한 인식은 이후 어떻게 변모 내지 구체화되었을까?

청일전쟁 이후 도쿠토미의 동아시아 인식은 조선 보다는 주로 중국에 초점이 맞춰져 있었다. 중국에 대해서는 처음에는 일본의 경쟁국으로서 나중에는 팽창의 대상으로서 꾸준히 관심을 갖고 있었지만, 조선은 러일전쟁 이후 일본에 의해 국권을 침탈당하고 식민통치의 대상이 되었기 때문이다.

도쿠토미는 1906년 5월부터 장기간 중국여행에 나섰다. 중국을 직접 견문하면서 자신의 중국인식을 구체적으로 표현하기 시작했다. '제국주의자' 도쿠토미는 이 여행을 통해 '興國 시민'으로서의 자부심과 국민국가를 아직 형성하지 못하고 있는 중국에 대한 우월감 드러냈다.

도쿠토미의 눈에 비친 중국상을 보면, 먼저 淸朝 중국에는 국가가 없다는 것이다. 그는 당시 대부분의 일본인이 갖고 있던 것과 마찬가지로 중국인은 '文弱'하며 이기적이고 공공심이 부족해 국가의식과 국민의식을 결여하고 있다고 보았다. "支那에는 家는 있지만 國은 없다. 지나인에게는 孝는 있지만 忠은 없다는 것은 支那通의 경구(驚句)이다. 오늘날 지나인에게 국가적 관념이 없을 뿐만 아니라 종래에도 국가적 관념 비슷한 것은 거의 찾아보기 어려웠다. 바꾸어 말하자면 지나인에게 근대적 의미에서 국가적 조직이 있었는지는 매우 의심스럽다"[26]는 것이다.

그는 특히 중국의 文弱을 강조한다. "지나의 문약은 예나 지금이나 방어에 급급하고 진공(進攻)을 등한히하는 것을 보아도 충분히 증명된다. 만리장성을 보면 잘 알 수 있다"[27]고 한다. 당시 중국은 '신정(新政)'이 행해지던 시기였다. 도쿠토미는 중국이 확실히 변화의 도상에 있으며 '각성의 시기'가 도래했다고 판단했으나, 중국인은 국가 관념이 전통적으로 부족한 지극히 이기적인 존재로 국가로서 중국의 장래를 비관적으로 예측했다.

그리고 중국인의 특징으로서 '단념철학(斷念哲學)'을 언급한다. 중국인은 "상하 불문하고 일반적으로 단념철학을 갖고 있다. 그들은 쉽게 단념하지 않지만 더 이상 어쩔 수 없다고 판단되면 마음을 완전히 바꿔 단념한다. 사형을 당할 때 일단 형장에 들어가게 되면 오히려 깨끗이 단념하고 미련을 남기는 행위를 하지 않는다"는 것이다. 도쿠토미는 이것이 이해타산과 관련이 있다고 본다. "이러한 단념은 어떻게 해서 나오는 것인가. 바로 문약하여 언제나 수동적 방어를 하는 것은 어떠한 동기에서 나오는가. 지나인에게는 정사(正邪)의 표준이 없고 이해타산이 있다. 무슨 일도 손해를 보는 일은 하지 않는다는 마음가짐으로 무사의 의지를 관철하는 것 같은 일은 세상물정을 모르는 이야기는 하지 않는다. 유리한 상황에서도 당초부터 머리를 숙이고 힘이 센 자에게는 처음부터 싸우지 않는다. 불가항력 앞에서는 일체 복종하는 것이 신조"라고 파악했다. 원래 중국인은 스스로 일을 꾸미는 일이 없이 무슨 일에도 수동적이지만 이해관계가 걸리면 '그들은 언젠가 피가 끓는다'고 보았다. 중국인에게 '利'는 실로 '종교'이며 그 '利'의 범위는 매우

---

26 德富猪一郎, 『七十八日遊記』, 民友社, 1906, p.232.

27 위의 책, p.241.

좁다, 결국 중국인에게서 '공리', '공공심'은 찾아볼 수 없다는 것이 도쿠토미의 주장이다.[28]

그러나 도쿠토미가 중국의 잠재적 가능성을 무시한 것은 아니다. 자신이 중국에서 '가장 먼저 감명을 받은 것은 중국 인구가 가진 힘'이라고 한다. "支那를 여행하고 실로 숫자의 위대한 세력에 놀랐다. 그리고 아무리 열강이 지나를 못살게 굴거나 괴롭히더라도 여전히 유력한 것은 필시 숫자 때문이라는 것을 뼈저리게 느꼈다"[29]고 말한다. 그리고 공공심이 부족하고 이기적이며 국가관념이 결여된 중국인이지만 어떠한 경우에도 참고 '번식'하는 '독립자주의 인민'이므로 '중국은 국가로서는 미약하더라도 인종으로서는 유력하다'는 주장을 끌어낸다.[30] 따라서 당시 청조가 실시하는 '新政'이 성공해 중국이 입헌정체를 건설하기 위해서는 교육의 보급이 선결되어야 한다고 말한다. 교육을 통해 국가적 관념을 함양하는 것이 가능하다고 보았기 때문이다.

도쿠토미는 조선을 경유해 중국으로 들어갔기 때문에 소략하나마 조선에 대한 인상도 남기고 있다. 그는 부산에서 시작해 서울, 인천, 평양을 여행했는데 "솔직히 말하면 나는 조선에 대해서는 문외한"이지만 철도변 각지의 번성함을 보면 일본 측의 입장에서 조선은 '興國임에 틀림없다', "일한 협약이 8도의 인민에게 똑같이 평등의 은혜를 베푼 것은 人道를 위해 무엇 보다 행운이다. 조선도 箕子 이래 처음으로 정치다운 정치를 맛보고 있다고 생각한다"며 통감부의 조선 '보호통치'를 높이 평가하고 있다.[31]

---

28 위의 책, pp.242~246.

29 위의 책, p.66.

30 藪田謙一郎, 「德富蘇峰の見た清末中國」, 『曙光』 12, 2001, p.66.

도쿠토미는 1910년 9월 조선총독 데라우치 마사타케(寺內正毅)의 요청으로 신문통폐합을 추진하기 위해 조선으로 건너왔다. 그는 데라우치와 총독부 기관지 운영에 관한 계약을 맺고 『京城日報』의 경영과 인사권을 모두 갖는 '감독'으로 위촉됐다. 도쿠토미가 사장이 아니라 감독으로 위촉된 것은 『國民新聞』 사장인 그가 도쿄를 장기간 비울 수 없었기 때문이다. 그 대신에 자신이 데리고 있던 『國民新聞』의 이사 겸 정치부장 요시노 다자에몽(吉野太左衛門)을 사장으로 앉혔다. 따라서 실제로는 도쿠토미가 『京城日報』의 최고경영자 역할을 했으며 데라우치 총독에게 식민통치의 행정 전반에 조언하는 정책고문 역할을 했다.

한국병합 이후 도쿠토미의 조선에 대한 인식은 『京城日報』에 연재한 「조선통치의 要義」를 통해 파악할 수 있다. 그것은 한국병합을 일본 내셔널리즘의 하나의 도달점으로 인식한 도쿠토미의 식민통치 구상이었다. 그는 다음과 같이 말한다.

> 조선병합은 우리들이 바라던 바라지 않던 물러날 수 없는 대세이다. 40여 년의 새로운 경험과 2천 수백 년의 역사가 우리에게 여러 가지 교훈을 주었다. 우리들은 우선 자위 때문에 또 조선 때문에, 한편으로는 극동과 세계 평화를 위해 메이지유신 이래 여러 가지 방법을 시험해 왔고 이와 함께 수많은 대가도 치렀다. 공동 보호와 고문제도를 거쳐 마침내 통감정치를 실시하기에 이르렀다. ……조선병합은 일본민족의 처지에서는 다른 방법이 없는 유일한 길이다. ……통치 목적을 달성하기 위해서는 첫째로 조선인에게 일본의 통치가 불가피하다는 것을 마음에 새기도록 해야 한다. 둘

31 德富猪一郎, 앞의 책, pp.6~19.

째는 식민통치로 자기에게 이익이 따른다고 생각하게 하고, 셋째는 통치에 만족하여 기꺼이 복종케 하고 즐겁도록 하는 데 있다. ……그렇게 할 수 있는 방법은 오로지 힘뿐이다.[32]

즉, 일본의 입장에서 한국병합을 정당화하고, 통치의 방법을 제시한 다음 조선병합은 어쩔 수 없는 대세이며, 만약 조선인이 일본의 식민통치에 순순히 따르지 않으면 무력으로 다스리겠다는 것이다. 여기에는 조선인에 대한 멸시감이 뿌리 깊게 박혀있다. "조선의 정치사는 음모의 역사이고, 붕당의 싸움이 조선처럼 극심한 나라는 드물다. 세계에서 악정을 꼽으라면 조선 밖에 없다. 조선인은 매우 게으르다"[33]며 조선인에게 자치를 부여할 수 없다고 주장했다. 조선사회를 '야만'으로 보는 뿌리 깊은 멸시감과 차별을 바탕으로, 문명국가 일본에 의한 식민통치를 정당화하는 침략의 논리가 명료하게 드러나 있다.[34]

도쿠토미는 제1차 세계대전 후 두 번째 중국여행에 나섰다. 그의 동아시아 인식의 변화를 여행 뒤의 기록을 중심으로 살펴보자. 이번 여행은 1917년 9월부터 12월에 걸쳐 이루어졌는데 역시 조선을 거쳐 만주로 접어든 뒤 북중국과 남중국을 순방했다. 먼저 그는 문명론의 입장에서 중국인을 평가한다.

오늘날의 지나인은 문명의 대표자 자격에 있어서 부족한 점이 있지만 여전히 문명의 제조자의 후예로서 존중해야 한다. ……만일 지나인의 결점

32 『京城日報』, 1910.10(『兩京去留誌』, 民友社, 1915에 수록).

33 위의 신문.

34 이에 관해서는 鄭大成, 앞의 논문, pp.300~305 참조.

을 지적한다면 그것은 蒙昧野蠻하기 때문이 아니라 오히려 너무나 문명이라는데 있다고 말할 수 있다. 원래 日新의 과학에 있어서는 支那문명이 구미문명에 미치지 못한다는 것은 말할 필요도 없지만 이른바 人文의 개발에 있어서는 先秦문명은 모든 문명과 비교해 유일하다고는 할 수 없지만 우위를 차지하고 있다고 말해도 과언이 아니다. 즉 현재의 지나인도 사람에 대해 세상을 대하는 智巧에 있어서는 세계의 촌사람인 일본인이 미치지 못한다. ……요컨대 지나인은 오히려 문명에 식상한 인종이다. 지나는 문명중독국이다. 단지 日支親善이라는 공언만으로 그 환심을 사려는 것은 매우 생각할 수 없는 것이다.[35]

도쿠토미는 이러한 인식을 바탕으로 대중국정책의 방향을 제시한다. "만일 진정으로 日支친선을 실행하려 한다면 적어도 세 가지 요소를 구비해야 한다. 첫째는 힘이고, 둘째는 이익이다. 셋째는 사상 및 감정"이라고 본다. 먼저 힘이란, "일본의 힘으로 지나를 철저히 지지하는 것을 말한다. 즉 어떠한 경우에도 일본은 자국의 힘을 걸고 지나를 극동의 국제정국에서 지지하는 임무에 임하고 또 당할 수 있는 결심과 실력을 지나인에게 향해 관철하는 것이다. 그렇다면 日支친선의 전제로서 우리 군비의 충실은 한시라도 방심할 수 없다." 두 번째 이익이란, "일본이 지나보다 이익을 취할 뿐만 아니라 지나에게 이익을 주는 것이다. 다시 말하면 日支 양국민 사이에 이익을 공통하는 것이다. 공통이란 상호간 이익의 분배를 의미하는 것"이라고 한다.[36] 셋째로 사상 및 감정이란, "日支 양 국민 사이에 공명하는 점을 찾는 것이다. ……

35 德富猪一郎, 『支那漫遊記』, 民友社, 1918, pp.391~392.

36 위의 책, p.393.

진정으로 양국민의 사상, 감정상에서 서로 의지하고 서로 기대는 유대를 만드는 것이다. …… 힘은 지나인이 가장 부족한 것이다. 때문에 가장 필요한 것이 힘이다. 힘의 복음(福音)은 지나 감화의 첫 번째이다. …… 지나인으로 하여금 충분히 신뢰하고 의지하고 안심하기에 족하면 된다"[37]고 보았다.

힘의 필요성을 강조하는 것은 결국 침략의 긍정으로 이어진다. "우리는 열강의 일원으로 만족해서는 안 된다. 비상시에는 일본 단독의 힘으로 支那의 安危存亡에 대처할 수 있어야 한다. 만일 그러한 각오가 없을 경우에는 '힘의 복음'도 또한 일종의 공포일뿐이다"[38]라며 중국에 대한 적극적 개입을 강조한다.

도쿠토미의 중국인에 대한 낮은 평가는 청조가 멸망한 이후에도 크게 변하지 않았다. "지나인은 사대주의자이며 유력한 위세에 대해서는 무저항자이다. 아니 오히려 이 위세를 이용하는데 있어서 빈틈없는 實利者이다. 그런데 우리 힘을 가지고 지나인을 충분히 신뢰시키고 안심시키지 못하는 이유는 무엇인가" 라고 반문한다. 그 해답으로 중국에 대한 '프로파겐더(선전)'의 부족을 들고, "일본인은 왜 지나인에게 사상 및 감정의 교육을 하지 않는가, 왜 日支 양국의 관계를 분명히 고백하고 지나인으로 하여금 스스로 입각(立脚)할 곳을 각오하게 하지 않는가"라고 일본정부에 적극적인 정책을 요구한다.[39]

결국 도쿠토미는 중국은 아직 제대로 깨어 있지 못하다고 지적한다. "지나 쪽에서 관찰한다면 그들은 불행하게도 아직 지나 자신의 입장에

37 위의 책, p.394.
38 위의 책, p.395.
39 위의 책, p.412.

대해 충분한 이해가 없고, 따라서 지나를 어떻게 할 것인지에 대해 아무런 경륜(經綸)을 보이지 않고 있다. 요컨대 그들은 아직 전혀 각성되지 않은 것은 아니지만 또 완전히 각성된 것도 아니다. 반성반수(半醒半睡) 상태에 있다고 해야 할 것이다"는 주장이다.[40]

한편으로 전략적으로 중일관계를 밀접화할 필요성이 있다고 강조한다. "支那로 하여금 만일 다른 나라와 결탁하게 할 필요가 있다면 무엇 보다 먼저 일본과 결탁해야 할 것이다. 아니 그 필요 유무를 떠나서 대일본 관계는 지나의 입장에서 보아 매우 중대하다고 하지 않을 수 없다"는 것이다.[41]

그리고 자급자족의 면에서 일본은 영국이나 미국과 달리 자급할 수 없다고 보았다. "인구문제와 식량문제는 조선병합으로 인해 약간의 융통이 생겼다. 그렇지만 경제적 자급자활은 단지 지나에 의지하지 않을 수 없다. 日支관계는 국운소장(國運消長)의 관계이다. 일본의 입장에서 노골적으로 말한다면 국가사활의 관계"라고 파악했다.[42]

즉, 도쿠토미는 과거의 문명국 중국이 현재는 자립할 능력을 갖추고 있지 못하다고 낮게 평가하고 일본의 국가적 이익관계의 측면에서 중일관계의 중요성을 강조함으로써, 결국 일본의 중국 침략을 정당화하는 쪽으로 나아가게 되었다.

40 위의 책, pp.413~414.
41 위의 책, p.415.
42 위의 책, pp.417~418.

5. 맺음말

도쿠토미는 청년 시절부터 항상 시세를 염두에 두고 시세의 대세에 앞서나가려는 자세를 취했다. 번벌정치(藩閥政治)에 대항하여 '평민주의'의 기치를 내걸었으나 실현의 전망이 보이지 않자 이를 포기하고 청일전쟁을 계기로 '제국주의'로 나아갔다. 국익을 우선시하고 정부보다도 강경하게 대외팽창론을 전개했으며, 심지어 일본국민은 팽창성을 지니고 있다는 논리로 전쟁을 합리화하기도 했다.

청일전쟁 이후 도쿠토미는 '탈아론(脫亞論)'에 근거를 두고 동아시아 인식을 전개했다. 서양문명을 절대적인 가치로 떠받들고 아시아에서 일본만이 구미와 같은 '문명'국가로 나아갈 수 있다고 보았다. 반면 중

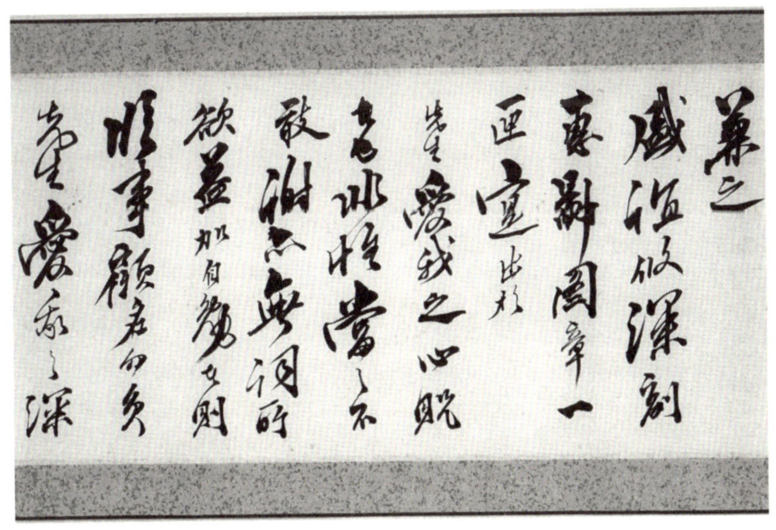

그림2_도쿠토미의 서한

그림3_도쿠토미 기념관

국과 조선 등은 기본적으로 야만적이어서 스스로 문명화할 능력이 없다고 재단하고 구미열강과 일본의 팽창의 대상으로만 인식했다. 즉, 주변 아시아 국가들이 일본과 마찬가지로 구미열강의 침략에 대항하는 동일한 입장에 처해 있다는 측면은 무시되고 일본은 서양과 같은 문명을 구비하고 있어 '아시아적'이지 않다는 것이다.

도쿠토미의 동아시아 인식은 직접적인 견문을 통해서도 크게 바뀌지 않았다. 그는 러일전쟁 직후인 1906년과 제1차세계대전 후인 1917년 두 차례에 걸쳐 장기간 중국을 여행했다. 그 사이 '지나분할론'에서 '지나친선'론으로 대외정책론은 변모를 보였으나 중국과 중국인에 대한 기본적 인식은 변하지 않았다. 중국인에게는 근대적인 국가의식이 없다든가 중국은 '문약'하고 개인의 '이해관계'만 앞세워 스스로 개혁의 가능성이 없다고 파악했다. 다만 중국은 국토의 면적으로 보거나 인구면에서 보거나 대국이므로 그 잠재력은 무시할 수 없다고 생각했다.

조선에 관해서도 조선인은 매우 부패하고 게으르므로 스스로 '문명화'할 수 없으며 시대의 대세로 보아 일본에 의한 병합은 어쩔 수 없다고 보아 식민통치를 정당화했다. 그 밑바탕에는 조선사회를 '야만'사회로 보는 멸시감과 차별의식이 뿌리 깊게 깔려 있었다. 따라서 일본에 의한 '문명화'를 강조하며 조선에 대한 식민지지배를 합리화해 나갔던 것이다.

이러한 '문명화'의 논리를 바탕으로 한 동아시아 인식은 당시 일본정부나 대부분의 일본지식인의 생각과 크게 다르지 않다. 오히려 도쿠토미는 '제국주의'국가 일본의 전략을 미리 제시하고 그것을 선도하려고 하였으며 정치상황에 따라 구체적인 대외정책론을 변화시켜 나갔다. 그는 꾸준히 일본의 대외팽창을 합리화하고 이론화하며 일본제국주의와 운명을 같이했다고 볼 수 있다.

|참고문헌|

1. 사료

徳富猪一郎,『蘇峰自傳』, 中央公論社, 1935.

徳富猪一郎,『兩京去留誌』民友社, 1915.

徳富猪一郎,『支那漫遊記』民友社, 1918.

徳富猪一郎,『七十八日遊記』民友社, 1906.

植手通有 編,『德富蘇峰集』(明治文學全集34), 筑摩書房, 1974.

神島二郎 編,『德富蘇峰集』(近代日本思想大系8), 筑摩書房, 1978.

伊藤隆・酒田正敏 編,『德富蘇峰關係文書』(近代日本史料選書7－1~3), 山川出版社, 1982~87.

『國民之友』,『國民新聞』.

2. 연구서・논문

米原謙,『德富蘇峰－日本ナショナリズムの軌跡』中公新書, 2003.

杉井六郎,『德富蘇峰の研究』, 法政大學出版局, 1977.

有山輝雄,『德富蘇峰と國民新聞』, 吉川弘文館, 1992.

花立三郎,『德富蘇峰と大江義塾』, ぺりかん社, 1982.

和田守,『近代日本と德富蘇峰』, 御茶の水書房, 1990.

宮本盛太郎,「德富蘇峰の'轉校'とイギリス」, 宮本盛太郎,『知識人と西歐』(第二版), 蒼林社, 1983.

渡部昇一,「歷史家としての德富蘇峰」, 渡部昇一,『國語のイデオロギー』, 中央公論社, 1997.

梅津順一,「德富蘇峰と「力の福音」:『將來之日本』から『時務一家言』へ」,『聖學院大學論叢』19-1, 2006.11.

梅津順一,「文明開化と日本－福澤諭吉と德富蘇峰」,『青山學院女子短期大學紀要』44, 1990.

米原謙,「'膨脹'する'大日本'－日清戰爭後の德富蘇峰」,『阪大法學』50-4, 2000.

梶田明宏,「德富蘇峰における言論と政治－思想と行動の原型をめぐって」, 福地惇・佐々木隆 編,『明治日本の政治家群像』, 吉川弘文館, 1993.

梶田明宏, 「帝國議會開設以前における德富蘇峰の政治構想」, 『日本歷史』 第453, 1986.

朴羊信, 「19・20세기 전환기 일본에서의 '제국주의'론의 諸相－서양사상과의 관련에서」, 『일본역사연구』 제9집, 1999.

朴羊信, 「청일전후 일본 지식인의 대외인식론－陸羯南과 德富蘇峰을 중심으로」, 『東洋學』 제31집, 단국대 동양학연구소, 2001.

杉井六郎, 「德富蘇峰の中國觀－とくに日清戰爭を中心として」, 明治期の日本と中國, 『人文學報』 30, 1970.

松本三之介, 「德富蘇峰 《時代の流れと言論人》」, 朝日ジャーナル 編, 『日本の思想家』2, 朝日新聞社, 1963.

松本三之介, 「平民主義の思想像－德富蘇峰」, 松本三之介, 『明治精神の構造』 新ＮＨＫ市民大學講座8, 日本放送出版協會, 1981.

藪田謙一郎, 「德富蘇峰の見た清末中國」, 『曙光』 12, 2001.

柴崎力榮, 「德富蘇峰と京城日報」, 『日本歷史』 425, 1983.

柴崎力榮, 「日清戰爭を契機とする德富蘇峰の轉換について－海軍力と國際情報への着目」, 『大阪工業大學紀要』 人文社會篇 36-1, 1991.

神谷昌史, 「'東西文明調和論'の三つの型－大隈重信・德富蘇峰・浮田和民 (政治學篇)」, 『大東法政論集』 9, 大東文化大學, 2001.3.

神谷昌史, 「文明・大勢・孤立－德富蘇峰における'支那'認識」, 『大東法政論集』 10, 2002.3.

야가사키 히데노리, 「21세기 일본의 선택－대일본주의인가? 소일본주의인가?」, 『국제정치논총』 41-3, 2001.

요네하라 겐(米原謙), 「4개의 전쟁과 일본 내셔널리즘의 변용－도쿠토미 소호(德富蘇峰)를 소재로」, 『한국문화』 41, 2008.

李京錫, 「德富蘇峰の亞細亞モンロー主義」, 『早稻田政治公法研究』 73, 2003.

齋藤洋子, 「德富蘇峰の"The Far East"について」, 『社學研論集』 5, 早稻田大學, 2005.

齋藤洋子, 「日清戰爭後の德富蘇峰－「變節」問題と歐米漫遊」, 『ソシオサイエンス』 11, 早稻田大學大學院社會科學研究科, 2005.

鄭大成, 「德富蘇峰テクストにおける「朝鮮」表象－日本型オリエンタリズムと植民地主義」, 『日本言語文化』 제5집, 2004.

中村尚美, 「德富蘇峰の'アジア主義'」, 『社會科學討究』 108(37-2), 1992.

澤田次郎,「日露戰爭後をめぐる徳富蘇峰のアメリカ觀」,『法學政治學論究』31, 慶應義塾大學, 1996.
澤田次郎,「太平洋戰爭と徳富蘇峰のアメリカ觀」,『法學政治學論究』30, 慶應義塾大學, 1996.
澤田次郎,「ウィルソンの國際理想主義と徳富蘇峰の反応」,『法學政治學論究』29, 慶應義塾大學, 1996.

◎ 제 2 부

문학 속의 제국과 상상력

고바야시 히데오의 '아시아' 체험

이한정

1. 머리말

근대일본에서 '아시아'라는 말은 메이지(明治) 이후 일본 제국주의의 이데올로기의 표상으로 형성되었다. 오카쿠라 덴신(岡倉天心)이 선언한 유명한 명제 '아시아는 하나'[1]라는 논리는 후쿠자와 유키치(福澤諭吉)가 주장한 '탈아입구'의 슬로건과 맞물리는 선에서 일본을 중심으로 아시아를 하나로 묶는 '대동아 공영권'의 주요 발판을 마련해 주었다. 1937

1 오카쿠라 덴신(1862~1913)의 『동양의 이상』(1903, 런던에서 영어로 간행)은 '아시아는 하나다'라는 도발적인 문구로 시작된다. 미술사적 관점에서 서양에 일본문화를 알린 이 책은 '아시아의 사상과 문화를 의탁할 저장고'로 일본을 특권화하고 있어 일본의 대동아공영권에도 어느 정도 영향을 미쳤을 것이라 생각된다.

년 7월에 발발한 중일전쟁은 서구와 맞서는 일본이 동양으로서의 집단적 아이덴티티를 창조하려는 과정에서 발생한 실천적 무력행사였다.

그래서 일본 근대문학에서 '아시아'라는 숙명적인 환상은 제국주의의 이념 창출을 위한 전제로 등장했다고 볼 수 있다. 일본 문학자의 '아시아'(특히 동아시아) 체험은 엑조티시즘(exoticism, 이국취미)의 체험이라기 보다는 에스닉 아이덴티티(ethnic identity, 우리의식)의 연장선상에서 일본과 일본문화의 우월성을 자각하게 하는 것이었다. 문학자의 아시아 인식에는 당시 중국은 지나(支那), 한국은 조선이라는 국가의 개념보다는 지역의 개념으로 불리워지며 멸시와 서양에 의한 주입된 오리엔탈리즘을 다시 '아시아'에 투사하는 일면을 보이는 것이다.

고바야시 히데오(1902~1983, 이하 고바야시라 함)는 일본 근대비평을 확립한 비평가이자 일본의 대표적 지식인으로서 이러한 일본 제국주의 이데올로기가 형성되는 시대의 한 중심을 지나왔다. 그는 프랑스 문학의 영향 하에서 "일본에 외국문학이 들어온 이래 그 해악에 정당하게 자신을 드러낸 최초의 세대"[2]에 속하면서 평생 '문학의 발견'을 추구한 비평가였으나, 중일전쟁 발발 직후 여섯 번의 대륙여행[3]을 통하여 일본의 제국주의 이데올로기에 부합하는 '국민'의 한 사람으로서 일본의 내셔널 아이덴티티를 전면에 표명했다. 그러므로 고바야시의 아시아 체험을 통하여 근대 일본의 대표적 지성의 한 사람이 일본의 제국주의 이데올로기에 어떻게 의식적으로 또는 무의식적으로 의존하고 있었는가를 고찰하려는 것이 본고의 목적이다.

---

2 吉田健一, 『東西文學論 / 日本の現代文學』, 講談社, 1995, p.238.

3 표1. 고바야시의 중국, 조선, 만주여행 일정표

2. 종군기자의 '여행' – 보이지 않는 전쟁

고바야시가 『문예춘추』 종군기자로 처음 일본을 떠나 중국으로 건너간 것은 1938년 3월 27일이었다. 이 무렵에 일본 군부는 이미 중일전쟁(1937.7.7) 발발 직후부터 문학자들의 종군을 요청했으며, 문학자들의 호응으로 종군기자 파견이 붐을 이루고 있었다. 소위 펜부대[4]라 불리는 문학자들의 종군은 국내의 일본국민들에게 전선의 분위기를 고조시키는 작용을 하였다. 이 종군기자들이 남긴 종군기행은 당시 전쟁문학의 유행으로 이어졌고, 문학이 사상전에 이용되는 결과를 초래했다.

	일정	장소	목적	여행기
1	1938.3.27 ~4.28	上海-杭州-南京-蘇州	文藝春秋社 특파원으로 파견되어 히노 아시헤이(火野葦平)에게 芥川賞 수여	「杭州」(5), 「杭州から南京」(5), 「支那から歸りて」(5), 「蘇州」(6), 「雜記」(6), 「從軍記者の感想」(7)
2	1938.10 ~12	釜山-慶州-新京-吉林-하얼빈-黑河-孫吳-綏稜-熱河-北京	조선, 만주 여행 – 경주 불국사, 조선 육군 지원자 훈련소, 만주 청소년 개척단 등 방문	「滿洲の印象」(1939.1) 「慶州」(1939.6)
3	1940.8.3 ~8월 말	釜山-大邱-京城-平壤-新京-奉天-大連-하얼빈	문예총후운동 강연	「事變の無へる示唆」(강연) – 강연록 없음 「文學と自分」(강연:11)
4	1941.10.20 ~11.3	大田-京城-平壤-咸興-淸津	문예총후운동 강연	「文化について」(강연) – 강연록 없음
5	1943.6~7	新京-天津-北京-上海	하야시 후사오와 대동아문학자대회를 위한 답사(?)	
6	1943.12 ~1944.6	上海-南京-北京	제3회 대동아문학자대회 중국개최의 사전준비차	※南京에서 「モオツァルト」 초고 작성

4 1938년 8월 23일 內閣情報部는 문예가와 간담회를 열어 작가들이 漢口攻略戰에 종군해 주기를 요청했다. 그 결과 9월 18일에 육군반에 久米正雄, 尾崎士郎, 丹羽文雄, 林芙美子 등 14명이, 9월 14일에 해군반에 菊池寬, 佐藤春夫, 吉川英治 등 8명이 종군했다. 이어 11월에는 해군의 위촉으로 南支派遣에 長谷川伸, 中村武羅夫 등이 종군했다.

중일전쟁이 발발하자 고바야시는 전쟁을 "엄연한 사실"로 받아들이면서 많은 심적인 동요를 일으키고 있었으며,[5] 종군기자가 되어 한 번쯤 전선에 나가 보기를 희망하고 있었다. 그는 1937년 10월에 발행된 잡지 『문학계(文學界)』 후기(後記)에 "어느 잡지에서 시국에 대한 좌담회의 출석을 요청받았으나 물론 나가지 않겠다고 말했다. 나간다면 종군기자가 되어 나간다"[6]고 쓰고 있다.

종군기자 고바야시가 중국에 건너간 목적은 히노 아시헤이(火野葦平)에게 1937년 하반기 아쿠타가와(芥川)상을 전해주고, 전선을 취재한 후 현지보고를 쓰기 위해서였다. 그 결과 「항저우(杭州)」(1938.5), 「항저우에서 난징(南京)」(1938.5), 「중국에서 돌아와서(支那から歸りて)」(1938.5), 「쑤저우(蘇州)」(1938.6), 「잡기(雜記)」(1938.6), 「종군기자의 감상」(1938.7) 등 수 편의 기행문을 남겼다. 종군체험을 담은 문장의 특징은 종군기자의 신분이면서 전장의 생생한 현장을 외면하고 있다는 것이다. 그래서 전쟁에 처한 위험보다는 일상화된 전쟁의 풍경을 담담하게 묘사하고 있다. 또한 종군이라기보다는 '여행'과 같이 중국 문화유적을 둘러보는 등 중국 관광의 경험에서 자연과 풍물에 대한 묘사가 많다. 전쟁의 참화를 겪고 있는 중국인에 대한 어떠한 동정도 없으며 오히려 일본 병사들에 대해 따뜻한 눈길을 보내고 있다.

항저우까지는 여덟 시간 반이 걸린다. 사람으로 가득찬 화물차 안으로 토

---

5 "日支事變の頃從軍記者としての私の心はかなり動搖していたが, ……"(小林, 「感想秀雄」, 『新潮』, 1958.5, p.29)

6 『全集』 第四卷, p.382. ※ 고바야시의 작품은 大岡昇平・中村光夫・江藤淳 編, 『新訂小林秀雄全集(全十三卷・別卷二)』(新潮社, 1978~1979)에서 인용했으며, 이하 『全集』이라 표기한다.

벌을 마치고 항저우로 돌아가는 부대가 비집고 들어온다. 병사들은 매우 피곤한 듯 기차가 움직이자 대부분이 잠들어 버렸다. 흐린 날씨에 바람이 차다. 화물차의 문이 약간 열려 있어서 밖의 풍경은 잘 보이지 않는다. 도착하는 역마다 심하게 파괴되어 있다. 모든 철교도 막 수리를 마친 모습이다. 잎이 완전히 떨어진 뽕나무 밭과 노란 유채 밭이 끝없이 이어진다. 언뜻 보니 둘이 서로 팔을 껴안고 자고 있는 병사가 있다. 한 사람은 화물차 벽에 기대 있고 더 나이어린 다른 한 명은 그의 가슴에 얼굴을 묻고 편안히 잠들어 있다.[7]

일상화된 전쟁 속의 병사들과 자연 풍경이 좋은 대조를 이루고 있다. 이 무렵에 쓰여진 고바야시의 다수의 문장은 병사들에 대해서 인간적인 호감을 표시하고 있다. 병사들은 "입장이나 사상에 전혀 개의치 않고 무엇과도 바꿀 수 없는 자신의 목숨만으로 전쟁과 대결하고 있는 자의 놀랄 만큼 소박하고 강인함"[8]을 지닌 가장 인간다운 모습으로 고바야시의 눈에 포착된다. 그래서 그는 종군기자의 신분이면서도 "최전선에는 가지 않기로 마음먹었다"고 했는데, 이것은 "하루 동안 불과 사오십 미터 밖에 전진하지 못하는 악전고투의 현장을 휭하니 차로 달릴 것을 생각하니" 고바야시 자신은 "도저히 참을 수 없는 생각"이 들었기 때문이다. 최전선에는 가지 않기로 한 종군기자가 전쟁이 초래하는 위험을 보지 못한 것은 당연한 일인지도 모른다.

대신 고바야시는 "매일 오후에는 일원 오십전으로 인력거를 고용하여 명소를 구경"[9]하기로 마음먹고, 유명한 사찰이나 종묘, 정원 등을

7 『全集』第四卷, p.310.
8 『全集』第四卷, p.357.
9 『全集』第四卷, p.333.

돌아보았다. 그런데 처음으로 보는 중국문화나 풍물은 일본문화에 대한 자각이나 우월의식과 교차되었다. 일본의 대표적 고승이었던 사이초(最澄), 구카이(空海), 도겐(道元)이 수학한 절을 살펴보고, 고바야시는 그 사실 여부는 알 수 없으나, 그윽하고 고풍스러운 맛은 전혀 눈에 띄지 않는다고 비하한다. 나아가 중국의 불상이나 사찰 풍경은 일본의 것에 비해 졸렬하다고 말한다.

> 일본의 오래된 사찰이 눈에 익어서인지 아무런 아름다움도 느껴지지 않는다. 불상 등도 몸체만 쓸데없이 크고 놀랄 만한 금빛으로 빛났으나, 저기에 모두 순금을 칠한다면 심한 낭비일 것이며, 어쩐지 기분 나쁜 색으로 번질번질거리고 있었다. 얼굴도 원만히 구족(具足)한 부분은 하나도 없고, 특히 사천왕이 대불(大佛)만한 것도 있으나, 극채색으로 비파와 같은 악기를 안고 생생한 살색에 입술은 빨갛고, 히쭉 웃고 있는 모습이 소름 돋을 만큼 외설적이었다.[10]

이와 같이 고바야시는 중국문화나 풍물을 멸시하는 태도로 바라본다. 난징에서 흥행물을 보면서도 "(흥행사의) 한 가운데에 껌으로 만든 어린아이의 젖꼭지와 같은 돌기가 있고, 이것이 빨간색이어서 뭔가 외설스런 말을 하고 있는 것 같지만……"[11]과 같이 '외설'을 강조하고 있다. 이것은 일본문화에 대한 우월감에서 비롯한 시선이다.

> 사찰도 정원도 충분히 보았다. 어느 것이나 대동소이하다. (…중략…) 사

10 『全集』 第四卷, p.318.
11 『全集』 第四卷, p.326.

자림이라는 것이 쑤저우에서 제일 명원이라지만, 이것은 거의 완벽에 가깝게 수리보존된 것이다. 말하자면 그 엉성함도 바로 알 수 있다. (…중략…) 정원을 만들고 있는 재료는 요컨대 암석이지만, 료안지(龍安寺)의 정원을[12] 알고 있는 우리에게는 당치도 않은 것이다.[13]

고바야시는 항저우, 난징, 쑤저우를 구경하면서 많은 사찰과 성문, 정원 등을 구경했지만 대부분 시시하기 짝이 없다고 말하면서 "이 거리는 오래된 아름다운 기념탑을 완전히 잃어버렸지만, 살고 있는 사람들의 마음도 같지 않을까? 현대의 일본인이 옛 일본을 알고 있는 것에 비하면 현대의 중국인이 옛 중국을 아는 것은 비교할 수 없을 정도로 곤란하지 않을까?"[14]라고 말한다. 료안지의 정원과 같은 '옛 일본'의 정취가 중국 고적에는 남아있지 않다는 것이다. 고바야시가 중국에서 아름답게 본 것은 대자연의 풍경과 정취이다.

그리고 전화(戰火)로 인하여 불에 탄 흔적이 남아있는 거리를 바라보면서 도시마다 물자가 부족한 현실을 목도하지만 "전쟁이 쓸어낸 것은 잡동사니뿐이다"[15]라고 단순한 감상에 그친다. 전쟁에 대해서는 상하이에 도착하자마자 초등학교 동창생인 육전대의 부대장과 만나 자베이(閘北)의 격선에 대한 이야기를 듣고 스스로 "마음은 감사의 기분으로 충만해지고, 뭔가 색다른 이야기를 무심결에 기대했던 자신이 부끄러울 뿐이었다"[16]고 고백한다. 전쟁에 대해 경건한 마음을 표한다. 신

---

12 1450년에 세운 임제종 사찰 내의 정원. 일본 교토에 소재하며 하얀 모래를 깐 곳에 크고 작은 15개의 돌을 배치했다. 우주와 대자연의 이치를 담았다고 함.

13 『全集』 第四卷, p.342.

14 『全集』 第四卷, p.356.

15 『全集』 第四卷, p.333.

문에 연재한 「중국에서 돌아와서」라는 글에서 자신은 선뜻 말할 수 없을 만큼 많은 것을 배워서 돌아왔다고 하면서 "내가 만약 공직자라면 중일전쟁의 보고를 위해 일류 문학자를 총동원할 것이다"[17]라는 다소 선동적인 주장을 펼친다. 고바야시는 "일본인의 피라는 것은 실로 진한 것"이라는 실감이 상하이의 거리에서 한 발 내딛는 것만으로도 가슴에 와 닿았다고 토로한다. 당시 상하이라는 국제도시의 분위기도 전쟁에 숙연한 일본인의 자기인식 안에 묻혀버렸던 것이다. 따라서 보이지 않은 전쟁터에서 어쩌면 가장 본질적인 전쟁 상황을 인식하지 못한 것은 당연한 일이지도 모른다.

그래서 종군기자이면서 여행자의 '고독'을 말한 고바야시는 전쟁이라는 현실과 자신을 대적시키지 못했다. 그는 "나는 무엇을 보아도 비관적이거나 낙관적이지도 않았다. 문단의 한 구석에 있어서 생각하지 못했던 자신의 고독한 사상이 의외로 뿌리 깊이 자리하고 있는 것을 발견하고 아주 기분이 좋았다"[18]고 말하면서 종군기자를 다녀왔다고 해서 자신의 사고방식이 바뀌었다고는 의식하지 않는다고 말했다. 그 이유는 종군기자의 완장을 찼지만, 일본군이 점령한 안전지대를 별 생각 없이 돌아다닌 일종의 "기분전환 여행(遊山旅行)"이었기 때문이다. 전쟁이라는 상황에 처했어도 일본의 점령지대에서 자기인식을 담보하는 '고독'만을 추구했던 것이다. 그 고독이 자기중심이며 일본중심이라는 데 이론의 여지가 없다. 따라서 많은 시간을 할애하여 중국문화나 풍물을 둘러보았지만, 전쟁의 참상에 처한 중국은 볼 수 없었던 것이다.

16 『全集』 第四卷, p.308.

17 『全集』 第四卷, p.347.

18 『全集』 第四卷, p.352.

고바야시는 중국인의 항일의식과 맞닥뜨렸을 때 그 상황을 이해할 수 없었으며, 조악한 항일포스터를 보고는 그 의미를 쫓기보다는 겉으로 드러난 골계적인 모습만 바라본다. 또한 항일을 위해 소년들이 만든 반공호는 그 용도보다도 겉의 치장이 아름답다고 말한다. 중국의 항일의식에 전혀 관심을 표명하지 않고 오히려 항일이 발생한 내적인 상황을 외관의 묘사로 일소하는 태도로 일관한다.

그리고 고바야시는 1943년 12월 일본의 패전이 짙어갈 무렵 약 6개월에 걸쳐 중국에 체류하는데,[19] 이 기간에는 완전히 무위도식하며 별미를 먹으러 돌아다니거나 매일밤 술을 마시며 지냈다. 이 때 고바야시는 형식적으로 일본문학보국회의 일로 중국에 가 있었다. 문학자의 전쟁 참여 단체에 종사하면서 전쟁의 한 복판에 서 있었으나 전쟁의 실체는 외면하고 있었던 것이다.

3. '조선'과 '만주' – 자기인식 속의 타자

1938년 3월부터 4월까지 종군기자로 중국전선에 다녀온 고바야시는 같은 해 10월부터 12월까지 친구 오카다 하루키치(岡田春吉)와 함께 처음

---

19 에토 준(江藤淳)은 『小林秀雄論』(江藤淳文學集成2, 河出書房, 1984)에서 6개월간의 중국체류를 '하나의 수수께끼'라고 말하면서 아마 제3회 대동아문학자대회(1944년 11월 12일부터 3일간 난징에서 개최됨)를 중국에서 개최하기를 희망하던 일본문학보국회 사무국장 구메 마사오의 의향으로, 그 준비를 위해 일차로 하야시 후사오와 여행을 한 후, 다시 혼자서 중국으로 건너가 6개월간 머물게 된 것이라고 말했다(p.241).

으로 한국과 만주를 여행한다. 이 때에 경주에 들러 불국사의 석굴암을 찾고 총독부의 육군병지원자훈련소를 살펴보고, 만주에서는 만몽개척청소년의용대 순우훈련소(滿蒙開拓青少年義勇隊 孫吳訓練所)와 수륙이민지(綏陸移民地)를 방문한다. 이 여행 기록이 「만주의 인상」(1939.1)과 「경주」(1939.6)이다. 당시의 조선은 일본의 침략전쟁이 더해 감에 따라 대륙의 병참기지가 되었으며, 만주는 일본의 괴뢰정권인 '만주국'이 들어선 이후 일본인개척민 또는 청소년개척단이 이주해 비참한 생활 아래에서 만주 개척에 힘을 쏟고 있었다. 또한 내선일체, 국체명징운동, 국민정신총동원운동 등 사상운동이 한층 앙양(昻揚)되어 가던 무렵이다.

고바야시는 "조선에 도착했을 때 하야시는 서른 여섯이 되어 비로소 조선이라는 것을 보게 된다라고 …… 나도 마침 그때 그것을 느끼고 있었다"[20]라고 하면서 이러한 묘한 감정이 여행 내내 줄곧 따라다녔다고 했다. 중일전쟁이 한창인 중국전선을 돌아보는 것과는 달리 이제는 일본의 피지배국이 된 나라를 돌아보는 감정은 사뭇 달랐을 것이다. 그래서 「만주의 인상」을 읽어보면 기타가와 도루(北川透)의 지적처럼 "여행자로서 자각에 의한 것이 아니고 더 본질적인 점"에서 고바야시는 "식민지 사회와 민중 생활을 볼 수 없었던 것이다."[21] 「항저우」, 「쑤저우」 등의 여행기와는 달리 「만주의 인상」은 서양 대 일본의 구도에서 '일본인의 마음'을 자주 상기시키는 표현들을 많이 사용하고 있다.

고바야시는 일본이 현재 진행하고 있는 전쟁을 외국인은 어떻게 볼 것인가라는 문제를 거론하면서, 일본이 수행하는 전쟁을 외국인들은 제대로 보려하지 않고, 일본 또한 그들에게 보일 준비를 못하고 있다

20 『全集』 第七卷, p.11.

21 北川透, 『詩神と宿命』, 小澤書店, 1982, p.258.

고 말한다. 그래서 판에 박힌 정치적 문구로 일본을 말한다 해도 외국인들은 자기 멋대로 일본을 바라볼 것이라고 지적한다. 고바야시가 우려하는 것은 메이지 이후에 받아들인 서양문화를 자신들 것으로 만들지 못한 시점에서 전쟁이 일어났다는 점이다. 이런 시점에서 일본의 독창적인 문화 건설을 주장하는 것은 일시적인 현상에 그칠 것이라고 말한다. 따라서 그는 서양 모방이 아니라 서양에 대한 완전한 이해가 선행되어야 하며 그런 가운데에서 이번 전쟁은 더 탄력을 받을 수 있을 것이라고 조망한다.

> 상대를 정복하는 데에는 진정으로 상대를 완전히 이해한다는 무기보다 강한 무기는 없다. 이것이 문화 발달의 정해진 법칙이고, 우리나라의 문화는 메이지 이후 이 법칙대로 진행되었다. 사변이 어느 정도 힘을 가졌다라고 해도 이러한 법칙을 바꿀 만한 힘은 없다. 이 정해진 법칙대로 문화가 진행되는 가운데 사변은 아마 우리들이 일찍이 알지 못했던 것에 박차를 가하게 할 것이다. 그것을 믿을 뿐이다.[22]

문화발달의 법칙과 전쟁의 진행을 동일시하는 이러한 논리는 당시 일본 파시즘의 피상적인 제국주의적 이데올로기를 앞선다. 아니 고바야시는 이미 중일전쟁 자체를 서양 대 일본의 구도에서 바라보면서 제2차 세계대전까지 예견하고 있다고 봐야 할 것이다. 그래서 서양의 사상이 일본인들의 사상을 덧칠했다고 해도 그것은 "현대 일본인의 미묘함"과는 다르다는 것이다. 그래서 우리는 서양의 사상에 흔들려 전통

---

22 『全集』第七巻, p.15.

적인 일본인의 마음을 아주 미묘한 것으로 만들어 버렸지만, 그 점에 관한 적확한 표현을 현대 일본인은 알지 못하며 이를 고바야시는 현대 문화의 커다란 결함이라고 진단한다. 그는 서양에 대한 일본의 불안함에서 비롯된 결함은 "전쟁 전부터 물려받은 것으로 전쟁 후에도 아직 그대로 남아있을 것"이라서 그 초조함에 잠을 이룰 수 없었다고 말한다. 고바야시의 이 초조함은 영국유학 시절에 서양의 문명에 비해 근대일본의 문명개방이 피상적인 데에 초조해 하던 나쓰메 소세키(夏目漱石)의 모습과 교차한다.

고바야시는 또한 외국인이 일본정신을 47인의 무사로 비유하는 것을 보고 메이지 이후 일본인의 자기표현의 완성도가 어느 정도인가를 생각하면 화가 난다고 말한다. 그러나 중국인을 바라보면서 "얼굴은 음침하다"고 하면서, 여행 중에 차 안에서 모닝코트를 입은 한 남자에게 느꼈던 불쾌감이 병사들을 제외한 차 안의 모든 남자들에게서 똑같이 느꼈다고 말하면서 아주 불순한 엑조티시즘이라고 말했다. 그리고 순수한 엑조티시즘이라 할 수 있었던 하얼빈 시내의 풍물이나 자금성의 모습도 운강(雲崗)의 석불[23]에 비하면 전혀 아름답지 못하다고 하면서 "여행자는 모두 베이징을 좋다고 하나, 나는 나라(奈良)나 교토(京都)의 아름다움이 새삼스럽게 절실하게 느껴질 뿐이다"[24]라고 일본문화를 가져와 중국문화를 재단한다. 고바야시는 중국에서 일본인으로서 자기인식을 확고히 하면서 중국인이나 중국문화를 위에서 아래로 내

23 중국 산시성(山西省) 따통시(大同市)에 있는 불교의 석굴사원에 있는 불상. 5세기에서 6세기에 걸쳐 조영(造營)되었으며, 크고 작은 40여 석굴을 중심으로 전체 약 1킬로미터에 달한다.

24 『全集』 第七卷, p.21.

려다보고 있는 것이다.

고바야시의 유일한 한국 여행기인 「경주」[25]는 석굴암을 찾아간 내용은 담고 있는데, 그 서두는 어둡고 침울한 농촌 풍경의 묘사로 시작된다. 길지 않은 글로 석굴암의 아름다움을 잘 묘사하고 있으나, 석굴암에서 느껴지는 아름다움으로 자신은 피로해졌다고 토로한다. 결국 "왜 아름다운 것을 보고 이렇게 피곤해지는 것일까"[26]라고 스스로 묻고, 곰곰이 생각한 끝에 자신에게는 조각가가 가진 부처가 없기 때문이라면서 돌연 에스테틱(esthetique, 미)라는 말을 떠올리고 차츰 기분이 불쾌해졌다는 감상을 쓰고 있다. 고바야시가 마주한 '아름다움'과 '피로감'이라는 상반된 현상에 대해서는 "역사라는 이름의 신념과 개인의 고독이 균형감을 유지하지 못함에서 연유"[27]하는 측면이 있을 것이며, 또 심정적으로 석굴암이 식민지 조선의 경주에 있다는 사실도 피로함을 초래한 원인이었는지 모른다. 일본 중심의 사고방식에서 이 아름다운 불상은 이곳에 있어서는 안 되기 때문이다. 실지로 일제 초기 석굴암은 일본인에 의해 굴내(窟內)의 탑상 일부가 일본으로 반출되었고 본존불은 해체되어 운반될 위험한 지경에까지 처한 적이 있었다.[28] 고바야시는 운강석굴 앞에서 "어느 불상의 아름다움은 황홀감을 주지만, 마음은 완전히 생생하게 깨어있었다"고 말하면서, 이것을 자신에게 전해오는 뭔가 아주 친근한 감정이라고 표현했다. 아름다움 앞에서 차분히 식은 감정은 "운강의 석굴을 보고, 이 중의 하나라도 베이징의 청조

---

25 김윤식은 「小林秀雄의 한국체험」(『한국문학사상사』, 한길사, 1984)의 「5. 小林에게 있어 慶州는 무엇인가」와 「6. 피로함의 정체」의 항에서 「경주」를 분석했다.

26 『全集』 第七卷, p.51.

27 김윤식, 앞의 책, p.377.

28 黃壽永, 『韓國의 佛像』, 문예출판사, 1989, p.354.

(清朝) 유물 가운데에 서 있다면 어떤 모습이 될 것인가"[29]라는 추측을 하게 했다. 아름다움에 심취하면서도 그 이면의 마음은 평상심이므로 자신에게 부처가 없다는 것이다. '아름다움'과 '피로'는 불과 욕이며, 운강의 불상을 베이징의 자금성 앞에 가져다 두고 싶은 중심주의 사고가 석굴암 앞에서도 느껴져 역시 부처가 없는 인간의 욕망 앞에 피로해진 것이다. 고바야시는 1941년 10월에 두 번째로 한국에 강연여행을 왔을 때 부산에 도착하자마자 서둘러 석굴암을 다시 찾았다고 한다.[30]

그리고 고바야시는 만주 청소년 개척단을 방문하고 열악한 환경에 동정을 표하면서 자신이 언젠가 조선의 육군병지원자훈련소를 방문했을 때, 그들의 발랄함에 놀라웠고 그 모습이 조선에서 '가장 아름다운 얼굴'이었다고 말한다. 지배와 피지배 그리고 침략과 피침략이라는 식민지주의의 기본 구도 안에서 일본의 만주 청소년 개척단의 열악한 환경을 동정하면서도 조선 훈련소의 청년은 좋은 환경에 있기 때문에 그들의 모습이 아름다웠다는 것이다. 당시의 조선인 청년들은 일본 식민지하에서 침략전쟁의 희생자로서 훈련을 받고 있었으며, 일본 청소년들은 조국의 침략야욕의 희생자들이었다. 고바야시는 지배와 피지배의 구도에 놓인 두 집단에 대하여, 일본인이라는 자기인식 속에서 타가가 배제되는 일본 중심의 사고를 단적으로 드러내고 있다. 만주 청소년 개척단은 1938년 5월 만주점령의 선봉에 서기 위해 일본에서 만주로 건너온 일본 청소년(16세~18세 가량) 1,400여 명을 가리킨다.

---

29 『全集』第七卷, p.21.

30 "朝鮮は大勢で講演旅行に行つたが、釜山へ着くとすぐ二人(小林と河上)で六時間汽車に乘り、慶州の佛國寺を訪れ、石窟まで登つた。奈良に似た、柔いここの山膚にさす秋の陽を、私は未だに忘られない。"(河上徹太郎,『わが小林秀雄』, 昭和出版, 1978, p.42)

또한 만주에 사는 일본인 개척민이 열악한 환경에서 살아가는 모습을 목격하고서 "나는 만주에 와서 처음으로 아주 당연히 그러나 꿋꿋하게 생활하고 있는 일본인을 본 것과 같은 기분이 들었다"[31]라고 말하고 있다. 일본인의 만주 이주 정책은 '오족협화(五族協和)'나 '왕도낙토(王道樂土)'라는 일본 제국주의의 만주국 건설의 슬로건 아래에서 이루어졌다. 뿐만 아니라 그곳에는 현지 중국인과 조선인 이주민도 함께 살고 있다. 고바야시는 이들과의 접촉하는 일본인의 모습이나 또는 중국인, 조선인의 생활은 전혀 언급하지 않고 있다. 철저히 일본인에게만 가 있는 시선에 중국인이나 조선인을 바라보는 타자인식이 개입할 여지가 없는 것이다. 그러므로 고바야시는 "내가 불안해서 견딜 수 없는 것은 중국이나 만주에서 생활하고 있는 일본인과 이쪽(일본 본국－인용자주)에 있는 일본인 사이의 사상과 관념상의 격차가 아니라, 생활감각, 생활감정 상의 말로는 표현하기 힘든 차이가 이후 더욱 커지는 것은 아닐까"[32]를 염려한다고 말한다. 기시다 구니오(岸田國夫)가 중일전쟁에 대해 "사변 그것 사이에 끼여 양국의 운명은 똑같이 중대한 전기를 맞고 있기는 하지만, 이러한 근본의 문제에 대해서 더욱 잘 고려해서 생각해야 하는 것은 그들이 아니고 우리들이다"[33]라고 말하는 것과는 여실히 다른 관점에서 고바야시에게 '아시아'의 타자는 배제되고 있었던 것이다.

31 『全集』第七巻, p.29.

32 小林秀雄,「ある感賞」,『東京朝日新聞』, 1938.8.8.

33 岸田國夫,「従軍五十日」,『中國への進擊(昭和戰爭文學全集2)』, 集英社, p.291.

4. 강연자와 문학자—행위와 사상 사이

중일전쟁 이후 고바야시는 문예가협회가 주최하고 『경성일보(京城日報)』의 초빙으로 실시된 문예총후운동[34]의 강연자로 한국과 만주 등지를 여행했다. 그 일정은 각각 1940년 8월과 1941년 10월에 걸친 두 번의 방문이었다. 1940년 8월 처음 한국에 오게 되었을 때 일행은 기쿠지 간(菊池寬), 구메 마사오(久米正雄), 오사라기 지로(大佛次郎), 나카노 마고토(中野實) 등이었다.[35] 이들의 일정은 그 출발부터 당시 조선총독부의 기관지였던 『경성일보』에 자세하게 소개되었다. 1940년 7월 31일 도쿄역을 출발하는 모습부터 담고 있는데 고바야시는 "요전에 만주여행 도중 경주를 보았지만, 대단히 감동을 받았다. 나는 조선의 역사에 흥미를 가지고 그것이 이번 유럽전쟁에도 일련의 관계를 맺고 있다고 확신한다. 한 번 조선을 잘 관찰하고 이번 사변의 새로움과 반도의 사명 등에 대하여 생각하고 또한 말하고 싶다"[36]고 출발 소감을 말하고 있

---

34 '文藝銃後運動'은 1940년 2월에 결성되어 1940년 5월에서 12월에 걸쳐 거의 모든 문학자가 동원되었다. 출발에 앞서 기쿠치(菊池寬) 문예가협회 회장과 각 강연자들이 수상관저에 초대되어 '장도격려의 모임(壯途激勵의 會)'를 가졌다. 고바야시는 강연자로 국내외에서 수례 참가하고 있다. 今日出海 編, 『文藝銃後運動講演集』, 文藝家協會, 1945, p.145.

35 첫 일정에 대해서는 김윤식이 「小林秀雄의 한국체험」(『韓國近代文學思想史』, 한길사, 1984)에서 자세하게 검토하고 있다.

36 『京城日報』, 1940.8.3. 기쿠치 간은 "반도의 문화, 예술을 접하고 젊은이들과 즐겁게 이야기하고 싶다"고 했으며, 구메 마사오는 "문단인으로서 예술적 감수성이 뛰어난 반도 각지의 건강한 모습을 시찰하고 싶다"고 했고, 나카노 마코도는 "문필가가 아닌 귀환병으로 관찰하고 싶다", 오사라기 지로는 "이 문예총후운동이 반도 대중의 마음을 붙잡을 것을 확신한다"고 각각 출발 소감을 피력하고 있다.

다. 고바야시는 당시 세계사적 조류 속에서 조선을 바라보려는 태도를 취하며 '사변의 새로움'과 '반도의 사명' 등을 생각해 보겠다고 했는데, 일행 중 가장 나이 어린 문학자답게 적극적인 사고를 피력하고 있다. 그렇다면 '사변의 새로움'이나 '반도의 사명'은 무엇을 말하는 것일까? 이 언설의 이면에는 고바야시의 내셔널 아이덴티티가 자리하고 있다. 고바야시는 8월 3일 부산에 도착하여 「사변이 부여하는 시사」라는 제목의 강연을 했는데, 『경성일보』는 이 강연에 대하여 "동서양 흥망의 역사를 그 적확한 어휘로 말하고 있으며, 특히 중일전쟁과 민족성쇠를 그의 역사관으로 뒷받침했다"[37]고 보도했다. 이 강연 기록은 남아있지 않으나, 아마 일본에서 강연했던 「사변의 새로움」(1940.8)이 아닌가 추측해 본다. 「사변의 새로움」은 한국에 오기 불과 두 달 전인 6월에 문예총후운동 제2반에 참가하여 일본의 고후(甲府), 니가타(新潟) 등지에서 행한 강연으로 도요토미 히데요시(豊臣秀吉)와 오다 노부나가(織田信長)의 역사적 선례를 들어 도요토미 히데요시가 임진왜란에서 실패한 원인을 자세히 분석하면서, 난국에 대처하는 데에는 이론보다는 오다 노부나가와 같은 분명한 현실직시가 중요하다고 말하고 있다. 그러므로 이러한 선례를 통하여 현재의 전쟁을 분명히 직시하여 "임진왜란이 당시의 일본국민에게 있어서 아주 새로운 사태였던 것처럼 오늘날 우리들에게 사변이 아주 새로운 성질 일인 것은 의심할 바가 없는 것입니다. 도요토미 히데요시의 패러독스[38]의 한 면은 역시 우리들 각자의 뒤

37 『京城日報』, 1940.8.4.

38 고바야시는 도요토미 히데요시가 임진왜란에서 실패한 것은 그가 나이 들어 노령인 탓에 소극적인 오산을 해서가 아니고, 그가 맞닥뜨린 사태가 아주 새로운 사태였기 때문이라고 말한다. 이 새로운 사태를 판단하는 데에는 큰 지식이나 풍부한 경험도 오히려 장애가 되었고 이것이 하나의 패러독스라는 것이다. 도요토미 히데요시의 임

에 산재해 있을 것입니다. 사변의 새로움을 완전히 알고 있는 것 같으나, 실은 결코 다 알지 못하고 있는 까닭이 여기에 있는 것입니다"[39]라고 말했다. 고바야시가 말하는 '사변의 새로움'이란 사변이라는 새로운 생선을 낡은 칼로 요리하고서 안심해서는 생선의 새로움은 볼 수 없다는 것과 마찬가지로, 사변의 전체를 볼 수 있어야 하는 것이다. 고바야시는 조선의 강연을 통해서 일본의 침략전쟁이 다시 실패해서는 안 되는 '사변의 새로움'으로 인식해야 하며, 나아가 내선일체의 사상에 의거하여 '반도의 사명'을 말하겠다고 했던 것이다. 이것은 고바야시뿐만 아니라 근대일본의 지식인이 도달했던 일본의 내셔널 아이덴티티의 일반적인 예이며, 현실에 대한 지식인의 무기력감의 표출이기도 하다.

부산을 거쳐 이후 고바야시가 8월 6일에 경성에서 행한 강연 「문학과 나」는 『경성일보』에 8월 21일부터 8월 27일까지(26일 제외) 6회에 걸쳐 연재되었다. 또한 이 강연은 『중앙공론(中央公論)』 11월호에 발표되었는데, 『경성일보』 속기록과 『중앙공론』에 게재된 문장은 서로 차이를 보이고 있다.[40] 다소 차이가 있으나 경성강연의 내용에서 크게 벗어나지 않는 글이다. 여기에서는 『경성일보』의 기사를 쫓아 고바야시의 강연을 살펴본다. 고바야시는 "진지하게 문학의 길을 말하고 진정한 예술적 정열 속에서 일본, 중국의 제휴에 강한 의욕을 내보여서 모든 청중의 마음을 울렸다"[41]고 보도하고 있는데, 강연 중에서 가장 청중에게 호응을 얻은 것은 고바야시 강연이었다고 한다. 그래서 다음날 기

진왜란의 실패가 당시 조선의 기후를 잘못 판단한 데서 비롯되었다는 사실이 이를 뒷받침한다는 것이다.

39 『全集』, 第七卷, p.127.

40 이에 대해서는 이미 김윤식의 「小林秀雄의 한국체험」에서 자세히 논의하고 있다.

41 『京城日報』, 1940.8.6.

쿠치 간과 구메 마사오와 함께 다시 연단에 섰다.

고바야시는 경성강연 「문학과 나」[42]에서 "정치가에게 비상시의 정책은 있을지 모르지만, 문학자에게 비상시의 사상이라는 것은 없다"는 전제하에 문학자에게 사상은 표현이며 "문학 표현이라는 것은 문장을 씀과 동시에 자기를 아는 것"이라고 말했다. 그러므로 문학자는 사상을 행하는 사람이 아니라 사상을 말하는 사람으로 규정짓는다. 그리고 "역사의 심연에 자리한 것은 전통이며 전통의 발견 없이는 문학 또한 성립되지 않는다"고 말했다. 따라서 시마키 겐사쿠(島木健作)와 하야시 후사오의 예를 들면서 "주의라든가 사상이 진정한 인간의 마음을 개조시키기는 어렵다"고 하면서 문학자의 길은 자신의 세계에 깊이 파고드는 것이며 특수한 세계에 철저히 임하는 것이라고 말하고 있다. 고바야시는 오늘날 일본인의 진정한 마음과 국민성을 외국에 알릴 수 있는 것은 문학뿐이라고 역설했다. 그는 얼마 전에 프랑스의 일류잡지 『메르큐・프랑스』에 실린 중일전쟁과 관련한 일본에 관한 기사를 읽었는데, 일류비평가가 썼을 것으로 추정되는 이 글은 『추신구라(忠臣藏)』를 예로 들어 일본의 국민성을 거론하고 있었다고 한다. 이에 대해 고바야시는 다음과 같이 말하고 있다.

> 예부터 일본인이라면 게이샤(藝者), 후지산(富士山), 할복(切腹)이라고 말하고 있는데, 설마 지금도 정말 그럴까 생각하던 차에, 프랑스의 일류 비평가가 『츄신쿠라』를 예로 들고 있을 줄이야 어찌 생각이나 했겠는가. 이와 같이 일본에 대한 외국인의 지식은 아주 천박하기 그지없다. 어처구니

---

42 小林秀雄, 「「文學と自分」 (1)~(6) ─ 文藝銃後運動講演會速記」, 『京城日報』, 1940.8.21~8.27.

없습니다. 과연 그렇습니다. 외국인은 일본의 정치와 경제 정세는 상당히 알고 있습니다. 외적인 움직임은 알기 쉬워도 사변에 처한 진짜 마음은 외국인으로서는 아무래도 알기 쉽지 않습니다. 이러한 경우 일본의 국민성을, 우리들의 진정한 마음을 어떻게 하면 외국인에게 알릴 수 있을까요? 이것은 문학이라고 생각합니다.[43]

고바야시는 문학은 서로 공감하는 것이며 만인에게 호소하는 것이며 그래서 심패시(Sympathy)라고까지 말한다. 중국을 이해할 수 있는 현대 중국문학이 존재하는가라고 반문한다. 강연 말미에 이르러서는 일본과 조선은 정치적인 문제도 중요하지만 문학에 의한 참된 우정관계로써 결합되어야 한다고 말했다. 정치가의 정책이 끝나면 문학자가 노력해야 하며, 그래서 중일전쟁이 일어나자 문학자로서 더 책임이 느껴진다는 것이다. 결국 문학자의 책임을 주장하면서 고바야시는 문학의 힘이라는 근본적인 문제를 파고들지만 그의 강연은 전쟁을 고취시키는 역할을 하고 있을 뿐이다.

이 강연을 통해서 고바야시는 "문학의 직분과 군부 즉 정치가의 직분을 대립적으로 고찰함으로써 양자의 본질을 밝히고자 했으며, 문학자의 직분을 선명하게 드러내었다"[44]고 하지만, 두 가지 측면에서 다시 한번 생각해 보면, 첫째는 서양인의 일본정신을 바라보는 오리엔탈리즘적인 시각에 반박함과 동시에, 자신 역시 중국에 대해서는 똑같은 시선을 던지고 있었다. 앞에서 살펴본 그의 중국 기행문에서 보면 많은 중국문화나 유적에 대한 몰이해라든가, 중국인을 '음침'하다고 표현

43 『京城日報』, 1940.8.25.

44 김윤식, 앞의 책, p.367.

한 것을 보면 잘 알 수 있다. 결국 고바야시도 알게 모르게 "스스로에게 투사된 서구 오리엔탈리즘의 구도를 그대로 아시아에 전이한 경우에 해당한다"[45]고 보아야 할 것이다.

둘째는 자신의 행위와 사상 사이에 커다란 모순을 보이고 있는 점이다. 정치와 문학의 역할을 확실히 구분하고 있지만, 강연은 정치선전의 장에서 이루어지고 있다. 결국 문학으로 맺어지는 관계는 "아시아는 하나"라는 것과, 또 상대를 정복하기 위해 진실로 이해하는데 문학이 유용하다는 점을 말하고 있을 뿐이다. 그러나 『중앙공론』에 게재된 「문학과 나」(1940.11)에서는 정치를 긍정해도 "문학은 평화의 사업"이라고도 하며, "나라를 위해서는 언제든지 총을 들겠지만, 문학자로서는 무의미한 일"이라고 하고, 자신은 "문학자로서 문학자다운 비상시라는 말을 이해하고 싶다"[46]고 쓰고 있다. 강연의 속기에 비해 정치와 문학의 이원화를 내세우고 있지만, 전쟁이라는 현실사회의 리얼함에 침잠해 있다는 점은 엿볼 수 있다. 이 점은 고바야시의 두 번째 강연여행[47]의 방청기를 쓴 이석훈의 「문예총후운동 강연회를 듣다」(1942.12)를 통해서도 알 수 있다. 고바야시의 연제는 「문화에 대해서」[48]였는데,

---

45 윤상인, 「탈식민지시대의 일본문학 읽기」, 『포에티카』, 1997 가을, p.63.

46 『全集』, 第七卷, p.128.

47 1941년 10월 20일부터 11월 3일까지 문예총후운동 '조선반'의 일원으로 참가하여 대전, 경성, 평양, 함흥, 청진 등지에서 행한 강연여행. 강사와 연제는 니이 이타루(新居格)의 「사치의 분석」, 고바야시 히데오의 「문화에 대해서」, 가와카미 데쓰타로(河上徹太郎)의 「개인과 전체」, 하야시 후미코(林芙美子)의 「총후여성의 문제」, 마쓰이 스이세이(松井翠聲)의 「지구를 움직이는 남자」였다. 日本文學報國會 編, 『文藝年鑑』, 桃蹊書房, 1938.8, p.62~63.

48 이 강연에 대한 기록은 없으나 이석훈의 방청기의 내용으로 보아 1943년 10월 제2회 대동아문학자대회에서 했던 「문학자의 제휴에 대하여」와 비슷한 내용이라 추측할 수 있다.

뭔가 침착하지 못한 태도로 등단하여 자꾸 시계를 들여다보면서 문화를 들어 정치나 사회 전반에 대하여 비판적인 말을 하는 고바야시의 모습을 스케치하면서 이석훈은 심지어 고바야시를 자유주의의 중독에서 벗어나지 못한 자로까지 비난한다.

> 은근히 그는 최근의 구호만 요란하고 실질이 따르지 않는 문화를 부르짖는 것을 비꼬았다. 문명과 관련해서 후쿠자와 유키치(福澤諭吉)의 『문명론』을 내세워 문명개화주의에 빠지지 않은 높은(?)(원문 인용자주) 정신을 격찬했다. 그리고 메이지 시대의 학자들에게는 기개 좋게 실질적 탐구정신이 풍부했다고 말하고 학문은 동시에 심신단련이었다고 말한다. 탐구정신은 과학정신이다. 그것이 메이지 시대 이후 점점 약화된 셈으로 실증적 정신과 탐구정신이 희박하게 된 선진국의 사상 따위를 그대로 믿었기 때문에 오류가 생긴다. 예를 들면 사회주의 운동 등도 아주 약한 것이다. 그러면서 문화라고 하는 것은 정치의 힘으로 갑자기 어떻게 해도 안 된다. 한 사람 한 사람이 반성하고 내부에서 개조해서 실행하지 않으면 안 된다는 말로 그는 결론을 내렸다.[49]

고바야시는 이 강연에서도 서양 대 일본의 구도에 입각해 문화를 말하고 있는데, 후쿠자와 유키치의 문명론이 '탈아입구' 전형으로 '문명'과 '야만'의 이분법적인 발상을 근거로 하여 자기와 타자를 특수화 또는 차별화한 형태라는 것을 생각해 본다면, 이를 격찬하면서 고바야시가 말하는 문화라는 것은 일본주의 또는 일본정신론과 맞닿아 있다. 이러

---

49 牧洋(李石薰),「文藝銃後運動講演會をきく」,『綠旗』, 1941.12, p.29~30.

한 문명론의 발상이 총력전 체제론으로 변질되어 중일전쟁을 시작으로 각종 사상론으로 전개되었다. 그러므로 서구사상을 그대로 따르는 문화의 정치형태를 고바야시는 비판하고 있는 것이다. 1943년 10월 제2회 대동아문학자대회의 강연인 「문학자의 제휴에 대하여」에서 고바야시는 "문학자는 이데올로기의 고안자가 아니고 이데올로기의 해설자도 아니고, 선전가도 아니고 문학자는 모든 것을 이겨내는 노력으로 작품이라는 현실의 물체를 만들어내는 장인입니다. 노동자 근로자입니다. 간단명료한 사실입니다"[50]라고 말하고 있으나, 결국 아시아 각국의 문학자가 공통의 이상(물론 대동아공영권을 말한다)을 위해 '대제휴운동'에 동참할 것을 주장하는 선전가의 모습을 벗어나지 못하고 있다.

고바야시는 처음 강연여행 때 이광수를 만난 인상에 대해 "내가 본 바로는 반듯한 사람이었고 확실한 사람이었지"라고 말하면서 아직 재판중인 전향자이나 "여러 가지 우리들이 알 수 없는 괴로운 사정이 있다고 생각한다"[51]고 말하면서 이광수라는 사람이 나타났다는 사실을 믿는다고 말했다. '민족'과 '친일' 사이의 질곡에 서 있었던 이광수에 비하면 고바야시는 행위와 사상의 사이에서 절충적인 자세를 취했다. 그는 "문학자는 그 행위와 말을 항상 '사상'하에서만 만들어내는 숙명을 지니고 있다. 시대는 그들의 '사상'을 움직일 수는 있어도 그 행위와 말을 기계적으로 지향하는 것은 불가능하다고 보아도 좋다"[52]라고 말하

50 『全集』, 第七卷, p.180.

51 小林秀雄・中島健藏, 「對談: 時代的考察」, 『文藝』, 1940.10, p.85. ※고바야시는 처음 강연여행 때 이광수에게 자서전을 부탁했는데, 이에 대한 답으로 이광수는 「行者」(『文學界』, 1941.3)라는 글을 써 보냈다. 그리고 1942년 11월 6일 제1차 대동아문학자대회 참석차 이광수가 도쿄에 갔을 때 다시 조우하나 별다른 교감은 없었다. 이광수는 이때 일본 기행문으로 「三京印象記」(『文學界』, 1943.1)를 남기고 있다.

기도 했다. 전쟁 말기에 스스로 미의 세계나 일본 고전의 세계로 심취하는 것은 행위가 따르지 않는 사상을 추구했기 때문이다.

5. 맺음말

다케우치 요시미(竹內好)는 제2차 세계대전의 고유한 성격을 "일본인이 아시아를 주체적으로 생각하고, 아시아의 운명 타개를 자신의 프로그램 위에 놓고 실행에 옮겼다"는 점에 있다고 말하면서 일본은 자신의 의도로 아시아를 바꾸려 했다고 지적[53]했는데, 본고는 다케우치 요시미의 발언을 근간으로 고바야시의 중일전쟁 이후 한국, 중국, 만주의 체험을 근대일본의 '아시아' 표상과 연관지어 살펴보았다. 그 결과 고바야시는 주체적이든 그렇지 않든 "묵묵히 전쟁에 임하는 일본 국민의 한 사람"[54]으로 일본의 제국주의적 이데올로기를 좇아 '아시아'를 인식하고 있었다는 점을 알 수 있었다. '아시아'가 근대일본에서 지리적 개념보다는 정치적 개념으로 독해되던 무렵 고바야시의 내셔널 아이덴티티는 '아시아'를 체험함으로써 더 구축되어 간 것이다.

고바야시는 중일전쟁 당시 종군기자로 전선에 나가 전쟁이 이미 일

---

52 小林秀雄, 「言葉, 行爲, 思想－現代史上の空中樓閣性」, 『東京朝日新聞』, 1939.4.29.

53 竹內好, 『日本とアジア』, 筑摩書房, 1993, p.94.

54 고바야시는 중일전쟁이 일어나자 몇몇 글에서 "사변의 가장 큰 특징은 국민이 묵묵히 대처하는 데 있다"고 하면서 이것을 국민의 지혜, 총명함이라 일컬었다.

상생활의 일부가 된 것을 실감하지만, 그 전쟁이 안고 있는 위험은 깨닫지 못했다. 그래서 눈앞에 전개되는 전쟁의 참상을 피상적으로 바라보았고, 중국인이나 중국의 문화유적, 풍물을 구경하는 데 많은 시간을 할애했다. 그러나 중국에 대한 몰이해로 일관했고 중국인의 실상을 외면했다. 중국의 피상적인 풍물에만 관심을 보였다고 할 수 있다.

또한 한국이나 만주를 여행하면서 메이지 이후에 내려온 '일본과 서양'의 구도를 대립의 상태로 전환하는 계기를 맞이했다. 만주개척단을 보고 '일본인의 마음'을 자각하는 등 일본인으로서의 자기인식이 강화된 탓이다. 문예총후운동의 강연자로 아시아를 체험하면서 행위로써 정치(일본의 제국주의 이데올로기)를 긍정하고, 사상으로써 문학을 지향하기는 하지만, 결국 정치와 일원화된 문학을 일갈했을 뿐이다. 전쟁이 일본의 패전으로 기울게 되는 무렵에 이르러서는 고바야시는 자기부정의 피난처를 찾고 있었으며, 거기에서 잠시 벗어나 어딘가 결정적인 은신처로 피해가기 위해 골동취미와 미의 세계에 빠져든다.

고바야시는 아시아와 직접 조우했으나, 서양 문명의 세례를 받은 자신의 명석한 판단력과 예술가적인 기질이 굴절되면서 일본과 아시아 그리고 제국주의와 식민지 국가들 사이에서 제기되는 문제를 외면하며 어중간한 태도를 취했다. 이 무렵 어떤 지식인도 전쟁에 반대하지 못했다 하더라도, 전쟁터가 된 아시아를 타자로 인식하지 못하는 내셔널 아이덴티티의 범주 안에서만 고바야시가 머물러 있었던 것은 근대 일본의 내셔널리즘 이데올로기에 그가 함몰되어 있었다는 반증이 아닐 수 없다.

|참고문헌|

今日出海,『文藝銃後運動講演集』, 文藝家協會, 1941.
日本文學報國會 編,『文藝年鑑』, 桃蹊書房, 1943.
吉田凞生・堀內達夫,『書誌小林秀雄』, 圖書新聞社, 1967.
平野謙,『昭和文學私論』, 每日新聞社, 1977.
河上徹太郎,『わが小林秀雄』, 昭和出版, 1978.
北川透,『詩神と宿命』, 小澤書店, 1982.
江藤淳,『小林秀雄論集－江藤淳文學集成2』, 河出書房, 1984.
竹內好,『日本とアジア』, 筑摩書房, 1993.
竹田青嗣,『世界という背理』, 講談社, 1996.
尹健次,『日本國民論』, 筑摩書房, 1997.
김윤식,『한국근대문학사상사』, 한길사, 1984.
최원식 외,『동아시아, 문제와 시각』, 문학과지성사, 1995.

분라쿠文樂의 전쟁 선전

한경자

1. 들어가며

2009년 8월, 1945년에 있었던 B29의 오사카(大阪) 공습(空襲)으로 소실된 요쓰바시분라쿠(四ッ橋文樂)극장의 사진 약 600장이 발견되어 화제가 되었다. 당시의 선전부원이 개인적으로 보관하고 있었던 분라쿠[1]공연에 관련된 자료들이 유족에 의해 발견, 공개된 것이다. 신문에 게재된 사진[2]은 1932년에 초연(初演)된 〈삼용사명예육탄(三勇士名譽肉彈)〉[3]의 한

1 인형조루리(人形淨瑠璃)와 같은 의미의 용어이나, 이 시기에는 흔히 분라쿠라 불렸기 때문에 본고에서는 '분라쿠'로 통일해서 표기한다.

2 2009년 8월 16일 『요미우리신문(讀賣新聞)』 기사.

3 1940년 2월에도 재연되었던 작품이다. 이 선전부원은 분라쿠극장에 34년부터 43년

장면으로, 인형이 군복을 입고 폭탄을 안고 돌격하려는 모습으로 보여진다. 이 작품은 1932년 1월에 발발한 상해사변(上海事變) 시에 폭탄이 든 통을 들고 돌격하여, 진격의 길을 열고 전사한 세 병사의 이야기를 미화하여 만들어졌다.

전의고양(戰意高揚)을 목적으로 제작된 작품들은 군국물(軍國物), 혹은 시국물(時局物)로 분류되는데, 이들 중 앞서 언급한 〈삼용사명예육탄〉이 가장 잘 알려져 있다. 이는 1932년 2월 23일자의 『오사카아사히신문(大阪朝日新聞)』에 이들에 관한 기사가 나오자, 군부가 그에 호응한 발표를 하면서,[4] 일반대중들에게 큰 반향을 불러일으켰기 때문이다. 즉, 이들 병사에 대한 이야기는 일종의 사고라고도 할 수 있는 일이었는데, 전승기원, 국위고양을 목적으로 매스컴과 군부가 중심이 되어 군국미담으로 만들며, 거국적으로 그들을 국민적 영웅, 군신(軍神)으로 기리는 분위기로 몰아간 것이다.[5]

까지 근무하고 있었기 때문에 재연당시의 것으로 짐작되나, 근무 이전의 것을 소유했을 가능성도 있으므로, 기사만으로는 무대 기록의 시기를 확실히 알 수가 없다.

4 『오사카아사히신문』은 1932년 2월 24일자 신문에 「이것이야말로 진정한 육탄! 장열무비의 폭사. 지원해서 폭탄을 몸에 달고 철조망을 파괴한 삼용사」라고 하는 표제의 기사를 게재했다. 이어, 2월 25일자에는 「진정 〈군신〉, 통열한 육탄삼용사, 〈천황폐하에게 상문하고 싶다〉, 육군성에서는 최고의 은상」, 「군국미담으로 교과서에 그 용명을 구가하여, 삼용사의 영혼을 위로하고 싶다고 고려중」이라는 표제로 육군성의 입장을 기사화하였다. 또한, 「일본정신의 극치」라는 제목을 단 사설에서 야마토민족(大和民族)의 우수성을 주장하면서 「육탄삼용사의 장렬한 행동도 실로 신의 마음 그대로의 민족정신의 발로에 의한 것임」이라고 선동했다. 이렇게 해서 삼용사는 은상을 받으며, 교과서에도 게재된다. 각 신문사는 위로금을 모금하였고, 이들을 소재로 한 영화, 노래 등이 만들어졌다. 조의금이 쇄도하고, 영화, 군가, 동요, 로쿄쿠 등 예술계의 움직임과 함께 잡지에 특집이 구성되거나, 동상 건립, 인형 · 일상도구 · 의복 · 과자 등도 이들과 연관된 제품들이 만들어졌다. 이후 천황에게 보고되고, 야스쿠니신사에 합사, 교과서에 게재되면서 군신(軍神)으로 추앙받게 된다.

5 사실은 착오로 인해 폭탄의 도화선이 짧게 부착되어 일어난 돌발사고로, 전해진 미담

그 외에도, 청일전쟁이나 러일전쟁 때에도 이러한 전쟁영웅이 만들어졌고, 이후 태평양전쟁 때에도 구군신(九軍神)이라는 영웅이 만들어지며, 문예화되거나 무대화되었다. 〈삼용사명예육탄〉 이전에는, 1913년 5월에 노기장군(乃木將軍)을 소재로 한 〈나라꽃야마토사쿠라(國之華大和櫻木)〉가 제작되고 상연되었기도 하였으나, 이러한 군신이나 전쟁영웅, 전쟁을 소재로 한 군국물은 주로 1940년을 전후해서 다수 만들어져 상연되었다.

전시하의 대중예능(大衆藝能)에 대해서는 영화, 다카라즈카(寶塚)와 대중가요, 로쿄쿠(浪曲), 라쿠고(落語), 만자이(漫才) 등의 분야에 관한 연구가 2000년을 전후로 하여 활발해지며, 예능의 전쟁동원의 구조와 양상, 특징이 밝혀지고 있다. 그에 비해, 분라쿠(文樂)와 노(能), 가부키(歌舞伎)와 같은 일본고전예능에 관해서는, 〈삼용사명예육탄〉 외에는 구체적 내용도 언급이 되어있지 않는 등, 거의 연구가 이루어져 있지 않다.[6] 이 시기 어떤 사건, 배경으로 인해 군국물 분라쿠 작품이 만들어졌고, 그 작품들은 어떤 내용으로 각색되며, 무엇을 호소하고자 했는지, 분라쿠 측의 시국적 대응에 대한 동향을 살펴보고자 한다.

처럼 병사들이 각오해서 전사한 것이 아니었다고 한다. 木津川計, 「戰時下の芸能」, 『立命館平和研究』 2호, 2001.3, p.5. 따라서, 1942년의 국정교과서에 게재되어 있는 바와 같이 그 중 한명이 "천황폐하만세"를 외치면서 죽었다는 것은 만들어진 허구라고 할 수가 있다. 若桑みどり, 「肉彈三勇士をめぐる表象の政治學ー戰時の大衆文化はいかに創造されたか」, 『イメージ&ジェンダー』 6호, 2006.3, pp.70~71.

6 다카라즈카에 대한 연구로는, 戶ノ下達也, 「寶塚歌劇と「國民歌」ー戰時体制下の音樂界と寶塚歌劇団の音樂的側面ー」, 『近代日本の音樂文化とタカラヅカ』, 世界思想社, 2006; 竹本浩三, 「戰爭と演芸」, 『立命館平和研究』 2호, 2001; 相原進, 「戰時下における大衆芸能に關する考察」, 『立命館平和研究』 2호, 2001 등이 있으며, 노에 대해서는 西野春雄, 「新作能の百年(1)」, 『能樂研究』 29호, 2005; 「新作能の百年(2)」, 『能樂研究』 30호, 2006 등이 있다. 가부키에 대해서는 歌舞伎學會 『歌舞伎研究と批評』 24호, 25호 「特集 戰時戰中の歌舞伎」(1999)가 있다.

2. 전시하 전통예능계의 동향

전시하의 분라쿠에 대해 고찰하기에 앞서, 우선 동시대의 다른 전통예능들의 동향을 살펴보고자 한다.

1) 로쿄쿠(浪曲)와 라쿠고(落語)

로쿄쿠(浪曲)[7]의 경우, 의리와 인정, 충효를 테마로 하며 전쟁과 군대 이야기 등을 소재로 자주 사용하였는데, 군부(軍部)는 '성전(聖戰)'이라는 의식을 침투시키며, 전의를 고양하기 위해 '군국로쿄쿠(軍國浪曲)'라 불리는 작품들을 다수 만들게 하였다.[8] 예를 들면, 〈노기장군(乃木將軍)〉(덴코켄 만게쓰天光軒滿月), 〈육탄삼용사(肉彈三勇士)〉(바이츄켄 오도梅中軒鶯童), 〈아! 고가연대장(噫古賀連隊長)〉(아즈마야 라쿠엔東家樂燕), 〈특별공격대(特別攻擊隊)〉(가스가이 바이오春日井梅鶯) 등이 그것이다.

라쿠고(落語)의 경우, 기본적으로 웃음을 자아내게 하는 해학적이거나 음란한 내용을 담기 때문에 시국적인 내용을 담기가 어려웠다. 그러한 가운데, 야나기야 긴고로(柳家金語樓)가 입대하여 조선에 주둔했던 경험을 바탕으로 군복을 입고 무대에 오르며, 〈만담가병사(落語家の兵隊)〉〈긴고로의 간호병(金語樓の看護兵)〉〈군국목욕탕(軍國風呂屋)〉 등

7 나니와부시(浪花節)라고도 하며, 조루리(淨瑠璃)와 셋쿄부시(說經節) 등을 바탕으로 메이지(明治)시대 초기에 시작된 연예(演藝)의 하나.

8 竹本浩三, 「戰爭と演芸」, 『立命館平和研究』 2호, 2001.3, pp.10~11.

을 상연하여, 호평을 받기도 하였다.

이후, 1936년에 애국심을 호소할 목적으로 '애국연예동맹(愛國演藝同盟)'이 조직되고, '신체제라쿠고(新體制落語)'라든지 '국수라쿠고(國粹落語)'라고 불리는 신작라쿠고가 만들어졌으나,[9] 야나기야 긴고로 외에는 고전라쿠고를 하는 사람이 많아, 신작 군국물들이 잘 만들어지지 않았다.

2) 노(能)와 가부키(歌舞伎)

니시노 하루오(西野春雄)의 고찰에 따르면, 근대에 들어와서 만들어진 노, 즉 신작 노는 당시의 사건, 전쟁을 소재로 한 시사적인 작품이 많다는 특징이 있다.[10] 그 중, 러일전쟁과 그 승리에 대해 그린 작품에 〈독수리(鷲)〉 〈군신(いくさ神)〉 〈해전(海戰)〉 〈가미카제(神風)〉 〈스케토키(資時)〉 〈러시아정벌이야기(征露の談)〉 〈후타미(二見)〉 〈아사히사쿠라(旭櫻)〉가 있으며, 노기 마레스케(乃木希典)를 소재로 한 〈노리스케(希典)〉, 〈니레이산(爾靈山)〉 등 군인의 업적을 기리는 작품도 많이 만들어졌다. 제2차 세계대전 중에 전의고양을 위해 만들어진 작품에 〈다카치호(高千穗)〉 〈해전〉 〈러시아정벌이야기〉 〈황군함(皇軍艦)〉 〈토멸할 것이다(擊ちてし止まむ)〉 〈옥쇄(玉碎)〉 등이 있으며, 이들은 청일전쟁과 러일전쟁, 태평

---

9 相原進,「戰時下における大衆芸能に關する考察」,『立命館平和研究』2호, 2001.

10 「新作能の百年(1)」,『能樂研究』29號, 2005;「新作能の百年(2)」,『能樂研究』30호, 2006, pp.236~243. 1904년부터 2004년까지의 신작 노에 대한 고찰. 이 시기에 316개의 신작이 만들어졌다. 많은 작품들은『未刊謠曲集』(古典文庫, 1987~1998)에 수록되어 있다.

양전쟁을 소재로 하고 있다.

〈독수리〉를 만든 오오와다 다케키(大和田建樹, 1857~1910)[11]는 국학자이며, 가인(歌人)이기도 한데, 고전 노의 양식을 따르면서, 당시의 사건, 전쟁 등을 소재로 많은 작품을 만들었다.[12] 이 〈독수리〉라고 하는 작품은 러일전쟁을 소재로 하면서, 독수리에 비유한 러시아를 헤이안(平安)시대 말기의 무사 미나모토노 요시쓰네(源義經)가 퇴치한다는 내용이다. 1904년에 군자금헌납노(軍資金獻納能)로 상연되었던 노인데, 메이지시대에는 이러한 시국성을 지닌 작품이 다수 만들어지나 예술성을 고려하지 않은 내용을 담은 작품이 많다는 것도 한 특징이다.

메이지시대이후 많은 구스노키물(楠物)과 남조물(南朝物)이 만들어진 것도 황국사관 등의 시대사조가 반영된 것이다. 그 대부분은 장황하고 독선적이며 치졸하나, 노가쿠를 '국풍(國諷)'이라고 불렀던 시대상을 반영하고 있다.[13]

또한, 〈스케토키〉는 대일본호국유년회(大日本護國幼年會),[14] 〈충령(忠靈)〉(1941)은 대일본충령헌창회(大日本忠靈顯彰會)[15]의 위촉을 받아 제작된,[16] 영령을 시테로 한 신작 노 작품으로 대표적 국책노(國策能)라고 할

---

11 또한, 그는 그러한 노 작품뿐만 아니라 〈일본육군(日本陸軍)〉〈일본해군(日本海軍)〉 등의 군가(軍歌)도 만들었던 인물이다.

12 「新作能の百年(2)」, 『能樂硏究』 30호, 2006, p.245.

13 「新作能の百年(2)」, 『能樂硏究』 30호, 2006, p.240.

14 애국사상의 고무에 주력했던 메이지 시대의 경감(警部) 유치 다케오(湯地丈雄)가 유년자(幼年者)의 저금으로 수뢰정(水雷艇)을 건조(建造)하기 위해 설립.

15 1939년 7월 7일에 대일본제국육군이 설립. 충령탑의 건립을 장려.

16 잡지 『간제(觀世)』 1941년 11월호의 간제 데쓰노조(觀世銕之丞)의 「신작 요쿄쿠 충령에 대해서」에 따르면, 그 해 봄, 오쓰키 주조(大槻十三)・사카이 오토지로(坂井音次郎)・다케다 다카시(武田太加志)・아사미 신켄(淺見眞健)의 4사람이 위원이 되어, 성전의 방패가 된 충령에 대한 국민적 감사의 마음으로 만들어진 곡이라고 되어

수 있다. 이 시기는 이러한 위촉을 받아 만들어진 작품이 많았다.

앞서 언급한 오와다 다테키와 함께 국책노가 만들어지는 데에 크게 공헌한 인물로 〈러시아정벌이야기〉 〈승전축하(勝軍の祝)〉 〈삼한(三韓)〉 등의 작품을 만든 다카기 한(高木半)이 있다. 메이지 유신 후 오사카후(大阪府) 의원을 지낸 정치가이기도 한 그는, 다음과 같이 노가쿠개량론(能樂改良論)을 주장한 사람이기도 하다.

> 이번 러일전쟁의 첫 전투에서 우리 군이 대승을 거둔 것을, 황국의 인민이 너무 기뻐하여, 창가무답하여 축하하지 않을 수 없었는데, 종전의 요쿄쿠(謠曲)는 아시카가(足利)씨 집정의 시대이며, 문운이 쇠미할 때의 불교도(佛敎徒)의 작품으로, 인과응보를 주로 하고 허구의 이야기가 많으며, 망령의 곡(曲)이기에, 신사(神祠) 귀인(貴人)의 축하자리에 공연하기 좋지 않아, 이것을 개정(후략)

노는 불교도가 만든 것이며, 망령의 곡이라며 본질적인 부분을 부정, 곡해하며, 개정되어야 주장하고 있다. 니시노 하루오는 다카기 한은 무로마치시대의 노에 대한 오해가 있으며 기본적으로 노를 이해하고 있지 않은 사람이었고, 따라서 그가 만든 작품들은 독선적이고 비예술적인 것이 많아 당연히 발전하지 않았다고 평한다.[17] 따라서 대체로 그의 작품은 국학적인 색채가 강하며, 황도(皇道)정신을 발양하기 위한 비예술적인 것으로 평가된다.

이렇듯, 노는 전시체제에 순응하는 태도를 취했는데, 이는 때와 장

있다. 『未刊謠曲集 續9』 다나카 마코토(田中允)의 해제.

17 西野春雄, 「新作能の百年(2)」, 『能樂硏究』 30호, 2006, pp.237~238.

소에 따라 가사를 변경하는 전통이 있었기 때문에 쉽게 시국에 따를 수 있었기 때문이라고 한다.[18]

가부키에서는 1940년경부터 점차 전쟁의 영향이 짙어진다. 1940년에는 황기(皇紀) 2600년[19]을 기념하는 '기원 2600년 봉축공연(紀元二千六百年奉祝興行)'에서 〈거울사자(鏡獅子)〉 〈오미겐지센진야카타(近江源氏先陣館)〉 〈땅거미(土蜘)〉와 같은 고전작품과 함께, 〈적국항복(敵國降伏)〉 〈가사사타카치호(笠沙高千穗)〉라는 군국물이 제작, 상연되었다. 그 후, 1943년에는 게마 남보쿠(食満南北)가 제작한 〈후방의 정월(銃後の正月)〉 등 시국에 순응한 작품이 제작, 상연되기도 하였으나 이 시기에도 대체로 고전작품을 중심으로 하는 작품들이 주로 상연되었다.

3. 근대 분라쿠를 둘러싼 상황

군국물, 시국물의 분라쿠에 대해 고찰하기에 앞서, 우선 근대에 들어와 쇼와(昭和)초기인 1930년대에 이르기까지 분라쿠 공연에 관련된 상황이 어떻게 변해 왔는지 간단히 살펴보기로 하겠다.

에도시대 덴포(天保)의 개혁으로 인해 가부키와 분라쿠 등의 연극계는 강기숙정(綱紀肅正)차원에서 여러 단속, 탄압을 받으며 위축적인 활

18 岩波講座, 『能・狂言 I 能樂の歷史』, 1987.3, pp.172~173.

19 『日本書紀』의 기술에 따라, 진무(神武)천황이 즉위한 해를 원년으로 하는 기원. 황기 원년은 기원전 660년이며, 황기 2600년은 1940년에 해당한다.

동을 하게 된다. 그 후, 메이지 초기인 19세기 말이 되자 분라쿠좌와 분라쿠좌외의 극장(座)이 결집한 히코로쿠좌(彦六座)가 개장하면서 메이지의 분라쿠 황금시대가 도래하게 된다.

그러나, 1904, 1905년경 러일전쟁을 계기로 민중오락에 변화가 초래되어 분라쿠의 인기가 급격히 쇠퇴하게 된다.[20] 그러다, 1909년(메이지 42년)에 우에무라가(植村家)로부터 마쓰타케합명사(松竹合名社)[21]가 고료분라쿠좌(御靈文樂座) 극장을 인수하고, 히코로쿠좌 계통의 분라쿠극장이 1914년에 소멸되면서, 분라쿠좌가 유일한 분라쿠 극장으로서 자리잡으며, 분라쿠의 새 시대가 열리게 된다.

1926년에 고료분라쿠좌가 화재로 소실(燒失)된 후, 분라쿠는 쇼치쿠의 다른 극장에서 임시로 공연을 가졌고, 1930년에 오사카 요쓰바시(四ッ橋)에 '요쓰바시 분라쿠좌(四ッ橋文樂座)'가 세워졌다. 이 극장은 분라쿠 극장으로서는 최초의 서양식 건물로, 예전과 달리 좌석도 의자좌석으로 바뀌었는데, 한 때 보였던 분라쿠쇠망의 기미는 사라지고 개장 후 연일 많은 관객이 모였다고 한다.

1930년을 전후하여 분라쿠좌는 여러 문제를 안고 있었는데, 그 중 하나가 관객수의 확보였다. 경영이 쇼치쿠로 바뀌자 우선 흥행방식이 달라졌는데, 기존의 작품 전체를 상연하던 '도시교겐(通し狂言)'이라는 방식에서 작품 중 재미있는, 흥미를 끄는 장면에 있는 단(段)만을 골라

20 나니와부시(로쿄쿠)가 유행하기 시작한 시기이며, 여배우의 등장, 신극(新劇)의 등장, 활동사진(영화)의 융성 등, 새로운 예능장르가 생겨나기 시작하면서, 메이지시대에 성황했던 분라쿠는 존망의 위기에 오르게 되었다. 『今日の文樂』, 『岩波講座 歌舞伎・文樂』 第10卷, 岩波書店, 1997, pp.43~44.

21 (후의 쇼치쿠 주식회사)흥행업을 하던 시라이 마쓰지로(白井松次郎)와 동생 오타니 다케지로(大谷竹次郎)가 1902년에 설립한 합명회사. 이후, '쇼치쿠'로 표기.

상연하는 '미도리교겐(見取り狂言)'이라는 방식으로 바꾸며, 많은 관객 확보에 힘썼다. 또한, 이 때 시도된 것이 신작(新作) 조루리의 제작으로, 1932년 4월에 상연된 신파극(新派劇) 〈삼용사명예육탄〉을 게마 남보쿠(食満南北)가 분라쿠로 각색, 상연하여 흥행에 성공하였다.[22] 또, 9월에는 『아사히신문(朝日新聞)』에 실렸던 상해전쟁비화를 게마 남보쿠가 각색한 〈그환영피벚꽃일기(其幻影血櫻日記)〉가 상연되어 많은 관객을 끌어들였다.[23]

근대분라쿠 연구가인 다카기 히로시(高木浩志)는 이 작품들에 대해 요쓰바시 분라쿠좌가 화제거리를 만들기 위해 상연한 것이라고 말하고 있다.[24] 당시 일어났던 사건을 바탕으로 만들어진 직품이며, 이미 다른 장르에서 상연이 되어 화제가 된 작품을 상연하는 것이 시사성(時事性)이 있어 관객을 끌어들이기에 적합했다고도 볼 수가 있다. 그러나, 국주회(國柱會)[25]의 멤버였던 게마 남보쿠에 의한 각색 작품이라는 점 등을 감안하면, 오락성과 국책이라는 국가로부터의 강제성뿐만 아니라 여러 의도의 자발성도 함께 고려되어야 할 것이다. 즉, 국주회의 교조로 '팔굉일우(八紘 一宇)'라는 조어를 만들어낸 것으로 유명한 다나카 지가쿠(田中智學)도 〈호법환원가(護法還元歌)〉 〈발행(發行)〉 〈요요기(代々木)〉

22 진군나팔소리를 샤미센(三味線)으로, 비행기의 폭음을 바이브레이터와 같은 것을 북에 대고, 기관총의 소리는 함석판을 치며 효과음을 내는 등을 여러 새로운 시도를 하였다. 『今日の文樂』『岩波講座 歌舞伎・文樂』第10巻, 岩波書店, 1997, p.99.

23 위의 책. p.99.

24 위의 책. p.99.

25 1914년 다나카 지가쿠(田中智學)가 창시한 법화신앙의 재가신자단체. 천황절대, 국가신도부활, 제국헌법 복귀 등을 주장한 종교우익. 다나카 지가쿠가 만든 '팔굉일우(八紘一宇)'라는 조어(造語)가 군국주의의 슬로건으로 다용되었다. "다나카 지가쿠거사의 문하에서 니치렌성인(日蓮聖人)의 공부도 했다"고 하며, 다나카 지가쿠를 은인 중의 한 사람이라 언급하고 있다. 『芝居隨想作者部屋から』(ウェッジ文庫, 2009), p.6

등, 그의 국가주의, 국체주의, 니치렌(日蓮)주의적 사상을 담은 노(能)를 작사하기도 하였는데, 이러한 무대예술작품들은 국주회의 '국성예술(國性藝術)'이라는 운동의 일환이라는 시야를 넣어 검토해야 할 것이다.

4. 전시하의 분라쿠 작품

일본에서는 1940년에 정보국이 생기며 언론과 출판, 문화가 정치적으로 통제되기 시작했다. 1942년에 향락, 오락의 범위가 좁혀지자, 신파극은 국책에 순응한 이노우에연극도장(井上演劇道場)을 제외하고는 흥행이 저조했다. 그러나, 오히려, 영화관 관객수는 증가하였고, 특히 국체선양(國體宣揚)의 사조의 영향으로 전통예능인 가부키와 분라쿠의 관객수도 증가했다고 한다.[26]

군국주의 찬양, 전의고양을 위해 전시하에 제작된 분라쿠 작품에는 다음과 같은 것들이 있다.[27]

1932년 〈삼용사명예육탄(三勇士名譽肉彈)〉, 〈그환영피벚꽃일기(其幻影

26 「松竹演劇百十年の歩み 十、日中事變下の松竹演劇」, 『松竹百年史』, 松竹株式會社, 2006, pp.125~126.

27 확인하지 못한 작품들이 더 있을 수 있으며, 또한 당시 신문 광고를 보면, 오사카 요쓰바시분라쿠극장뿐만 아니라, 도쿄 신바시연무장(新橋演舞場)에서도 분라쿠공연이 있었다는 것을 확인할 수 있으나, 본고에서는 유카혼(床本)이 확인된 작품만을 다루기로 한다.

血櫻日記)〉

1937년 〈지나사변하타모토(支那事變御旗本)〉

1940년 〈三勇士名譽肉彈〉 재연 : 황기 2600년 기념

1941년 〈대창만세 어머니의 편지(代唱萬歲母書簡)〉, 〈전진훈(戰陣訓)〉, 〈해국 야마토다마시이(海國日本魂)〉

1942년 〈국위를 떨친다(國威は振ふ)〉, 〈충령(忠靈)〉, 〈물에 잠기는 시체(水漬つ屍)〉, 〈출진(出陣)〉

1943년 〈하늘의 군신 그리운 모습(空の軍神偲ぶ俤)〉, 〈차려입은 귀한 자식(晴着の子寶)〉

1944년 〈신작승무룡(新作勝舞龍)〉, 〈장렬 아라와시다마시이(壯烈荒鷲魂)〉

각 작품에 대한 상세한 내용분석은 지면 관계상 다음 고찰로 넘기기로 하고, 본고에서는 각 작품의 소재, 배경에 대해 살펴보기로 하겠다.

1) 〈그환영피벚꽃일기(其幻影血櫻日記)〉

1932년 4월에 초연된 〈삼용사명예육탄〉는 앞서 언급한 대로이고, 이해 9월에는 〈그환영피벚꽃일기〉가 만들어졌다. 요쓰바시분라쿠극장의 스지가키(筋書)라고 불리는 프로그램[28]에는 작품명 앞에 상해가부키(上海歌舞伎)라 쓰여 있으며, 『오사카아사히신문』 2월 22일의 「오야마중대장(尾山中隊長)의 기사」를 바탕으로 게마 남보쿠가 각색한 작

28 작가, 인형조정사와 다유(太夫), 샤미센연주자의 이름과 작품의 줄거리 및 가사, 상연 당시의 정보 등이 적힌 책자.

품이다. 배경이 된 사건의 전말은 다음과 같다.

구가 노보루(空閑昇, 1887~1932)는 상해사변에 대대장(大隊長)으로 출정하였는데, 2월 22일 전투에서 중상을 입게 된다. 이 때 오야마중대장이 대대장의 대리로 23일 새벽에 잔병(殘兵)을 남기고 철수하면서 구가대대장을 전사한 것으로 오인한다. 그러나 구가대대장은 중국측 장교에 의해 포로로 병원에 수용되었다가 포로교환에 의해 다른 병원으로 옮겨진 것이 알려졌고, 오야마는 자신의 판단착오에 대해 자책하며 자살을 시도한다. 구가는 포로가 된 것을 수치로 여겨 권총으로 자결했고, 그의 죽음은 미화되어, 분라쿠 외에도 영화 등으로 만들어졌다.

2) '본축황기2600년(奉祝皇紀二千六百年)' 기념극

1940년에 일본은 황기(皇紀) 2600년을 맞이하게 된다. 쇼치쿠에서는 이를 기념하여 쇼치쿠회장의 원안에 따라 '봉축황기2600년'기념극을 내놓는다. 상중하 3부곡으로 상권에 겐페이(源平)시대의 정절(貞節), 중권에 아시카가(足利)시대의 충효, 하권에 쇼와(昭和)의 의열(義烈)을 나타내는 취지로 구성되었다. 상중하 각각에 내용적으로도 음악적으로도 우수한 작품인 〈후시미마을(伏見里)〉 〈다이난코(大楠公)〉 〈삼용사명예육탄〉를 선택하며, "일본인적 성격의 제상을 재인식함과 동시에 우리의 가슴 속 깊은 곳에서 들려오는 일본인적 공감의 곡조를 소중하게 생각해야" 한다고 주장하고 있다.

〈후시미마을〉은 지카마쓰 몬자에몬(近松門左衛門)의 〈겐지에보시오리(源氏烏帽子折)〉(1699) 제2단(段)에서 도키와(常盤)의 정절을 표현한 부분을 바탕으로 구성된 것이고, 〈다이난코〉는 지카마쓰의 〈요시노노미야코온나쿠스노키(吉野都女楠)〉의 제1단의 구스노키 마사시게(楠正成)와 마사쓰라(正行)의 이별장면을 바탕으로 구성된 작품이다. 주지하듯 구스노키 마사시게는 남조의 고다이고천황의 뜻을 따라 전사하여, 에도시대의 미토학파의 존황사가(尊皇史家)들에 의해 충신으로 재평가되었던 인물이다. 패배할 것이 명백한 전투에서 칙명에 거역하지 않고 '칠생보국(七生報國)'[29]의 뜻을 품으며 전사한 태도가 천황에 대한 '충성', '근황'의 상징으로 크게 부각된 것이다. 에도말기 이후 메이지시대에 들어서도 존황, 황국사관(皇國史觀)하에서 마사시게는 '다이난코(大楠公)'로, 그의 뜻을 이은 마사쓰라는 '쇼난코(小楠公)'로 불리며, '충신의 귀감', '일본인의 귀감'으로서 일본수신(修身)교과서에도 실리게 되는 근황가의 대표자였다고 할 수 있다.

이 작품은 지카마쓰의 작품을 바탕으로 쓰루사와 도모지로(鶴澤友次郎)가 각색하였는데, 흥미로운 것은 원작의 일부를 개정한 부분이다. 원작 〈요시노노미야코온나쿠스노키〉에서 마사시게가 유품으로 마사쓰라에게 주는 것이 군술의 비전서(秘傳書)인 데에 반해, 〈다이난코〉에서는 국화무늬의 칼로 변경되어 있다.[30] 이 국수문(菊水紋)은 구스노키가 천황으로부터 하사받은 유래가 있는 것으로,[31] 근대에 들어서서는

---

29 마사시게의 동생 마사스에(正季)가 전사하기 전, 마사시게에게 '죽어서 다시 7번 태어나도 나라를 위해 보답하겠다'며, 남긴 말(『다이헤이키(太平記)』 권16). 죽어서도 조적(朝敵)을 무찌르겠다고 한 각오가 후세에 높이 평가되어, 특히 태평양전쟁 시에 특공대원 등 일본군인들이 가져야 정신으로 강조되었다.

30 『요시노노미야코온나쿠스노키』의 전거(典據)인 『다이헤이키(太平記)』에는 권16의 '마사시게가 효고로 내려가는 일'에 이 이별의 장면이나, 유품으로 칼을 주었다는 표현은 없고, 권16의 마지막 '마사시게의 목을 고향에 보낸 일'에 국수무늬의 칼을 유품으로 받았다는 사실만이 기술되어 있을 뿐이다

천황과 국가에 대한 충성심의 상징으로 특공대, 특공함정에 그려졌다. 특히, 1940년 겨울에는 '국수단도회(菊水鍛刀會)'가 만들어져 해군사관들에게 이 무늬가 그려진 군도(軍刀)를 배포하기도 하는 등 전시하에 충성심을 상징하는 중요한 무늬로 다루어졌다.

3) 〈전진훈(戰陣訓)〉

1941년 3월에 상연된 〈전진훈〉의 소재 '전진훈'은 1941년 1월 8일에 육군대신(陸軍大臣) 도조 히데키(東條英機)가 장병을 대상으로 내놓은 도덕서로, 중일전쟁의 장기화로 인한 군기의 동요에 대처하기 위한 목적으로 발포되었다. 이것을 쇼치쿠의 시라이 마쓰지로(白井松次郎)가 높이 평가하면서, 육군기념일에 맞추어 각 극장에서도 그 뜻에 맞게 공연을 하기도 하였다. 요쓰야분라쿠극장에서도 전진훈을 분라쿠로 작품화하기에 이른다. 그는 "일본고유의 전통을 바탕으로 하는 예술의 본위(本位)에 합치하기 때문에" '전진훈'의 본훈(本訓)을 하나하나 역사적 사실에 비추어 분라쿠 특유의 구성으로 새 작품을 제작하였다고 한다.

전진훈의 본훈은, 기일(其一)에 첫째, 황국(皇國), 둘째, 황군(皇軍), 셋째, 군기(軍紀), 넷째, 단결, 다섯째, 협동, 여섯째, 공격정신, 일곱째, 필승의 신념, 기이(其二)는 첫째, 경신(敬神), 둘째, 효도, 셋째, 경례거조(敬禮擧措), 넷째, 전우도(戰友道), 다섯째, 솔선궁행(率先躬行), 여섯째, 책임, 일곱째, 사생관, 여덟째, 명예를 소중하게 여긴다, 아홉째, 질실강건(質

31 남북조시대에 구스노키 마사시게가 국화무늬(菊紋)을 하사받았는데, 구스노키가 황송하게 생각해서 아래부분의 반을 물에 흘린 국수문(菊水紋)을 가문(家紋)으로 한 것이다.

實剛健), 열째, 청렴결백, 기삼(其三)은 첫째, 전진의 훈계(戰陣の戒), 둘째, 전진의 마음가짐(戰陣の嗜)이다. 이에 맞춘 분라쿠 〈전진훈〉의 전 12경의 구성은 다음과 같다.

제1경 아마노이와토(天の岩戸)(황국)

제2경 미미쓰해변 출항(美々津濱御船出)(황군)

제3경 가시하라신궁(橿原神宮)(군기・경신)

제4경 다카쓰궁(高津の宮)(솔선궁행)

제5경 스가와라 미치자네 유배지(청렴결백・신도실천臣道實踐)

제6경 몽고습래(元寇の役)(단결)

제7경 구스노키 마사시게 사쿠라이역(櫻井の驛)(충효)

제8경 아코의사의 습격(義士の討入)(협동・사생관)

제9경 니노미야 긴지로(二宮金次郎)(질실강건)

제10경 여순 203고지(공격정신)

제11경 일본해 해전(필승의 신념)

제12경 국민총진군(國民總進軍)(병첩・황은포욕皇恩布浴)

아마노이와토(天の岩戸)를 시작으로, 몽골의 침공, 1940년 황기 2600년을 기념하여 상연된 〈다이난코〉의 구스노키 부자(父子)의 이별이야기, 아코낭사(赤穗浪士)의 보복담을 그린 소위 주신구라(忠臣藏)사건, 메이지에 들어서는 보덕사상(報德思想)을 주창한 니노미야 손토쿠(二宮尊德), 러일전쟁 당시의 격전지 여순의 203고지(高地), 그리고 러일전쟁 중의 해전에서의 승리를 자축하며 방심하지 말고 방첩정신을 투철히 하며, 다음 전투에 대비하자고 이으며 극을 마무리하고 있다.

4) 〈대창만세 어머니의 편지(代唱萬歲母書簡)〉

1941년 1월에 상연된 〈대창만세 어머니의 편지〉는 중일전쟁중 중국 대륙에서 전사한 해군항공부대소속 야마노우치(山內) 중위와 그의 죽음을 받아들이는 어머니 야스코(ヤス子)의 모습을 담은 작품이다. 그녀는 아들의 전사소식을 전해 듣고 해군성으로 "조국을 위해 목숨을 바칠 수가 있어서 감사하게 생각하고 있다"는 편지를 보낸 것이 신문에 보도되어 화제가 되었다.[32]

이 작품은 오사카지방 해군인사부(大阪地方海軍人事部)지도로 쓰노가키(角書)[33]에 있는 바와 같이 '군국미담(軍國美談)'으로 각색 제작된 것으로, 특히, 전사한 아들을 대신해 '천황폐하만세'를 외치겠다는 '군국(軍國)의 어머니'로서 국민감정에 호소하는 내용을 주로 담고 있다.

5) 〈해국 야마토다마시이(海國日本魂)〉

1941년 5월에 상연된 〈해국야마토다마시이〉도 역시 오사카지방 해군인사부(大阪地方海軍人事部)의 지도로 제작된 작품으로, 제36회 해군기념일을 맞이해서 만들어졌다. 쇼치쿠에서는 "기념일 취지에 찬성하여", "해사사상(海事思想)을 환기시킴과 동시에", "인형조루리라는 특종(特種)의 예술을 가지고 먼 옛날부터의 해국(海國)일본을 그림두루마리처럼 표현하여 황국(皇國)해군 본연의 보습을 여실히 나타내려 노력"했

32 8월 26일자 『도쿄아사히신문』 조간 기사.

33 작품을 부연설명하는 내용을 제목위에 동물의 뿔처럼 두줄로 기입한 것.

다고 하면서, 신작의 제작과 상연배경에 대해 설명을 하고 있다.

대해(大海原)로부터 시작하여, 제2경에는 로마의 바다를 보이며, 덴쇼소년사절(天正少年使節)[34]이 로마로 도착하여 야마토다마시이(日本魂)을 빛낸다고 읊고, 제3경에는 고쿠센야(國性爺)를 내세워 진정한 무사의 길을 나타내고, 제5경에서는 1612년에 주인선을 타고 태국(샴)에 건너가 일본인마을에서 활약한 야마다 나가마사(山田長政)를 등장시키고 있다. 그 외에 우라가(浦賀)항구로 들어온 구로후네(黑船) 도래의 모습을 보이며 쇄국을 벗어나 "여명해국일본"의 모습을 보여준다. 이어 제7경에서는 사카모토 료마(坂本龍馬)와 나카오카 신타로(中岡愼太郞)의 암살장면을 삽입하며 국토방위에 있어서의 해군의 중요성을 주장하고, 죽기 전에 "황운만만세(皇運萬萬歲)"를 외친다. 제10경에서는 히로세(廣瀨)중사의 이야기를 삽입하며(천황폐하 만세), 바다건너 이국에서 일본인의 위상을 떨친 이들을 등장시켜 극을 구성하고 있다.

6) 〈국위를 떨친다(國威は振ふ)〉

1942년 2월, 태평양전쟁의 전승(戰勝)을 축하하며, 또한 정신 진작을 위해 〈국위를 떨친다〉라는 제목으로 니시테이(西亭)가 작사, 작곡, 게마 남보쿠가 연출하여 신작을 만들었다. 제목 앞에는 "대동아전쟁과 관련하여"라는 설명이 붙어있다. 이 작품은 1941년 5월에 상연된 〈해

34 1582년 규슈(九州)의 기리시탄 다이묘(キリシタン大名)를 대신하여 로마에 파견된 4명의 소년을 중심으로 한 사절단. 그들에 의해 유럽에 일본의 존재를 알리는 기회가 되었다.

국 야마토다마시이〉처럼 그 이전의 시대의 사건에서부터 이어가는 형식을 취하고 있다. 즉, 제1경부터 제4경까지는 원구(元寇)의 침공에 관한 이야기로 구성되어 있으며, 제5경부터 태평양전쟁의 시작으로부터 전개되어간다. 여기서는 1941년 12월 8일 태평양전쟁 개전의 조칙(詔勅) 발표가 있었다는 것부터 하와이 기습, 말레이반도 상륙, 필리핀 상륙 등, 승전(勝戰)의 이야기로 이어가며 마지막에 국민총진군가(國民總進軍歌)로 맺고 있다.

7) 〈물에 잠기는 시체(水漬つ屍)〉

1942년 4월에 제작, 상연된 〈물에 잠긴 시체〉는 1943년 5월, 7월에도 재연이 된 작품이다. "물에 잠긴 시체(水漬つ屍)"라는 말은 오토모노 야카모치(大伴家持)의 "바다에 가면 기꺼이 물에 잠기는 시체가 되겠습니다. 산에 가면 무성한 풀속의 시체가 되겠습니다. 저는 기꺼이 대군(大君)을 위해 목숨을 바치겠습니다.(海ゆかば水漬く屍山ゆかば草生す屍大君の辺にこそ死なめ返り見はせじ)"라는 『만요슈(萬葉集)』 권 18에 있는 와카(和歌)[35]에 나오는 표현이며, 이를 대본영(大本營)이 이용한 것으로 유명하다.

1937년 1월에 정부가 설정한 '국민정신강조기간'의 테마곡으로 오사카중앙방송국(大阪中央放送局, JOBK)이 이 야카모치의 와카에 작곡을 의뢰하여 〈바다에 가면(海ゆかば)〉이라는 국민가요를 제작, 발표하였다.

35 이 와카는 749년에 무쓰(陸奥)의 오다군(小田郡)에서 사금(砂金)이 나오자, 나라(奈良)의 대불건립(大仏建立)를 발원(發願)하고 있었던 쇼무천황(聖武天皇)이 그 기쁨을 신민(臣民)과 나누기 위해 발한 선명(宣命)에, 야카모치가 화답한 것으로 알려져 있다.

1943년에는 모임이 있을 때는 반드시 이 노래를 불러야 한다는 명령이 내려졌고, 전투의식의 고양에 이용되었다고 한다. 그러나, 대본영(大本營)이 태평양전쟁의 결과를 전할 때, 옥쇄(玉碎)인 경우에 이 가요를 배경음악으로 사용했기 때문에, 오늘날까지 비장감 감도는 음악이라는 인상이 남아 있다.

니시테이(西亭)작사, 작곡이며, 오사카지방 해군인사부의 지도하에 만들어진 작품으로, 진주만 공격 시 전사하여 후에 구군신(九軍神)으로 추앙받은 병사들의 이야기를 바탕으로 하고 있다.

8) 〈출진(出陣)〉

1942년 10월에 상연된 〈출진〉은 니시테이(西亭)의 작사, 작곡, 게마 남보쿠가 의상고안으로 관여한 작품이다. 이 작품에는 작사, 작곡을 한 니시테이가 제작하게 된 동기에 대해 다음처럼 설명하고 있다.

> 이것을 제작할 당초에는, 작자로서 의도하는 바는, 연극으로서의 흥미를 잃지 않는 것은 당연한 것이기도 하지만, 현재 비상시국과 병행해서 나아가는, 실질적인 것을 바랐던 것입니다. 대적이라고는 해도 두려워하지 않는 필승의 신념, 경신조종의 미덕, 또한 용맹함 속에, 정에 두터운 황군의 무사도정신, 그러한 정신을 관객과 함께, 무의식중에 고양시키는, 보는 눈에, 듣는 귀에 우미하고, 또한 꼭 맞는 것을 바랐던 것입니다.

이 작품은 다른 군국물과는 취향을 달리하는데, 시대를 현재가 아닌

헤이안(平安)시대 말기로 잡으며, 무사 미나모토노 요시나카(源義仲)[36]의 출진(出陣)과 도모에고젠(巴御前)[37]의 분투(奮闘)의 모습을 소재로 노(能) 취향으로 몽환적(夢幻的)으로 각색하고 있다.

9) 〈하늘의 군신 그리운 모습(空の軍神偲ぶ俤)〉

1943년 2월에 상연된 〈하늘의 군신 그리운 모습〉은 육군기념일에 관련하여 니시테이가 작사, 작곡하여 만든 작품이다. 육군기념일은 러일전쟁 시인 1905년에, 대일본제국육군이 봉천(현재의 심양)에서 승리한 날인 3월 10일을 기념하여 제정되었다. 이 작품은 '하늘의 군신(空の軍神)'으로 추앙받았던 가토 다테오(加藤建夫)[38]를 소재로 하고 있다.

가토 중사가 이끄는 그의 이름을 딴 대일본제국육군의 비행부대인 가토하야부사전투대(加藤隼戦闘隊)의 활약은 영화, 군가 등이 만들어질 정도였으며, 가토는 비행, 전투 능력도 뛰어나고, 부하들을 생각하는

---

36 1154~1184. 헤이안시대 말기의 무장. 기소 요시나카(木曾義仲)라고도 함. 모치히토왕(以仁王)의 명령에 따라 헤이시타도를 위해 거병을 하여 다이라노 고레모리(平維盛)의 대군(大軍)을 격파하고 입경(入京)하여 위세를 떨쳤으나, 후에 고시라카와인(後白河院)과 대립하면서 요시쓰네(義經)와의 전투에서 전사.

37 기소 요시나카의 측실(側室). 『헤이케모노가타리(平家物語)』『겐페이죠스이키(源平盛衰記)』에서는 헤이안시대 말기의 여무장(女武將)으로 묘사됨. 지용(智勇)이 뛰어나, 요시나카의 헤이케 토벌에 종군하여 전공(戰功)을 올림.

38 다른 작품들과는 달리 본명이 아닌 가노 도시오(加納敏雄)로 나온다. 가명으로 나오나, 아버지가 둔전병(屯田兵)으로 홋카이도(北海道)로 왔고, 러일전쟁시 봉천에서 전사했다는 점, 형 이름이 노부야(農夫也), 부인이 다즈(田鶴)이라는 점, 5월 22일에 전사했다는 점 등에서도 가토 다테오임을 짐작할 수가 있으나, 가명을 사용하게 된 이유는 알 수가 없다.

마음도 두터운 인물로 알려져 있다. 그러나, 이 작품에서는 가토가 '하늘의 군신'으로 추앙받게 된 전쟁 업적, 전사의 모습 등은 전혀 그려져 있지 않다. 그 대신 훈련을 마치고 귀가한 가토(작품 내에서는 가노) 가 비행기에 대해 여러 질문을 하는 지인을 적군의 스파이로 의심하며 방첩정신(防諜精神)을 호소하고 있는 장면이 설정되어 있다.

전시하, 특히 41년 이후는 신문, 라디오, 포스터, 유행가, 영화 등을 통해서도 방첩의식을 철저하게 심던 시기였다. 이 작품에서도 군인의 활약상을 보여주기보다, 스파이를 경계하기 위한 목적이 우선이었던 시대상이 반영된 것으로 보인다.

또한, 그 외에 전사한 아들, 남편에 대해 군인의 가족으로서 '군인의 아내' '일본의 어머니'의 자세가 그려지고 있다.

10) 〈신작승무룡(新作勝舞龍)〉

1944년 1월에 니시테이 작사, 작곡의 〈신작승무룡〉이 상연되었는데, 이는 1943년 11월에 개최된 대동아회의에서 대동아공동선언이 발표된 이듬해의 일본의 신춘(新春)의 국민감정을 표현한 것이다. 이해에는 '해상인출(海上日出)'이라는 칙제(勅題)로 신작국민합창곡이 제작이 되었는데, 이 분라쿠도 이 칙제와 관련하여 만들어진 작품이다.

11) 〈장령 아라와시다마시이(壯烈荒鷲魂)〉

1944년 3월에 상연된 〈장렬 아라와시다마시이〉는 육군기념일과 관련하여 육군항공총감본부감수로 니시테이의 작사, 작곡으로 만들어진 작품이다. 제목에서 알 수 있듯이 아라와시(荒鷲)[39]들의 활약을 소재로 한 것인데, 1937년 10월 19일, 적지(敵地)에 불시착한 전투기를 조정하던 대장을 구출한[40] 준위(准尉)의 행동에 대해 그 용감함을 칭찬하는 내용으로 구성되고 있다.

5. 맺으며

이상 살펴본 바와 같이 전시하에 상연된 군국물, 시국물로 분류되는 분라쿠 작품들은 시국적인 내용을 담으며, 관객확보, 전의고양, 국책선전, 전승기원, 애국심고양 등의 목적으로 다양하게 제작되었다.

이들 군국물은 사실, 전통적 분라쿠(조루리)의 틀에서 크게 벗어나는 작품들이라 할 수 있다. 즉, 일본전통예능은 틀, 형식이 중요시되고, 조루리 또한, 5단 구성 안에서 선악의 갈등구조, 갈등해소과정, 충효, 부부애, 부모와 자식간의 애정 등 다양한 정감이 표현되는 예능인데 반

39 용감한 전투기, 또는 그 조정사, 일본육군항공대를 의미.

40 1937년 1월 20일자 『오사카아사히신문』의 「감연하도다! 적전착륙, 불시착한 부대장을 구출함」가 표제인 기사로부터 추정.

해, 군국물들은 형식・내용면에서 전혀 이에 맞추어져 있지 않다.

다케치 데쓰지(武智鐵二)는 분라쿠 〈다이난코〉를 보고, "대사와 초보(チョボ)[41]로 되어 있다", "조루리가 아니라, 신극과 초보의 혼합"이라고 평을 하고 있다.[42] 그의 평처럼, 이들 군국물은 실제로 있었던, 신문에 보도되는 미화된 이야기들을 바탕으로, 과장 재구성되어 마지막은 "천황폐하만세"로 맺는 등 패턴화된 일률적 표현을 가지며, 오직 대사를 중심으로 전개되어 나가는 신극(新劇), 초보에 불과하다고 할 수 있다. 다만, 그 안에 충효, 정절, 모성애라는 것이 표현되어 있지 않는 것은 아니다. 병사들은 오직 천황, 국가를 위해, 목숨을 희생해야만 하고, 가족들은 그 전사를 기뻐함으로써 가치를 부여받는다는 차이가 있다.

다케치는 황기 2600년을 기념해 재연된 〈삼용사명예육탄〉에 대해서는 "오늘 본 바로는 감명이 아주 작다"고 하며, 흥행을 노려 만들어진 시국물을 시간이 지난 뒤 보면 관객한테 동정심이 일어나지 않는다고 평하고 있다. 또한, 미야모토 유리코(宮本百合子)는 「건전성의 어려움(健全性の難しさ)」이라는 글 속에 가부키 〈적국항복〉과 〈가사사타카치호〉를 본 감상을 기록하고 있다. 이 가부키를 보며 "연극에 대한 단속과 자숙(自肅)이 얼마나 예술의 생명을 살리는 것이 아니면 안되는지"[43]에 대해 깊게 생각하게 되었다고 하고 있다. 종래의 가부키에도 현대의 생활감정과 거리가 있는 내용인 것도 많았으나, 이번 가부키를 보면서 연극이라고 하는 것의 독특한 표현에 대해 새삼 생각하게 되었으

---

41 가부키에서 대화 이외의 문장(地の文)을 기다유부시(義太夫節)로 읊는 것.

42 『第十二劇評集』(1940.3)에 분라쿠 연구가 고노이케 요시타케(鴻池幸武)와의 대담형식으로 2월 분라쿠공연에 대한 비평이 실려있다.

43 『宮本百合子全集』 第十四巻, 新日本出版社, 1979(昭和54)年7月(初出 : 「都新聞」 1940(昭和15)年12月15日號).

며, 한편으로 이런 작품이었지만 관객이 많은 것에 대해 공허함을 느꼈다고 하고 있다. 작품자체에서 무언가 호소하려는 정열도 느끼지 못했고, 배우들도 역시 자신들이 놓인 상황에 대해 회의적인 느낌을 가지고 있는 듯하다고 하고 있다.

전시하에 제작되고 상연된 분라쿠작품은 극장측에서는 관객의 확보라는 목적, 국가측에서는 전승기원, 전의고양 등의 목적을 달성한 것으로 평가가 되나, 다케치와 미야모토의 말처럼, 연극적, 예술적 가치는 없고, 시간이 지나 '현재성'이 없어지면 아무 감동도 주지 않는 작품으로 사장(死藏)되어버릴 수밖에 없었던 것들이다.

본고에서는 분라쿠의 군국물과 관객과의 관계에 대해서는 다루지 못하였다. 분라쿠의 전쟁선전이 얼마나 유효성이 있었는지는 일반대중의 반응을 통해 검토되어야 할 것이다.

|참고문헌|

西野春雄,「新作能の百年(1)」,『能樂研究』29號, 2005.
西野春雄,「新作能の百年(2)」,『能樂研究』30號, 2006.
井上雅雄,「戰前昭和期映畵産業の發展構造における特質ー東寶を中心としてー」,『立教經濟學研究』第56卷 第2號, 2002.
相原進,「戰時下における大衆芸能に關する考察」,『立命館平和研究』2: 27~34, 2001.
竹本浩三,「戰爭と演芸」,『立命館平和研究』2號, 2001.
若桑みどり,「肉彈三勇士をめぐる表象の政治學ー戰時の大衆文化はいかに創造されたか」,『イメージ&ジェンダー』6號, 2006.
歌舞伎學會,『歌舞伎研究と批評』24號, 25號「特集 戰時戰中の歌舞伎」, 1999.
『今日の文樂』『岩波講座 歌舞伎・文樂』第10卷, 岩波書店, 1997.
『松竹百年史』松竹株式會社, 2006.
岩波講座,『能・狂言 I 能樂の歷史』, 1987.
山室建德,『軍神』, 中公新書, 2007.
「吉野都女楠」,『近松全集』, 岩波書店, 1987.

미시마 유키오와 1964년 도쿄올림픽

세계화와 내셔널리즘 사이에서

홍윤표

1. 서론

미시마 유키오는 1964년 9월 도쿄올림픽의 취재원이 되어, 10월까지 취재활동을 하고, 다음과 같은 기사를 각 신문에 기고했다. 각 기사의 제목은 다음과 같다.

「동양과 서양을 잇는 불－개회식(東洋と西洋を結ぶ火－開會式)」, 『毎日新聞』, 1964.10.11

「경기 첫날의 풍경－권투를 보고(競技初日の風景－ボクシングを見て)」, 『朝日新聞』, 1964.10.12

「조금씩 더해가는 스릴－역도(ジワジワしたスリル－重量あげ)」,『報知新聞』, 1964.10.13

「하얀 서정시－여자 100m 배영(白い抒情詩－女子百メートル背泳)」,『報知新聞』, 1964.10.15

「공간의 벽을 빠져나가는 남자－육상경기(空間の壁抜け男－陸上競技)」,『毎日新聞』, 1964.10.16

「17분간의 긴 여행－남자 1,500m 자유형 결승(17分間の長い旅－男子千五百メートル自由形決勝)」,『毎日新聞』, 1964.10.18

「완전성을 향한 꿈－체조(完全性への夢－体操)」,『毎日新聞』, 1964.10.24 夕刊

「그녀들도 울었다. 나도 울었다－여자 배구(彼女も泣いた、私も泣いた－女子バレー)」,『報知新聞』, 1964.10.24

「「헤어짐도 즐거운」 제전－폐회식(「別れもたのし」の祭典－閉會式)」,『報知新聞』, 1964.10.25

기사의 제목만 봐도 미시마가 도쿄올림픽에 열광하고 흥분한 모습이 연상되는데, 실제로 미시마는 카메라와 메모지를 휴대하면서 적극적으로 취재에 임했다고 한다.[1] 각 기사를 보면 선수 이름, 경기시간 등이 정확히 기록되어 있고, 미시마가 각 경기의 룰도 정확하게 파악하고 있음을 알 수 있다. 또한, 미시마는 위의 신문기사 이외에도 좌담회나 에세이를 통해서도 올림픽에 대해 언급한 적이 있다.

이렇게 미시마 유키오가 도쿄올림픽에 적극적으로 참여하고, 몇 편의 글도 남겼음에도 불구하고 지금까지 '미시마 유키오와 도쿄올림픽'

---

1 竹内清己,「オリンピック」,『三島由紀夫事典』, 松本徹・佐藤秀明・井上隆史 編, 勉誠出版, 2000, p.473 참조.

이라는 흥미로운 테마에 대해 주목한 연구자는 거의 없다. 아마도, 극히 대중적인 이벤트인 올림픽에 관한 몇 편의 짧은 글만으로는 미시마에 대해 유의미한 것을 읽어낼 수 없을 것이라는 편견이 작용했기 때문이라 생각된다. 그러나 미시마의 올림픽에 관한 태도와 글을 보면, 생각 이상으로 중요한 사실과 만나게 되는데, 그것은 바로 서양문화와 일본전통과의 충돌이고, 그 충돌의 결과로 나타난 보다 강력하고 포괄적인 내셔널리즘이다.

아시아에서 처음으로 개최된 도쿄올림픽은 서양의 기준에 부합할 것을 요구받은 이벤트였다. 서양문화와 일본전통의 충돌, 그리고 강력한 내셔널리즘의 발생이라는 이 프로세스는 미시마라는 한 개인에 국한된 현상이 아니라, 전후 일본사회에서 공유된 현상이었다.

본 논문은 도쿄올림픽이 전후 일본에 어떤 반응을 가져왔는가를 고찰하고, 미시마라는 한 작가가 전후 최대의 이벤트인 올림픽에 대해 어떻게 반응했는지를 고찰한다. 그리고 미시마가 올림픽을 통해 새롭게 발견해 낸 가치가 결국은 과거 제국주의 시대 가치관의 반복일 뿐임을 논하고자 한다.

2. 서양의 기준을 요구하는 올림픽

아시아에서 개최되는 올림픽은 서양인의 기준이 적용되고, 아시아 국가는 그 기준에 부합하기 위해 여러 가지 대책을 강구한다는 공통점을 발견할 수 있다. 각국의 역사적 문화적 배경이 다르기 때문에 단편적인 비교는 불가능하지만, 1964년 도쿄올림픽, 1988년의 서울올림픽, 2008년의 베이징올림픽의 공통점을 보면, 매너, 질서, 손님맞이 등의 문화적인 면에서 서양의 기준을 적용하고 그 기준에 맞추기 위한 노력이 있어왔음을 알 수 있다. 또한 방식과 정도의 차이는 있지만, 내셔널리즘이 강화되는 현상도 공통적으로 발견할 수 있다.

아시아에서 최초로 열리게 된 1964년 도쿄올림픽 때도 서양과 일본의 문화차이에 기인한 해프닝이 벌어졌는데, 이시카와 히로요시(石川弘義)는 도쿄올림픽 때의 소동을 다음과 같이 전하고 있다.

> 이와 같은 성적부진(백화점, 소매점 등의 매상 부진)과는 달리, 올림픽 '대책'을 위한 노력은 상당한 것이었다. 그도 그럴 것이 이 축제에는 거의 무너져 가고 있는 우상을 지탱해주는 또 하나의 우상 만들기라는 의미가 포함되어 있기 때문이다. 이렇게 해서 도로의 스피드 공사부터 '도덕진흥책'이라는 덕목의 영역에 이르기까지 엄청난 에너지를 투입하게 되었다. 9월에는 교토에서 5명의 남녀가 노상방뇨로 경범죄법 위반으로 검거되었다. 여기에는 세 살짜리 여자아이에게 용변을 보게 한 어머니도 포함되어 있었다.
>
> 이케다 전 수상으로부터 발발된 '스테테코 논쟁'도 도덕진흥책을 위한 노력의 일환이었다. 그 결과 하네다공항에는 다음과 같은 '금지' 간판이 출현했다. '런닝셔츠, 스테테코 등의 속옷을 입은 채로 입장은 절대 불가합니다. 일본공항빌딩(주)'[2]

---

2 스테테코는 남성용 속옷의 일종. 길이가 무릎 아래까지 가는 헐렁한 여름옷. 石川弘義, 『欲望の戰後史－社會心理學からのアプローチ』, 太平出版社, 1981, p.138.

앞의 인용은 올림픽을 앞두고 급박하게 추진되었던 도로 공사와 '도덕 진흥책'에 대해 언급하고 있는데, 당시 '노상방뇨'에 대한 검거도 있었고, '스테테코'라는 속옷을 입은 채로 거리를 활보하는 사람에 대해 주의를 요구하는 푯말까지 등장하게 되었음을 알 수 있다. 이는 올림픽을 앞두고 외국의 매너 기준에 부합해야 한다는 강박관념이 빚어낸 하나의 촌극이기도 하고, 위의 인용에서 지적했듯이, 올림픽을 개최하면 경제가 발전하고, 매장의 매출이 늘어나고, 서양의 매너수준에 도달하면 서양의 선진국과 어깨를 나란히 할 수 있을 것이라는 환상에서 비롯된 것이라 할 수 있다.

또한, 『부인공론(婦人公論)』 1964년 10월호에는 사회 저명인을 상대로 '올림픽 나의 걱정'이라는 주제로 앙케이트를 실시하고 있다. 사업가인 가나코 사이치로(金子佐一朗)는 '문화적 시설은 좋아졌으나 국민의 공중도덕은 여기에 따라올 수 있을까 걱정이다'라고 말하고 있다. 이어서 '거리의 청소운동도 좋지만, 복장이나 언어동작에도 주의를 해서, 나쁜 인상을 주지 않도록 했으면 좋겠다.'[3] 고 말하고 있다. 또한 작가인 기타하라 다케오(北原武夫)는 다음과 같이 지적한다.

> 올림픽에서 무엇이 가장 걱정이냐 하면, 나는 일본인의 에티켓이 가장 걱정이다. 공중도덕, 예의범절, 그런 것은 올림픽에 대비해 하루아침에 습득할 수 있는 것이 아니다. 그 국민의 평소 생활이나 기질이 무심코 나와 버리기 때문이다.[4]

---

3 「<アンケート>オリンピック私の心配」, 『婦人公論』, 1964年 10月號, p.78.

4 위의 책, p.78.

여기에서 기타하라는 일본인의 에티켓에 대해 걱정하고 있다. 이와 같은 생각들은 에티켓에 있어 열등과 우등이 존재함을 전제로 하며, 그 기준은 서양의 선진국이라는 것은 구태여 말할 필요도 없다. 1964년 도쿄는 여러모로 떠들썩한 시기였다.

한편, 『요미우리신문』 1964년 8월 29일자 석간에는 도쿄 분쿄쿠(文京區)의 한 주부의 투고가 실렸는데, 당시 일본의 올림픽 찬반양론에 대해 언급하고 있다. 올림픽 찬성론자의 논리는 '올림픽 개최는 곧 일류 국가라는 증거'이기 때문에 총력을 다해 올림픽에 협조하자고 주장하고, 올림픽 반대론자는 '올림픽이란 기껏해야 운동회일 뿐'이라며 이런 행사에 큰 소란을 피우는 것은 '본말전도'라 주장한다. 또한 이 투고자는 '전후의 일본인은 투지를 잃어버렸다고들 합니다. 저는 일본인의 투혼을 믿습니다. 평화의 대제전에 빛나는 일장기를 높이 올려 주세요'[5]라는 말로 글을 맺고 있다. 일반인의 투고에서 전후에 일본인이 투지를 잃어버렸다는 담론이 형성되어 있음을 확인할 수 있고, 또 내셔널리즘이 고양되고 있던 당시 분위기를 생생하게 읽어낼 수 있다.

미시마도 이런 사회 분위기 속에서 함께 들떴던 모양이다. 다음의 미시마가 『마이니치신문(毎日新聞)』에 기고한 문장을 보면, 미시마가 올림픽 개회식에서 얼마나 감동했는지를 알 수 있다.

> 올림픽 반대론자의 주장에도 일리가 있지만, 오늘의 쾌청한 개회식을 보고 내가 느낀 솔직한 감정은 '역시 이걸 해서 좋았다. 이것을 하지 않았으면 일본인은 병에 걸렸을 것이다.'라는 것이다. (…중략…) 개회식 마지막에

5 「オリンピックに望む」, 『讀賣新聞』, 1964.8.29, 夕刊, p.5.

그림1_개회식의 질서정연한 모습
『毎日グラフ 臨時増刊 オリンピック東京1964』, 毎日新聞社, 1964.11.3, p.3

메인스타디움의 하늘을 가득 매운 8천 마리의 비둘기를 보고, 그 날개의 반짝임과 그 비상의 부푼 꿈을 눈으로 보았을 때, 나는 일본인이 가슴 속으로

부터 이렇게 올림픽이라는 고정관념에서 해방되고, 날아가고, 무엇인가로부터 위로받는 느낌이 들었다.[6]

미시마는 일본인의 마음을 서양에서 유래한 비둘기라는 상징에 대비시켜 기술하고 있다. 올림픽은 서양유래의 축제이고, 그 형식과 상징마저 모두 서양식인데, 서양 기원의 평화의 상징이라 할 수 있는 올림픽을 미시마가 이렇게 전면적으로 긍정했다는 것은 항상 전후일본에 대해 비판적이었던 그의 태도를 생각해보면 위화감을 느끼게 한다. 왜 미시마는 도쿄올림픽에 이토록 열광했을까?

3. 도쿄올림픽을 바라보는 다양한 시선

올림픽을 성공적으로 치루기 위해서는 국력이나 경제력 면에서도 일본의 위상을 증명해야 하고, 예절이나 매너 면에서도 서양의 기준에 부합해야 한다. 이런 생각의 근저에는 서양문화가 우등하다는 인식이 자리잡고 있는데, 이와 같은 일종의 콤플렉스는 서양에 비해 일본이 열등함을 인정하는 형태로 나타났다.

시시 분로쿠(獅子文六)는 '일본도 무리해서, 이런 큰 행사를 치루고,

6 三島由紀夫, 「東洋と西洋を結ぶ火－開會式」, 『毎日新聞』, 1964.10.11(『決定版 三島由紀雄全集 33』, 新潮社, p.171). 본고의 미시마의 텍스트는 『決定版 三島由紀雄全集』(新潮社)에서 인용했다. 이하 초출(初出)과 전집의 페이지만을 기술함.

어쨌든 여기까지 용케 왔다는 생각에 감개무량하다. 가난한 사람이 제국호텔에서 결혼식을 올리는 격인데, 어쨌든 무사히 끝나서 관계자 분들에게 수고하셨다고 진심으로 인사드리고 싶은 마음이다.'[7]라며 약간의 냉소를 섞어서 말했지만, 성공적으로 올림픽을 치러낸 것에는 안도의 감정을 표시하고 있다. 한편 이시하라 신타로(石原愼太郎)는 일본인의 정신력을 강조했다.

> 올림픽이 끝난 지금, 나는 어느 외국인이 일본에 대해 말한 '겁 많은 거인'이라는 말을 생각해 냈다. 우리들은 그 호칭에서 벗어나기 위해 무엇을 해야만 하는가, 그 반성과 각오를 이 축제가 암시하고 있다. (…중략…)
>
> 즉, 마음을 다해 노력하고 싸우려고 하는 정신의 존귀함이다. 우리들은 오늘날 문명의 비인간적인 편리함에 마음이 쏠리어 그것을 잊고 있지는 않은가?[8]

위 인용의 '겁 많은 거인(臆病な巨人)'이라는 말에서 당시 일본인의 자기인식을 엿볼 수 있다. 패전 이후 극적인 경제발전으로 당시 국민소득 순위가 세계 5위권[9]까지 상승했지만, 그래도 아직은 정치적 위상이나 문화에 있어서 서구에 대한 열등감을 씻을 수 없었던 것이다. 그 해

---

7 獅子文六, 「開會式を見て」, 『東京新聞』, 1964.10.11(인용은 安川第五郎監修, 『われらすべて勝者』, 講談社, 1965, p.191).

8 石原愼太郎, 「聖火消えず移りゆくのみ」, 『日刊スポーツ』, 1964.10.25(인용은 安川第五郎 監修, 『われらすべて勝者』, 1965, 講談社, p.197).

9 1964년 통계 기준으로 일본의 국민소득은 공산주의국가를 제외하고, 미국, 서독, 영국, 프랑스에 이은 세계 5위였다.(矢野恒太記念會 編, 『1996年 日本國勢圖會』, 國勢社, 1966, pp.81~90 참조)

결책을 이시하라 신타로는 올림픽에서 발견하자고 주장하고 있다. 그것은 '싸우고자 하는 정신력'이다.

이렇게 올림픽은 아마추어 정신, 세계 평화를 표방하고 있지만, 단순히 스포츠 행사로 머무르는 것이 아니라, 다양한 사상적, 문화적 의견을 분출하게 하는 에너지를 가지고 있고, 특히 내셔널리즘을 고취한다. 다시 말하면, 올림픽은 극히 정치적이고 경제 문제가 얽혀 있는 이벤트라는 것이다.[10] 세계평화, 순수한 비정치적 행위라는 가면을 썼기 때문에 오히려 올림픽의 정치적 성과는 은밀하게 극대화된다고도 할 수 있다.

이상과 같이 1964년 도쿄올림픽을 바라보는 시선은 다양한 스펙트럼으로 분출된다. 올림픽 같은 행사는 필요없다는 올림픽 반대론자가 있었고, 올림픽을 통해 국력발전을 도모해야 한다는 단순한 대중적 열망이 존재했다. 일본 주제에 무슨 올림픽을 유치하는가 하는 냉소적 반응도 있었고, 일본이 서구와 대항하기에는 부족하지만 '정신력'만은 소중하게 지키자는 논의도 존재했다. 콤플렉스와 프라이드가 착종(錯綜)하고 있는 상황 속에서 일본 고유의 문화의 장점을 찾아내자, 혹은 일본전통의 우월성을 발견하자라는 사고방식도 나타났다. 미시마 유키오도 그 중 한 사람이었는데, 그는 일본적인 것이 잊혀져가고 있는 상황에 대해 걱정하는 형태로 그 생각을 표현했다.

---

10 1936년 나치가 정치적 선동과 함께 독일 베를린올림픽을 대성공으로 이끌어냈고, 1940년 제2차세계대전으로 무산된 올림픽을 당시 제국주의 노선을 달리던 일본과 이탈리아가 경쟁을 벌여, 결국 일본이 유치에 성공했던 사실은 올림픽이 얼마나 정치적으로 이용되어 왔는지를 보여주는 좋은 예이다.(池井優, 「「紀元二六〇〇年」一幻の東京オリンピック」, 『オリンピックの政治學』, 丸善株式會社, 1992, pp.89~110 참조)

모두가 올림픽에 집중하고 있어서 계절감각이 없어지고 있는데, 도쿄의 가을은 대체 어디로 가 버린 것인가? 올림픽과 같은 비상사태에 대항할 수 있는 것은 단지 우리들의 '관습'뿐인데, 그 관습을 잃어버려 모든 것이 불안해지는 것은 어쩔 수 없는 일이다. 예를 들어 올림픽 기간중에는 '십삼야'가 있고, '아사쿠사관음의 기쿠쿠요'가 있고, '교토 헤이안진구의 지다이마쓰리'가 있고 '구라마노 히마쓰리'가 있다. 이것을 외국인에게 보이려는 목적으로 하는 것은 상스러운 느낌이 든다. 일본인이 올림픽이라는 게 어디 부는 바람이냐 하는 얼굴로 지나치고, 이런 행사를 자기 본위로 하고 있다면 얼마나 멋질까 하고 생각하는데, 천하의 가부키좌의 정면현관에까지 웰컴이라고 영어 간판이 걸려 있어서는 더 이상 할 말이 없다.[11]

올림픽이라는 이상사태에 대항할 수 있는 것은 '우리들의 관습'밖에 없다라는 것으로 보아, 올림픽을 서양유래의 행사라고 인식하고 있는 것과, 그 반대편에 존재하는 것을 일본의 전통이라 생각하는 사고방식이 드러나 있음을 알 수 있다. 그리고 위의 인용에서 서양기원의 올림픽에 대항할 수 있는 것으로 예를 든 일본전통문화는 '십삼야'(十三夜),[12] '아사쿠사관음의 기쿠쿠요'(淺草觀音の菊供養),[13] '교토 헤이안진구

---

11 三島由紀夫, 「秋冬隨筆」, 『こうさい』, 1964.10~1965.3.(『決定版 三島由紀雄全集 33』, p.134)

12 십삼야(十三夜)는 음력 9월 13일밤에 달을 보는 풍습을 일컫는데, 공양을 드리며 보리농사의 풍작을 기원하기도 한다. 수확을 감사하며, 앞으로의 풍작을 기원하는 행사인데, 음력 15일의 보름달을 보는 중국이나 한국의 풍습과 달리 13일에 달을 본다 하여 일본만이 가지고 있는 고유의 풍습으로 여겨지기도 한다.(倉林正次 編, 『日本まつりと年中行事事典』, 櫻楓社, 1983, pp.221~222 참조)

13 아사쿠사관음의 기쿠쿠요(淺草觀音の菊供養)는 10월 18일, 도쿄 아사쿠사에서 행해지는 공양. 병과 재난을 막아준다고 함.(西角井正慶 編, 『年中行事辭典』, 東京堂出版, 1958, p.248 참조)

의 지다이마쓰리'(京都平安神宮の時代祭),[14] '구라마노 히마쓰리'(鞍馬の火祭)[15] 등인데, 이들 관습이 모두 기복신앙적인 행사 또는 종교성을 가진 행사인 것에는 주목할 필요가 있다.

4. 보편으로서의 일본문화—종교성

한편, 다음 인용에는 미시마가 생각하고 있는 올림픽의 한계가 드러나 있다.

> 올림픽은 더할 나위 없이 명쾌하다. 그리고 앞에서 말한 것과 같은 민족감정(일장기를 보고 느낀 감정)은 그다지 명쾌하다고는 할 수 없고, 알기 쉽다고도 할 수 없다. 올림픽이 그 명쾌함과 빛의 원리를 높이 내걸면 내걸수록, 명쾌하지 않은 것들의 아름다움도 더 할 것이다. 그것은 그대로 좋은데, 빛과 어둠 양쪽 모두 아름답게 할 필요가 있다. 올림픽에는 절대신이라는 것이 없다. 제우스마저도.[16]

---

14 10월 22일에 헤이안진구에서 열리는 마쓰리. 메이지 28년에 헤이안 천도 1100년을 기념하여 간무(桓武)천황을 제신으로 삼은 헤이안진구를 세우고, 같은 해 10월 기념제의 일환으로 시작되었다.(西角井正慶 編, 『年中行事辭典』, 東京党出版, 1958, p.359 참조)

15 10월 22일에 교토시 구라마(鞍馬)산의 유기진자(由岐神社)에서 열리는 마쓰리.(西角井正慶 編, 『年中行事辭典』, 東京党出版, 1958, p.275 참조)

16 三島由紀夫, 「東洋と西洋を結ぶ火－開會式」, 『毎日新聞』, 1964.10.11.(『決定版 三島由紀雄全集 33』, pp.173~174)

여기에서 미시마는 '올림픽에는 절대신이 없다'고 말하고 있는데, 올림픽을 완벽한 것으로 생각하고 있지는 않다는 것을 의미하는 것으로 파악할 수 있다. 또, 올림픽은 명쾌하지만, 민족감정은 명쾌하지 않다고 말하고 있는데, 미시마가 올림픽과 민족감정을 대비되는 개념으로 인식하고 있음을 말해 준다. 미시마가 이상적이라 생각하는 올림픽과 민족감정의 관계는, '올림픽이 그 명쾌함과 빛의 원리를 높이 내걸수록 명쾌하지 않은 것들의 아름다움도 더 할 것이다'라는 말에서 유추할 수 있는데, 여기에서 미시마는 빛의 원리(올림픽)와 어둠의 원리(민족감정)의 조화 내지는 상호보완적인 관계를 말하고 있다. 그렇다면 미시마는 올림픽의 한계를 보완하는 것은 무엇이라고 생각하고 있을까? 그것은 바로 '보편으로서의 일본문화'에서 찾을 수 있는데, 이는 도쿄올림픽이 내셔널리즘과 결합된 것과 무관하지 않다.

1964년 도쿄올림픽은 패전에 고통스러워하던 일본이 화려하게 세계무대에 주역으로 등장하는 계기가 된 이벤트이기도 한데, 그래서 '패자부활 올림픽'이라는 말도 유행했다. 또한 도쿄올림픽 개회식에서는 내셔널리즘을 선동하는 장치를 여러 곳에 숨겨 놓았는데, 그 중에서도 개회식의 하이라이트는 성화를 점화하는 이벤트였다. 성화 릴레이의 마지막 주자는 와세다대학(早稲田大學) 1학년인 사카이 요시노리(坂井義則)였는데, 그는 히로시마에 원자폭탄이 떨어지던 날 히로시마 교외에서 태어난 '원폭의 아들'(原爆っ子)이었다. 이 이벤트의 의도가 전쟁을 완전히 극복한 일본을 전세계에 알리는 것과 평화의 의미를 어필하려는 것에 있음은 굳이 말할 필요도 없다.[17]

---

17 도쿄올림픽 성화릴레이의 마지막 주자 사카이 요시노리(坂井義則)는 175cm의 키의 63.5kg의 체중으로, 당시 일본인으로서는 발군의 신체조건을 가지고 있었다. 그의 아

그림2_도쿄올림픽 성화 봉송 최종주자 사카이 요시노리(坂井義則)
출처 - 『東京オリンピック1964 · 2016』, メディアパル, 2006, p.83

다음은 미시마가 사카이 요시노리의 성화 점화의 의미를 말하는 부분이다.

> 일본인은 종교적으로 관용적인 민족이지만, 거기에는 또한 미묘한 종교감각이 있어서, 외국의 축제 중에서 일본에서 정말 환영받는 것은 크리스마스와 올림픽인데, 이 두가지는 정도의 차이는 있지만, 이교기원의 축제이다. (…중략…) 쿨랑주에 의하면 그리스의 성화는 원래 집의 신의 부뚜막의 불로, 성화의 종교는 그리스인 이탈리아인 인도인의 구별이 아직 없었던 먼 태고에서부터 시작되어 동양과 서양이 아직 분리되지 않았을 시기에

름다운 육체는 '원폭의 아들'(原爆の子)이라는 상징성과 함께, 전후 일본의 부흥을 극적으로 표현하는 요소가 되었다.(五十嵐惠邦, 『敗戰の記憶－身体・文化・物語 1945～1970』, 中央公論新社, 2007, pp.257~260)

생겨난 것이기 때문에(이것이 나치에서 시작된 행사인지 아닌지와 상관없이) 사카이군에 의해 성화대에 점화된 성화는 다시 동양과 서양을 묶어주는 불이라 할 수 있다.(…중략…)

성화대에 불이 옮겨져서 푸른 하늘을 배경으로 불꽃이 크게 흔들리며 타올랐다. 지구를 반바퀴 돌아 여행을 끝낸 그 불이 성화대에서 넘치려고 하고 있는 활발한 기세는 자리에 앉은 신의 붉은 얼굴과 같다.[18]

위 인용에서는, 우선 올림픽이 종교에서 온 제사라는 인식이 보인다. 사실 고대올림픽은 신 앞에 자신의 단련된 정신과 육체를 보이는 제사의 의미를 지닌 행사에서 출발했다.[19] 고대올림픽은 제우스, 아폴론, 포세이돈 등의 신을 제사하는 종교의 의미를 가진 종교행사였지만, 근대올림픽에서 종교의 의미는 퇴색된 지 오래되었다 할 수 있다. 그런데, 미시마는 일본 전후복구의 상징인 '종전의 아들' 사카이 요시노리가 성화에 불을 붙였을 때, 고대올림픽의 종교성이 부활하고, 동양과 서양이 결합했다고 말하고 있다. 그리고, 이 순간 사카이 요시노리는 젊은 일본을 대표했고, 사카이가 점화한 성화는 신의 붉은 얼굴처럼 타올랐다.

미시마는 젊은 일본, 새로운 일본을 상징하는 사카이 요시노리의 성화점화에 의해 '절대신이 없는 올림픽'이 종교성을 회복했다고 인식하고 있다. 그리고 이것은 반근대, 반문명의 기치를 내걸며, 일본전통의 부흥을 외친 미시마의 미의식과 부합한다.

---

18 三島由紀夫, 「東洋と西洋を結ぶ火－開會式」, 『毎日新聞』, 1964.10.11.(『決定版 三島由紀雄全集 33』, pp.172~173)

19 堀口正弘, 『オリンピア祭－古代オリンピック』, 近代文芸社, 2005, pp.12~22 참조.

5. 변증법적 내셔널리즘(도쿄올림픽과 천황)

또한, 미시마는 올림픽과 내셔널리즘에 대해 다음과 같이 말하고 있다.

> 지금까지는 일장기나 기미가요에 대해서 지난 전쟁으로 더러워졌기 때문에 더 이상 보고 싶지도 않다라는 감정적 논의가 있었죠. 국기 중에서 더럽혀지지 않은 국기는 없지 않을까요? 올림픽에서 쫙 늘어선 국기 중에서 그런 처녀나 동정 같은 깃발은 없습니다. 아프리카의 이제 막 생긴 국가는 별개로 치구요. 지금까지 일장기는 순결하다라는 논의가 있었고, 다음에는 일장기는 더러워서 안 된다고 했다가, 그것이 이번에는 일장기는 더러워졌어도 다시 더 깨끗해 졌다라는 내셔널리즘이 나온 게 아닐까 하고 생각합니다. 이러한 변증법적 내셔널리즘이 나온 것은 바람직한 일입니다.[20]

여기에서 주목할 만한 용어로 '변증법적인 내셔널리즘'이란 말이 나오는데, 위의 인용에서 미시마는 도쿄올림픽을 통해 변증법적인 내셔널리즘이 출현했다고 말하고 있다. 게다가 변증법적인 내셔널리즘은 바람직한 현상이라고도 말하고 있다. 이 구조를 역사적 단계별로 파악해보면, 정(제국주의시대의 일본), 반(패전 일본), 합(전후 부흥 이후 올림픽을 개최한 일본)의 원리라 할 수 있는데, 전후부흥 이후 올림픽을 개최한 일본은 패전으로 더럽혀지기 이전보다 더욱 순결하고 깨끗해졌다고 밝히고 있다. 이른바 제국주의시대보다 더욱 강력한 내셔널리즘을 발견한

---

20 大宅壯一・司馬遼太郎・三島由紀夫, 「＜座談會＞ 雜談・世相整理學(最終回)－敗者復活五輪大會」, 『中央公論』, 1964.12, p.355.

것인데, 이를 가능하게 한 것은 무엇때문일까? 다음의 인용에서 그 해답의 힌트를 얻을 수 있다.

> 올림픽이 끝나고 허탈상태에 빠진 사람이 꽤 많다.
>
> 생각해보면, 일본이 세계의 근대사에 나타나고 나서 거의 백년, 종종 제 등행렬이 있었고, 이른바 국민적 흥분은 전쟁 때에 몇 번인가 맛본 적은 있지만, 이렇게 오로지 평화적인, 게다가 마음껏 사치하면서 돈을 들인 축제가 2주간이나 계속된 적은 없었다.(…중략…)
>
> 우리들이 올림픽에 찬성하는지 반대하는지에 상관없이, 일본 근대백년사의 마침 그런 시기에 올림픽을 만난 것은 기뻐해야 한다. 개회식 때, 폐하의 정말 기뻐하시는 모습과 브런디지 IOC회장의 간청을 받아 개회선언을 하시는 당당한 모습을 보고, 나는 19년 전의 맥아더 원수와 나란히 선 비통한 사진을 떠올려 비교하고는 감개무량한 기분에 빠졌다. 이 때 19년 전을 떠올린 사람이 나 하나 뿐은 아닐 것이라 생각한다.[21]

위의 인용은 미시마가 올림픽이 끝나고 나서의 감격을 서술한 부분이다. 주목해야 할 것은 도쿄올림픽을 일본이 근대화를 단행했던 1868년의 메이지 유신과 대비시켜 '일본 근대 100년사' 등의 수사로 말하고 있는 부분이다. 서양의 흑선(黑船)을 본 충격에서 출발하여 근대국민국가를 건설했던 메이지 유신과 올림픽은 어떤 공통점이 있을까? 우선은 앞에서도 살펴보았듯이 서양의 기준에 맞춰야만 했던 것에서 찾을 수 있다. 즉, 서양을 통한 일본의 자기인식인데, 도쿄올림픽 때 서양의 매

21　三島由紀夫, 「秋冬隨筆」, 『こうさい』, 1964.10~1965.3.(『決定版 三島由紀雄全集 33』, pp.134~135)

너기준에 부합하기 위해 취했던 노상방뇨 금지 등의 조치들이 메이지유신 때의 폐도단발령 등의 정책과 상통하는 부분이 있다.

그리고 또 하나 중요한 것은 천황의 복귀이다. 메이지유신 때 허울뿐이었던 천황이 입헌군주국의 수장으로 화려하게 등장한 것은 주지의 사실이다. 도쿄올림픽 때도 패전으로 실각했던, 그래서 맥아더와 나란히 치욕적인 사진을 찍어야 했던 천황이 개회식을 통해 화려하게 복귀하게 된다. 세계 각국에서 온 손님들 앞에서 화려하게 평화를 상징하는 올림픽의 개회를 선언하는 천황을 보고 미시마는 패전으로 나락에 떨어졌던 천황의 재기를 꿈꾸게 되었다.

그리고, 미시마는 폐회식에서 개회식과는 또 다른 감격을 보게 된다.

> 그러나 뭐라 해도 폐회식의 하이라이트는 각국 기수의 정연한 입장 이후 갑작스럽게 둑을 무너뜨리듯이 스크럼을 짜고 밀려들어 온 선수단이 입장하는 순간이다. 개회식처럼 엄숙한 질서를 기대하고 있던 관중 앞에서(기수 행진의 엄숙함은 충분히 그 기대에 부흥했던 만큼) 돌연, 예상외의 효과를 가지고, 각국의 선수가 팔짱을 끼고, 한 덩어리가 되어 뛰어들어 왔을 때의 그 무질서의 아름다움은 비교할 만한 것이 없었다.
>
> 그것은 정말로 인간적인 감동이었고, 개회식에서 내셔널리즘을 고양하면서, 폐회식에서 '세계는 하나'를 강조하려고 한 연출의도를 더욱 자연스럽게 고조시켰던 것이다.[22]

미시마는 엄숙한 질서가 유지되었던 개회식과 달리, 폐회식에서 무

---

22 三島由紀夫, 「「別れもたのし」の祭典－閉會式」, 『報知新聞』, 1964.10.25.(『決定版 三島由紀雄全集 33』, pp.195～196)

그림3_폐회식의 '무질서'한 모습
『アサヒグラフ 増刊 東京オリンピック』, 朝日新聞社, 1964.11.1, p.221

질서의 아름다움을 발견한다. 국가별로 나란히 정렬한 개회식이 '내셔널리즘'을 상징하는 것이라면, 폐회식에서 선수들이 한 덩어리로 뭉치는 '무질서'는 경계를 없애고 하나가 되는 이미지를 형상화한 것이라 할 수 있다. 이것은 일본이 주인이 되어 연출한 '세계는 하나'의 이미지였다. 여기에서 미시마는 내셔널리즘과 '세계는 하나'(세계평화)가 결합하는 환상을 발견했다고 할 수 있다.

> 제가 올림픽에서 제일 크게 느낀 것은 내셔널리즘과 평화의 문제입니다. 개회식, 폐회식을 봐도 관념적인 평화가 아니라 아주 일상적, 구체적인 평화의 관념이 그것으로 전달되었다고 생각합니다. 즉, 내셔널리즘과 평화가 잘 결합한 것은 이것이 처음이 아닐까요? 지금까지는 절대적으로 이율배반이었습니다.[23]

위의 인용에서 미시마는 내셔널리즘과 평화가 지금까지는 이율배반이었지만 올림픽을 통해 양자가 훌륭하게 결합했다고 말하고 있다. 내셔널리즘과 평화의 융합은 개회식, 폐회식을 통해 형상화되고 있지만, 이는 일본의 도쿄올림픽이 처음이라 말하고 있다. 지금까지 다른 올림픽에서는 형상화되지 않았던 내셔널리즘과 '세계평화'의 융합이 도쿄올림픽에서는 가능했다라고 하는 것은, 일본이라고 하는 것에 큰 의미를 부여했기 때문이라고 볼 수 있다. 이런 생각을 가능하게 한 것은 역시 천황의 존재라 할 수 있는데, 내셔널리즘과 '세계는 하나'라는 이상이 결합한 것은 '팔굉일우'(八紘一宇)의 이념과 상통한다. 즉, 미시마는 변증법적 내셔널리즘으로서 '팔굉일우'를 발견해냈다고 할 수 있다.

'팔굉일우'는 『일본서기』에서 진무천황(神武天皇)이 야마토(大和) 가시와라(橿原)에 도읍을 정할 때 내린 칙서 중 '천지사방을 아울러 도읍을 열고, 천하를 덮어 지붕으로 삼는다'(六合を兼ねて以て都を開き、八紘を掩て宇と爲す)에 근거한 말이고, 세계는 하나의 지붕 아래에 있다는 의미를

23 大宅壯一・司馬遼太郎・三島由紀夫, 「<座談會>雜談・世相整理學(最終回)－敗者復活五輪大會」, 『中央公論』, 1964.12. p.356.

가진다. 1940년 7월 26일, 고노에 후미마로(近衛文麿)는 기본국책요강(基本國策要綱)에서 '황국의 국시는 팔굉을 일우로 하는 건국의 대정신'(皇國の國是は八紘を一宇とする肇國の大精神)이라 선언했다. 이후 '팔굉일우'는 일본의 대외침략을 합리화하기 위해 사용되어진 슬로건이었다.[24]

미시마는 후쿠다 쓰네아리(福田恆存)와의 대담에서 '천황제'와 '팔굉일우'에 대해 다음과 같은 대화를 나누었다.

> **후쿠다** (천황의 본질은 제사라는 미시마의 의견에 대해)그건 대찬성입니다. 단지 그것이 과연 세계성을 가지고 있는지가 문제입니다.
>
> **미시마** 저는 세계성을 가지고 있다고 생각합니다. 결국, 세계의 끝은 복지국가의 황폐, 사회주의국가의 거짓밖에 없다고 한다면, 무엇을 원하게 될까. 그것이 카톨릭이라면 카톨릭일지도 몰라요. 하지만, 일본의 천황이란 것은 정말 좋은 것입니다. 노력하면 세계적인 모델케이스가 될 수 있다고 생각합니다. 그것이 팔굉일우라고 생각해요.[25]

미시마는 천황이 '세계성', 즉, 보편성을 지니고 있다고 주장하고 있는데, 그 이유는 천황이 근대문명과 반대되는 종교성을 지니고 있다고 판단했기 때문이다. 여기에서 앞의 인용에서 미시마가 '올림픽에는 절대신이라는 것이 없었다'고 말한 이유가 명확해진다. 미시마가 말한

---

24 三國一朗, 『戰中用語集』, 岩波書店, 1985, pp.74~75; 保坂祐二, 「八紘一宇思想に對する一考察」, 『日語日文學研究』 37輯, 2000, pp.387~388.

25 三島由紀夫・福田恆存, 「文武兩道と死の哲學」, 『論爭ジャーナル』, 1967.11.(『決定版 三島由紀雄全集 39』, pp.724~725)

절대신이란 천황을 말하며, '절대신'이 존재하지 않는 올림픽을 보완할 수 있는 것은, 팔굉일우 사상의 근간을 이루는 천황이기 때문이다.

이와 같은 생각이 가능했던 것은 올림픽을 이른바 황실브랜드와 연결하려고 한 일본정부의 노력에도 기인한다. 올림픽 주최측은 개회식 등 겉에 나타난 부분뿐만 아니라 겉에 보이지 않는 부분까지 세세하게 황실브랜드를 이용해 왔다.

예를 들면, 메이지진구(明治神宮) 옆에 세워졌던 국립요요기경기장(國立代々木競技場)과, '일본정신의 기조인 무도정신을 진흥하기 위해'[26] 황거(皇居) 옆에 지어진 무도관은 도쿄올림픽을 위해 건설한 경기장이고, 이들 경기장은 황실브랜드와 직접, 간접적으로 연관되어있다. 또, 쇼와천황(昭和天皇)의 동생 지치부노미야 야스히토 친왕(秩父宮雍仁親王)의 이름을 딴 지치부노미야(秩父宮) 럭비장에서는 올림픽 축구경기가 열렸다. 게다가, 쇼와천황은 1962년 5월에 도쿄올림픽 대회 명예총재에 취임했는데, 이렇게 1964년 도쿄올림픽은 여러 부분에서 황실브랜드와 결합했다.[27]

도쿄올림픽은 황실브랜드의 이용뿐만 아니라, 세계평화를 '팔굉일우'의 사상과 접목시키는 이벤트도 준비했다.

---

26 庄子宗光, 『改定新版 劍道百年』, 時事通信社, 1976, pp.543~551 참조.

27 1964년 도쿄올림픽은, 일본이 유치에 성공했지만 제2차 세계대전으로 무산된 1940년 도쿄올림픽을 여러 의미로 계승하는 성격을 띠고 있었다. 1940년은 신화상의 진무천황(神武天皇)이 즉위한 해를 기점으로 하는 황기(皇紀) 2600년이 되던 해이고, 올림픽도 황기(皇紀) 2600년을 기념하는 의미로 추진되었다. 황실브랜드를 이용하려고 했다는 점, 또 과거 1940년 올림픽을 준비하던 인프라를 계승했다는 점, 1940년 올림픽 무산의 좌절, 패전의 좌절을 극복하려는 이벤트로 만들어갔다는 점에서, 1964년 도쿄올림픽은 제국주의 시대의 재생산을 의미한다고 볼 수 있다. (古川隆久, 『皇紀・万博・オリンピック』, 中公新書, 1998, pp.220~224 참조)

도쿄올림픽의 성화릴레이 미야자키현(宮崎縣) 루트의 출발 지점이었던 평화의 탑은 당시 일본의 식민지였던 중국과 아시아 각지에서 모아온 돌을 사용하여 1940년에 세운 것이다.[28] 이 탑에는 '팔굉일우'의 문자가 새겨져 있고, 건축 당시는 '아메쓰치노모토하시라(八紘之基柱)', 통칭 '팔굉일우의 탑'(八紘一宇の塔)이라고 불려졌다.[29] 구태여 이 탑을 성화릴레이의 출발 지점으로 지정한 것은 올림픽과 황실브랜드를 자연스럽게 연결시키고, 또 올림픽의 평화주의를 '팔굉일우'의 이념과 결합시키기 위해서였다.[30]

이렇게 끊임없이 올림픽을 내셔널리즘과 결합시키는 상황에서 미시마 유키오는 '일본문화의 보편성'과 천황을 정점으로 한 '변증법적 내셔널리즘'을 발견해 내어 그 생각을 전개해 나갔다. 미시마가 천황을 올림픽의 종교성을 보완하는 유일한 방법이라고 판단하고, 일본문

---

28 미야자키현(宮崎縣)은 신화속의 진무천황(神武天皇)이 건국창업의 준비를 한 곳이라 전해지는 지역이어서, '황국발상의 땅'(皇國發祥の地)이라 일컬어진 지역이다. 또한, '팔굉일우의 탑'이 세워진 1940년은 황기(皇紀) 2600년이 되는 해였다.(東アジア教育文化學會, 「戰爭遺跡「八紘一宇の塔」の檢証」, 君塚仁彦 編, 『平和概念の再檢討と戰爭遺跡』, 明石書店, 2006, pp.86~121)

29 「平和の塔」の史實を考える會 編, 『石の証言: みやざき「平和の塔」を探る』, 本多企畫, 1995(인용 및 참조는 君塚仁彦 編, 『平和概念の再檢討と戰爭遺跡』, 明石書店, 2006, pp.126~194)

30 도쿄올림픽의 성화릴레이 코스는 총4개로 이루어졌다. 남쪽에서 출발하는 제1, 제2코스와 북쪽 삿포로(札幌)에서 출발하는 제3, 제4코스의 성화가 동시에 출발하여 도쿄로 집결하는 형식이었는데, 와타나베 마사유키(渡辺雅之)는 남쪽에서 출발하는 제1, 제2코스의 기점이 가고시마(鹿兒島)와 미야자키(宮崎)로 나뉘어진 것은 어떤 목적이 있기 때문일 것이라고 지적하고 있다. 그 목적은 본문에서도 밝혔듯이 미야자키(宮崎)를 기점으로 함으로써 자연스럽게 올림픽을 황실브랜드와 연결시키기 위한 것이라 판단된다.(渡辺雅之, 「一九六四年東京オリンピック「聖火リレー」で運んだものは何だったのか」, 君塚仁彦 編, 『平和概念の再檢討と戰爭遺跡』, 明石書店, 2006, p.200 참조)

화를 보편성을 가진 것으로 판단한 근거는 천황의 이종교합적인 성질에 있는데, 야마자키 마사오(山崎正夫)는 천황제에 대해 다음과 같이 지적한다.

> 아쓰타네는 산의 신, 강의 신도 천황에 복종, 봉사하고 음양조차도 천황 자신의 의지에 의해 좌우할 수 있다고 하며, 천황을 모든 신들의 위에 군림하는 최고신의 지위로 높여, 메이지시대 이후의 불교, 크리스트교 등 각파 종교 위에 군림하는 초(超)종교 — 어느 종파에 속하더라도 천황에의 예배를 거부하는 것은 허용되지 않는다 — 를 마련했다. 하늘을 제사하는 예로부터의 풍습인 신도의 내용을 쇄신, 변형하여 정치성과 종교성을 갖춘 복고신도를 만들어낸 다음, 최고 유일신을 가진 크리스트교의 교의를 대폭 흡수하였다.[31]

이러한 천황제의 이종교합적인 특성은, 제국주의시대에 모든 종교를 탄압하고 그 위에 천황을 위치시키는 근거가 되었다. 이런 특성으로 인해, 일부 우익사상가들이 패전 이후에도 세계평화를 아우르는 보편적인 사상으로 '천황'을 상정할 수 있는 근거를 제공했다.

---

31 山崎正夫,『三島由紀夫における男色と天皇制』, 海燕書房, 1978, p.153.

6. 맺음말

이제까지의 고찰로, 왜 미시마가 서양기원의 올림픽에 열광했는가를 명확하게 알 수 있다. 사실 올림픽은 미시마가 좋아할 만한 요소를 모두 결합한 이벤트였다. 올림픽은 고대그리스에서 유래했으며, 종교적의미를 가지고 있고, 육체의 경연장이기도 하며, '피를 흘리지 않는 전쟁'의 요소를 가지고 있다. 게다가 미시마는 고대올림픽의 아름다움이 퇴색된 근대올림픽은 일본의 종교성과 결합하여 보다 완전한 미를 구축할 수 있을 것이라고 생각했다.

그리고, 도쿄올림픽은 메이지유신 100년과 맞물린 시기에 열렸다. 도쿄올림픽과 메이지유신의 공통점을 말하자면, 바로 서양의 기준에 맞추기 위해 힘을 쏟았다는 점이다. 전후일본의 최대이벤트인 도쿄올림픽을 대하는 의견은 다양한 방향으로 분출되었는데, 그 대부분은 서양과의 비교를 통해 일본 자신의 위치를 확인하려는 방향으로 나왔다고 볼 수 있다. 즉, 서양을 통한 자기인식이었다.

다만, 근대 개화기와 다른 점은 메이지 유신이 천황을 정점으로 하는 입헌군주제 확립에 성공한 반면, 도쿄올림픽 때에는 이미 구시대적인 정치개혁은 불가능한 때였다. 하지만, 올림픽과 황실브랜드의 결합, 그리고 올림픽을 통한 내셔널리즘의 고취는, 미시마와 같은 낭만주의적 기질의 작가로 하여금 '천황의 복귀'를 꿈꾸게 하였다.

도쿄올림픽은 콤플렉스와 프라이드가 착종(錯綜)하는 복잡한 내셔널리즘을 분출시켰다. 그리고 미시마는 패전이후 무너졌던 '일본'이라는 가치를 재발견하고 재구축할 수 있는 희망을 발견했다. 즉, 도쿄올림픽은 패전으로 인해 단절되었던 제국주의 시대의 가치관에, 일부나마 다시 연속성을 부여할 수 있는 계기를 제공했다고 할 수 있다.

|참고문헌|

五十嵐惠邦,『敗戰の記憶－身体・文化・物語 1945～1970』, 中央公論新社, 2007.

池井優,『オリンピックの政治學』, 丸善株式會社, 1992.

石川弘義,『欲望の戰後史－社會心理學からのアプローチ』, 太平出版社, 1981.

大宅壯一・司馬遼太郎・三島由紀夫,「＜座談會＞雜談・世相整理學(最終回)－敗者復活五輪大會」,『中央公論』, 1964.12.

君塚仁彦編,『平和概念の再檢討と戰爭遺跡』, 明石書店, 2006.

庄子宗光,『改定新版 劍道百年』, 時事通信社, 1976.

古川隆久,『皇紀・万博・オリンピック』, 中公新書, 1998.

保坂祐二,「八紘一宇思想に對する一考察」,『日語日文學硏究』 37輯, 2000.

堀口正弘,『オリンピア祭－古代オリンピック』, 近代文芸社, 2005.

三國一朗,『戰中用語集』, 岩波書店, 1985.

三島由紀夫,「東洋と西洋を結ぶ火－開會式」,『毎日新聞』(『決定版 三島由紀雄全集 33』, 1964.10.11.

__________,「「別れもたのし」の祭典－閉會式」,『報知新聞』(『決定版 三島由紀雄全集 33』, 1964.10.25.

__________,「秋冬隨筆」,『こうさい』(『決定版 三島由紀雄全集 33』), 1964.10～1965.3.

三島由紀夫・福田恆存,「文武兩道と死の哲學」,『論爭ジャーナル』(『決定版 三島由紀雄全集 39』), 1967.11.

山崎正夫,『三島由紀夫における男色と天皇制』, 海燕書房, 1978.

安川第五郎監修,『われらすべて勝者』, 講談社, 1965.

矢野恒太記念會編,『1996年 日本國勢圖會』, 國勢社, 1966.

「〈アンケート〉オリンピック私の心配」,『婦人公論』, 1964.10.

「オリンピックに望む」,『讀賣新聞』, 1964.8.29 夕刊.

식민지 조선이 재현하는 '만주'

김동인의 「붉은 산」과 1920년대 신문기사의 '만주' 담론

유수정

1. 들어가며

김동인(1900~1951)의 「붉은 산-어느 의사의 수기」[1](이하, 「붉은 산」으로 한다)는 고등학교 『문학』 교과서에 게재[2]된, 한국의 대표적인 단편소설로 알려져 있다. 1932년 4월에 대중잡지 『삼천리』 제37호에 발표되었고, 후에 『김동인 단편선』(박문관, 1939년)에 실렸다. 문학이나 국어 교

1 「붉은 산」은 일본어 번역판이 두 번 나왔다. 신건(申建) 편역, 『조선소설대표작집』(교재사, 1940)에는 「赭い山」로, 조쇼키치(長璋吉) 역, 『김동인 단편집』(고려서림, 1975)에는 「赤い山」로 수록되었다.

2 1990년부터 1995년까지의 제6차 교육과정과 1996년에서 2002년까지의 제7차교육과정의 교학사출판 『문학』에는 전문이, 그 외에 중학교 국정 『국어』 교과서에는 일부가 발췌 게재되어 있다.

과서는 단순히 언어능력이나 문학작품 감상능력의 학습이라는 차원뿐 아니라 '한국인'이라는 국민 정체성(national identity) 형성에 지대한 영향을 미치는 텍스트라는 데에 이의를 제기할 이는 없을 것이다. 우선 교과서가 어떠한 것을 국민/민족에게 적절한 '문학'으로 삼는지를 살펴보기 위해 교육 안내서를 참고하면, 『중·고등학생이 꼭 읽어야 할 교과서에 나오는 한국단편 34』(홍신문화사, 2005년) 에서는 이 소설의 주제를 '일제 치하 만주에서 고통 받는 우리 민족의 생활상, 조국에 대한 그리움과 사랑'이라고 하고 있다. 작품 해설에서는 이 소설을 "사실주의적이며 민족주의적"이라고 평가하면서, 지도요령에는 소설의 분류도 제시되는데, '1인칭 소설, 액자소설, 사실주의 소설, 민족주의 소설'이라는 명칭이 반드시 붙는다. 선행연구에서도 교과서적인 해석과 다르지 않은 견해가 적지 않은데, 예를 들어 "「붉은 산」에서는 관찰적 화자 '여'가 등장하여, 선험적 차원의 민족성을 확인하는 사건을 다소 감상적으로 보고하고 있다"[3]고 파악하는 경우가 많다.

그렇다면 '1인칭'의 '액자소설'이라는 형식과 '사실주의', '민족주의' 소설이라는 내용은 이 텍스트를 읽는데 어떻게 관련되며 기능하는가? 이것이 본 연구가 일차적으로 살펴보고자 하는 문제들이다. 단순히 텍스트 내부의 구조나 작가 개인의 문학적 취향의 문제가 아니라, 텍스트가 발표된 1932년이라는 당시의 시대 배경이 텍스트의 형식·내용과 어떻게 관련되며 기능하고, 의미를 갖는가라는 문제이다. 물론 그 시기는 조선이 일본의 식민지였다는 사실은 텍스트 안에도 간접적으로 나타나 있고, 또 그 사실을 무시한 선행연구나 감상은 없다. 그렇기

3 정재원, 「김동인 문학에 있어서의 '여'의 의미」, 『상호학보』 7집, 2001.8.

때문에 민족주의적 경향이 강한 소설로 읽혀진 것이다. 그러나 본 연구에서는 '본질적'이고 '보편적'으로 여겨지는 것들 — 구체적으로 말하자면 '민족의식' — 이 과연 시공을 초월하여 '본질적'이고 '보편적'일 수 있을까라는 의문에서 출발해, 「붉은 산」과 시대배경이 선행연구[4]에서 지적하고 있는 것 이상으로 밀접하게 관련되어 있으며, 텍스트를 1932년이라는 시점으로 환원시켜 시대적 컨텍스트를 어떻게 해석하느냐에 따라 소설에 대한 이해도 달라진다는 사실을 밝히고자 한다.

이를 위해 놓쳐서는 안 되는 부분이 이 소설 속에서 '만주'[5]라는 공간이 어떻게 그려지고 있는가라는 문제이다. 「붉은 산」이 발표되기 불과 반년 전에 만주사변이 일어났을 뿐만 아니라 본 소설은 '만주국' 건국(1932.3)과 동시에 발표되었다. 이러한 시기에 이미 조선문단의 중심적 존재였던 김동인이 '만주'를 배경으로 단편소설을 썼다는 사실은 두 가지 면에서 흥미롭다. 첫째로는 1920년대에 '만주'를 배경으로 소설을 발표했던 현진건, 최서해 등과는 달리, 그때까지 김동인은 실제로 '만주'나 중국을 다녀간 적이 없었다는 사실이다. 둘째로는 "이렇다 할 투철한 민족관 내지는 민족의식이 보이지 않는"[6] 작가 김동인이 "조국과 민족의식을 (…중략…) 나름대로 극대화시켜 보여준"[7] 소설을 썼다는 점이다.

4 鄭惠英, 「金東仁「赤い山」と万寶山事件－一九三〇年代の小説に現れた滿州」(筑波大學比較・理論文學會, 『文學硏究論集』 第18號, 2000.6)에서는 「붉은 산」의 배경을 구체적으로 완바오산(萬寶山) 사건으로 한정하고 있다.

5 본 연구에서는 '만주', '만주국'이라는 용어를 당시적 문맥에 따라 그대로 사용하되 ' '를 붙여 역사적 의미를 부여하고 일반적 사용을 제한한다.

6 장백일, 『김동인 문학연구』, 문학예술사, 1985, pp.117~118.

7 위의 책, p.124.

본 연구에서는 내레이터(작중 서술자 '여')에 대한 분석과 그가 그리는 '만주' 표상을 검토하는 수순을 밟아 김동인의 「붉은 산」이 그리고 있는 '만주'에 함축되어 있는 제국주의적 의미와 제국의 전략을 읽어 보고자 한다.

2. 「어느 의사의 수기」라는 장치

구체적인 논의에 들어가기에 앞서 본 작품의 줄거리를 정리하면 다음과 같다. '만주'의 질병조사를 하기 위해 1년 정도 '만주'를 여행하던 조선인 의사 '여(余)'는 조선인 소작인들의 마을에 들어선다. 그곳에는 '삵'이라는 별명의 뜨내기가 있었고, 그는 마을 사람들에게 있어서는 경계의 대상이었다. '삵'은 얼굴 생김에서부터 행동거지에 이르기까지 모든 것이 남의 미움을 사는, 가까이 할 수 없는 인물이었다. 마을 사람들은 그를 무서워하여 그의 요구는 들어주면서도 뒤에서는 비난을 했다. 어느 날 '만주국인' 지주에게 그 해의 소작을 바치러 갔던 마을 사람 송첨지가 시체가 되어 돌아온다. '여'는 송첨지를 검시하고 돌아오는 길에 '삵'을 만나 그에게 비난의 말을 퍼부으면서 송첨지의 죽음을 알린다. 그리고 그날 밤, '여'는 타향에서 학대 받는 동족의 가엾음을 생각해 잠을 이루지 못한다. 다음날 아침, '여'는 마을 사람들로부터 '삵'이 동구 밖에서 죽어간다는 말을 듣는다. '여'가 가보니 '삵'은 숨이 끊겨 가면서 혼자서 지주에게 찾아간 얘기를 한다. '삵'은 희미해져 가는 의식 속에서 "붉은 산"과 "흰 옷"이 보인다고 중얼거리고, "동해물과 백두산이"를 불러달라는 말을 남기고서 죽어간다. '여'와 마을 사람들의 장엄한 노래소리가 '만주벌'에 울리는 장면에서 소설이 끝난다.

이 소설은 「어느 의사의 수기」라는 부제목이 달려 있다. 이 부제목과 관련시켜 본문을 읽어 보면 그 서술의 주체와 대상이 바뀌어져 있음을 느끼게 된다. 그렇다면 왜 '의사'가 쓰는 '수기'라는 설정을 이 소설의 전면(前面)에 둘 필요가 있었을까? 여기에 주목하는 이유는 이 소설에서 부제가 가리키고 있는 것처럼 객관적 위치를 지녀야 할 서술자의 '자아'가 얼마나 중요시 되어 있는가를 짐작케 하기 때문이다. '의사'라는 존재는 서술자 '여'의 위치를 확인하는데 있어서 중요한 의미를 갖게 된다.

1) '의사'라는 직업

'여'는 '만주'의 "퍼져 있는 병(病)을 좀 조사할 겸해서" 1년간 리서치 여행을 하고 있는 설정으로 되어 있다. 즉, 의사라는 직업이야말로 '여'가 '만주'를 구석구석 돌아다니다 이야기의 무대가 되는 '조선인 마을'에 들어가게 되는 개연성을 부여한다. 또한 그가 의사이기 때문에 송첨지나 '삵'의 죽음에 적극적으로 관계하지 않을 수 없게 된다. 그뿐 아니라 의사로서의 시선은 '여'가 '삵'을 '동네에는 커다란 암종'이라고 묘사하는 것을 보더라도 사용하는 어휘에 이르기까지 철저하게 유지되었다. 즉, 작가는 '여'의 직업에 상당히 의식적이었던 것으로 판단된다.

그런데 의사라는 직업은 단지 이야기의 전개에만 관련된 문제가 아니다. 여기서는 작품 외부의 콘텍스트를 참조할 필요가 있다. 근대국가 형성 과정에서 의사면허제도라는 형태로 의료관계자에게 국가권력으로부터 권위가 주어지는 한편, 국가의 제도적 틀 안으로 포섭되어 간 사실을 상기한다면, '의사'라는 직업은 더 큰 의미를 갖게 된다.

한국의 의사면허제도는 1908년 세브란스 의학교 졸업생 7명에게 부여된 의술개업 인허장이 그 시초이다. 그 후 조선총독부에 의해 의사면허제도가 정비되고, 그때까지 '의사(醫士)'로 총칭되었던 의료관계자들은 서양의학을 시술하는 쪽을 '의사(醫師)', 재래의학을 시술하는 쪽을 '의생(醫生)'으로 구분했다. 그뿐 아니라 일본 본토에서와 마찬가지로 전통의학을 배제하고 서양의 근대의학을 중심으로 의료제도를 확립하는 정책이 전개되었다. 즉, 이 '의사'라는 직업은 일본제국의 식민지정책 중 하나로 편입되어 간 것이다. 「붉은 산」으로 돌아와 생각해 보면 '의사'인 '여'의 신분과 그의 '만주'여행은 일본제국주의 및 의료의 근대화・서열화와 깊은 관련이 있는 것이다.

「붉은 산」에 등장하는 '여'가 어떤 경로로 의사가 되었는지는 알 수 없지만, 서양 근대의학에 관련하고 있다는 것은 그의 언동에서 추측할 수 있다. 말하자면 조선의 식민지적 근대화 과정에서 탄생한 '의사'라는 직업의 '여'는 마찬가지로 일본제국에 의해 강력히 추진되고 있는 신국가의 태동기에 '만주'에서 활약하고 있는 것이다.

2) '과학적' '객관적' '이성적' 시선의 권위

'여'가 '삵'에게 '선생님'이라고 불린 것을 보면 다른 마을사람들로부터도 선생님이라고 불렸을 가능성은 매우 높다. 난폭하고 안하무인인

'삶' 조차도 '여'에게는 경의를 표해 '선생님'이라고 불렀는데 이 역시도 '여'의 '의사'라는 직업의 영향이라고 볼 수 있다. 근대 의학교육을 받아, 과학적이고 이성적인 사고를 갖추고 있다고 여겨진 '여'는 그야말로 근대적 엘리트였다. 이는 '여'가 조선인 마을의 주민들과는 일정 거리를 두고서 마을사람들을 관찰하거나 자기 자신을 인식한다는 점에서도 확인할 수 있다. 다음의 인용은 '만주국인' 지주를 찾아갔던 송첨지가 시체가 되어 돌아온 것을 본 마을사람들의 반응이다.

> 발을 굴렀다. 부르짖었다. **학대받는 인종**의 고통을 호소하며 울었다. 그러나 그뿐이었다. 남의 일로 지주에게 반항하여 제 밥자리까지 떼우기를 꺼림인지 용감히 앞서 나가는 사람은 없었다. (141면, 강조는 인용자)

위 인용의 뒷부분은 마을사람들의 반응을 바라보는 '여'의 시점을 그리고 있다. 계속해서 '여' 자신의 반응은 다음의 인용에서 볼 수 있다.

> 고향을 떠난 만리 밖에서 **학대받는 인종의 가엾음을 생각하고** 그 밤은 여도 잠을 못 이루었다.
>
> 그 억분함을 호소할 곳도 못 가진 우리의 처지를 생각하고, 여도 눈물을 금하지를 못하였다. (141~2면)

첫 인용의 후반부에서 '여'는 같은 민족이면서도 자신은 마치 '학대받는 인종'과는 전혀 다른 방관자와 같은 태도로 냉정하게 그들을 바라보고 있다. 두번째 인용문에서는 '우리'라는 말은 쓰고 있지만, '여'가 느끼는 감정은 어디까지나 '학대 받는 인종'과는 거리를 둔 동정심임을 알 수 있다. '여' 자신은 그 '인종'에 들어가 있지 않다. 우연히 접근하여 일시적으로 체류하고 있는 여행자라는 점을 고려하면 당연한 일일지도 모른다. 그러나 이러한 '여'의 자세와 엘리트적 권위는 작품 내부의 인물들에게 뿐만이 아니라, 작품을 넘어서서 이 텍스트의 독자들에게까지도 영향력을 미친다는 것을 놓쳐서는 안 된다. 왜냐하면 '여'는 작중 서술자로 그 의사로서의 권위를 통해 독자는 '여'의 냉정한 시선을 경유하여 '이성적'이고 '객관적'인 정보를 믿게 되는 것이 본 소설의 구조이기 때문이다.

「어느 의사의 수기」라는 부제목에는 이 텍스트가 픽션, 그 중에서도 주관적・제한적인 시점의 제약이 있는 1인칭 소설임에도 불구하고, 독자에게는 처음부터 '과학'과 '사실'과 '객관'이라는 근대적인 가치를 전제로 읽을 것을 기대하는 틀을 제시하고 있는 것이다. 이 소설을 한 번 훑어 본 독자가 주관과 제한으로 왜곡된 표현・묘사로 이 텍스트를 파악하는 일은 결코 없을 것이다. 그렇기 때문에 이러한 '과학적', '객관적', '이성적'인 시선의 권위 자체가 새로운 정보, 즉 '삵'의 의외의 행동과 죽음에 의해 완전히 전복되고 마는 드라마틱한 효과가 극대화되는 것이기도 하다. 또한 그로 인해 민족에 있어서 비지적(非知的) 감정, 즉 선행연구에서 말하는 "선험적 차원의 민족성"이 드러나는 효과가 기대된다.

서술자의 문제에 관해서는 다음의 두 논문에서 구체적으로 고찰하고 있다. 이대기의 「김동인의 단편소설 감자와 붉은 산 해석」[8]에서는 "('삵'은) 해설자(서술자 '여')가 직접 관찰하고 추리한 것과는 관계가 있지

8 이대기, 「김동인의 단편소설 감자와 붉은 산 해석」, 『국어교육』 제37호, 한국어교육학회, 1991.7.

않고, 마을사람들의 말을 들은 것과 관련된다. 익호(='삵')의 행동을 해설자가 직접 관찰하는 것은 작품의 후반부에 나타난다"고 지적하고, '삵'이 임종시에 조국과 동포를 그리워하며 애국가를 불러달라고 부탁한 것은 '삵'의 알 수 없는 과거가 조선의 독립운동과 관계있기 때문이라고 추측하고 있다. 여기서는 '삵'의 과거에 대한 진위확인은 차치하고, 의사이기 때문에 '객관적'이고 '정확'할 것이라고 기대되는 서술자 '여'의 시선이 오히려 '제한적'이고 '주관적'이었다는 견해는 주목할 만하다. 단지, 그 결과 "작품은 그 의미가 다양하게 해석될 수 있는 넓은 공백을 지닌다. 바로 그 의미의 공백 속에 작가가 직접적 전달을 억제하면서 강력하게 말하고 싶은 의미가 숨어 있다"는 작가환원적인 결론에 그치고 있다.

다음으로 김구중의 「독서를 통한 텍스트의 수정과 전복－김동인의 「붉은 산」, 「주춧돌」을 중심으로」[9]에서 논자는 작중 서술자(='여')의 역할 변화가 시공간의 거리에 따른 정보 부재를 해소하기 위해 필연적으로 발생한다고 지적하고, "서술자-인물은 독자의 독서수행 중 오독을 유도하고자 하는 내포된 작자의 의도"라고 주장한다. 즉 서술자 '여'의 제한적인 시점과 그로 인한 정보의 부재로 인해, 독자는 처음부터 이야기 내부의 진실을 오해하도록 작자의 의도로 계획되어 있었다는 것이다. 또 그 오해가 '삵'의 죽음이라는 사건을 계기로 서술자의 '삵'에 대한 인식을 바꾸고, 그 결과 서술자의 역할이 바뀌어 남에게 전해 들은 이야기가 아니라 직접 본 정보를 제공함으로 오독이 수정되는 독서행위의 과정에 이 논문은 주목하고 있다. "독서수행 과정은 기대의 지평을 통하

9 김구중, 「독서를 통한 텍스트의 수정과 전복－김동인의 「붉은 산」, 「주춧돌」을 중심으로」, 『한국문학 이론과 비평』 제2집, 1998.5.

여 오독을 형성하며, 오독은 독서수행 과정이 끝나야 인식할 수 있다. 그러므로 오독의 전복은 기대지평의 수정을 필연적으로 동반하며 독서수행 과정의 방향과 역방향으로 이루어지면 오독은 수정된다. 오독이 수정되어지는 과정에서 독자는 새로운 독서능력을 생성한다"고 결론을 맺고 있다. 김구중의 견해는 작품비평을 넘어서 독자에게까지 시야를 넓히고 있다는 점은 평가할 만하지만, 어디까지나 '독서행위'라는 '보편적'이면서 비역사적인 이론에 연결시킴으로써 일반화해 버렸다.

앞에서 언급한 바와 같이, 본 연구에서는 1932년 조선사회에서 널리 유통되고 있던 정보가 작가라는 개인의 인식을 거쳐서 '소설'이라는 형식으로 표상되었다는 인식 위에서 출발한다. 그 뿐 아니라 일차적으로 상정된 독자 역시 1932년을 살아가던 사람들이었다는 점 또한 무시해서는 안 될 것이다. 「붉은 산」이라는 소설과 독자의 동시대성에 주의하면서, '과학적', '객관적', '이성적'인 시선이 '한정'하고 불가시화해 버린 역사적 구체성의 층에 텍스트를 환원시켜 '역사적'인 것으로 재해석하고자 한다.

3) '문명의 세례'를 받은 시선

본 연구의 논의에 있어서 중요한 부분으로 다음의 인용을 들 수 있다. 「붉은 산」의 도입부이다.

> 그것은 여(余)가 만주를 여행할 때 일이었다. 만주의 풍속도 좀 살필 겸 아직껏 문명의 세례를 받지 못한 그들 사이에 퍼져 있는 병(病)을 좀 조사

할 겸해서 일 년의 기한을 예산하여 가지고 만주를 시시콜콜이 다 돌아온 적이 있었다. 그 때에 ××촌이라 하는 조그만 촌에서 본 일을 여기에 적고자 한다. (138면)

이 도입 부분은 인용 이후에 전개될 과거의 이야기를 회상하면서 서술자가 현재의 시점에서 기술하고 있는 것이다. 강조된 부분에서는 중국 동북부, 즉 '만주'를 '문명'이 없는 야만적이고 미개한 땅으로 보고 있는 서술자의 시선을 파악할 수 있다. 그 뿐 아니라 보다 중요한 점은 '문명'이 없는 '만주'에 대해, '여'는 어디까지나 '근대문명'과 '과학'의 입장에 서서 대비된다는 점이다. 그리고 그 시선은 '여'의 '의사'라는 직업으로 뒷받침되는 구조를 이루고 있다. 피식민자이면서도 식민지권력이 부여한 근대교육을 받고 의사라는 근대 엘리트가 된 서술자 '여'는, '만주' 땅에서는 '문명'의 편에 서서 '야만'을 바라본다. 바로 이 '문명'의 편에 서서 '야만'을 보는 '여'의 시선이, 제국이 그 지배지에 향하는 시선과 지극히 닮아 있다는 사실은 지적해 둘 필요가 있다.

이러한 '여'의 시선은 작품 세계 전체를 향하고 있고, 독자는 이 '근대'와 '과학', '문명'으로 물든 시선을 통해서만 작품 세계와 인물에 접할 수 있다. 따라서 이러한 텍스트를 읽는다는 것은 텍스트와 시대의 관계를 매개하는 서술자의 특이한 시선을 이해하는 것을 전제로 하지 않으면 안 된다.

그렇다면 근대적 엘리트인 '의사'의 '과학적', '객관적', '이성적'인 '문명'의 시선으로 파악된 '만주'는 어떠했는지, 「붉은 산」에 나타난 '만주' 묘사를 살펴보도록 하자.

3. '만주' 표상의 생산과 재생산

1) 「붉은 산」에서 보는 '만주'

논의의 편의 상, 「붉은 산」에서 '만주'와 관련된 부분을 발췌하여 정리하면 아래와 같다.

〈표1〉 「붉은 산」에 나타난 '만주' 묘사

텍스트 인용	'만주'관련 사항
〈인용1〉 138면 그것은 여(余)가 만주를 여행할 때 일이었다. 만주의 풍속도 좀 살필 겸 아직껏 문명의 세례를 받지 못한 그들 사이에 펴져 있는 병(病)을 좀 조사할 겸해서 일 년의 기한을 예산하여 가지고 만주를 시시콜콜이 다 돌아온 적이 있었다. 그 때에 ××촌이라 하는 조그만 촌에서 본 일을 여기에 적고자 한다.	①'만주'를 여행하다. ②'만주'의 풍속을 살피다. ③'아직껏 문명의 세례를 받지 못한' '그들' ④'그들 사이에 펴져 있는 병' ⑤'병'을 '조사'하다. ⑥'일 년의 기한을 예산' ⑦'만주를 시시콜콜 다 돌아'다니다.
〈인용2〉 138면 ××촌은 조선 사람 소작인만 사는 한 이십여 호 되는 작은 촌이었다. 사면을 둘러보아도 한 개의 산도 볼 수가 없는 광막한 만주 벌판 가운데 놓여 있는 이름도 없는 작은 촌이었다.	⑧'조선인 소작인만 사는 한 이십여 호 되는 작은 촌' ⑨'사면을 둘러보아도 한개의 산도 볼 수가 없는 광막한 만주 벌판'
〈인용3〉 138면 몽고 사람 종자(從者)를 하나를 데리고 노새를 타고 만주의 농촌을 돌아다니던 여가 그 ××촌에 이른 때는 가을도 다 가고 어느덧 광포한 북국의 겨울이 만주를 찾아온 때였다.	⑩'몽고 사람 종자' ⑪'광포한 북국의 겨울'
〈인용4〉 138면 만주의 어느 곳이나 조선 사람이 없는 곳은 없지만 이러한 오지(奧地)에서 한 동네가 죄 조선 사람으로만 되어 있는 곳을 만나니 반가웠다. (…중략…) 살풍경한 만주 그 가운데서 살풍경한 살림을 하는 만주국인이며 조선 사람의 동네를 근 일 년이나 돌아다니다가(후략)	⑫'만주의 어그 곳이나 조선 사람이 없는 곳이 없'다. ⑬'한 동네가 죄 조선 사람으로만 되어 있는 곳' ⑭'살풍경한 만주 그 가운데서 살풍경한 살림을 하는 만주국인이며 조선 사람'

〈인용5〉 141면 송첨지라는 노인이 그 해 소출을 나귀에 실어 가지고 만주국인 지주가 있는 촌으로 갔다. 그러나 돌아올 때에는 송장이 되어 있었다. 소출이 좋지 못하다고 두들겨 맞아서 부러지고 꺾어진 송 첨지는, 나귀 등에 몸이 결박되어서 겨우 ××촌으로 돌아왔다.	⑮ '송첨지라는 노인이 그 해 소출을 나귀에 실어' ⑯ '만주국인 지주' ⑰ '돌아올 때에는 송장이 되어 있었다' ⑱ '소출이 좋지 못하다고 두들겨 맞아서 부러지고 꺾어진'
〈인용6〉 141~2면 고향을 떠난 만리 밖에서 학대받는 인종의 가엾음을 생각하고 그 밤은 여도 잠을 못 이루었다. 그 억분함을 호소할 곳도 못 가진 우리의 처지를 생각하고, 여도 눈물을 금하지를 못하였다.	⑲ '고향을 떠난 만리 밖에서' ⑳ '학대받는 인종'

위의 표에서 '만주'의 자연과 풍토를 묘사한 부분은 ⑨, ⑪, ⑭이다. 그 각각의 묘사에서 '만주'를 수식하고 있는 표현은 '광막'하고, '광폭'하고, '살풍경'하다는 것이다. 이러한 표현들은 '만주'가 얼마나 인간이 살기 힘든 곳인가를 전달하는 데 그치지 않고, 마치 사람이 살고 있지 않은 황무지 같은 인상을 준다. 이러한 묘사는 '만주'의 자연뿐 아니라 문화에 관한 기술에서도 일관되게 나타나는데, 〈인용1〉에서는 '만주'가 '문명'이 없는 곳이라고 단언하고 있다. 그러면서도 '풍속'을 살핀다는 '여'의 여행 목적은 다소 모순되게도 보이지만, 여기서 말하는 '문명'이란 근대적·서양적인 '문명'이고, '그들'의 풍속은 중국적·'만주'적, 또는 전근대적·비서양적인 '야만'으로 대치되고 있다. 이러한 이항대립적인 이국의 자연과 문화에 대한 묘사방법은 유럽의 탐험가와 여행가들이 아프리카나 아메리카 신대륙, 아시아 등을 체험하고 남긴 여행기 등에서도 쉽게 볼 수 있는 표현들과 지극히 유사한 패턴을 보여준다. 그러한 의미에서 '여'의 시선은 프랫이 대영제국에 대해 말하는 '제국의 눈'[10]과도 동질의 것으로 파악할 수 있다. '보는' 행위가 갖게 되는

10 Mary Louise Pratt, *Imperial Eyes* : Travel Writing and Transculturation, Routledge, 1992.

'제국적'인 정치성은, '여'가 비록 유럽인도 일본인도 아님에도 불구하고, 근대적 엘리트인 의사의 시선 속에서 드러나게 된다. 1920~30년대에 있어서 '만주'의 풍속을 조사한다는 것은 그 토지에 관한 정보를 영유하고, 나아가서는 그 토지 자체를 영유하려는 식민지화 정책의 일환으로 볼 수 있다. 말하자면 관학 아카데미즘, 즉 식민지 인류학·의학이 제국의 정책과 영합된 형태인 것이다. 조선인이면서도 서구의 근대에서 유래하는 '과학적'인 '제국의 눈'을 공유하고, 식민지 의학이라는 지(知)의 제도와 식민지 지배하의 가치체계를 내면화한 '여'의 입장은 '차이'가 아닌 '비문명'으로 '만주'의 '병'을 바라보고 있는 시선에서도 일관되게 나타난다.

위의 표 ④, ⑤에서 말하는 '병'의 예를 당시의 정보를 통해 확인해 보면 다음과 같다.

> 넓은 국토와 잡다한 인종이 있는 만주는, 그 생활수준의 낮음과 위생 지식의 결핍 등이 원인이 되어 수많은 지방병이 발생한다. 말하자면 이 나라의 국토가 조건이 되서, 특정 지역에 다른 문명국에서는 그다지 볼 수 없는 각종 질병이 발생하는 것이다. 나는 만주의 지방병으로 만주 전역에 침투하고 있는 아메바 이질, 발진 티푸스 및 만주 티푸스나 곳곳에 상주지가 있는 페스트나 말라리아, 재귀열, 칼라 아자르, 지방병성 갑상선종, 고산병, 카신벡씨병, 파상풍, 수인성 피부염 등을 들 수 있다. 여기에서는 우리 일본인에게 있어서는 비교적 희귀하게 여겨지는 두셋의 지방병에 대해 (…중략…) 그 풍토와 생활과 질병과의 관계를 엿보고자 한다.[11]

11 田口稔,「風土病」, 滿鐵弘報課 編,『滿洲風土』, 中央公論, 1942, pp.59~60.

이 자료에서도 볼 수 있듯이 제국의료에서는 '만주'지역의 질병들은 단순이 병명이 나열되는 것이 아니라, "이 나라의 풍토가 조건이 되어 특정지역에 다른 문명국에서는 그다지 볼 수 없는 각종 질병이 발생"한다고 하여, '차이'의 서열화를 시도하고 있다. 이러한 인식은 식민지 경영을 지키고 그 존속을 위하여 중요한 정치 툴로, 종주국에 의해 식민지에 도입 ・실천되는 근대의료였던 제국의료[12]의 바탕이 되는 가치체계인 것이다.

자연과 차이를 서열화하고 식민지배의 툴의 바탕이 되는 차별의 인식들을 「붉은 산」의 텍스트 속에서는 조선인 의사이자 작중 서술자인 '여'의 눈을 통해 확인할 수 있다. 그러한 인식이 가장 극단적으로 나타나는 부분이 바로 '만주국인'에 관한 묘사이다. '문명의 세례를 받지 못한' '그들'은 서술 속에서 구체적으로 등장하지 않는 '얼굴 없는 등장인물'들이다. 그들은 조선인들의 지주이고(⑮, ⑯), "소출이 좋지 못하다고" 살인을 저지를 정도로(⑰, ⑱) 폭력적이다. 구체적인 인물이 아니라 막연한 두려움의 대상으로 묘사하는 방법이야말로 대상을 타자화하는 극단적인 방법이다.

여기서 한 가지 확인해야 할 사항이 있다. 바로 "만주국인"이라는 용어이다. 「붉은 산」의 초판 텍스트에서는 지리적 공간은 '만주', 주민은 '중국인'으로 되어 있지만, 그 이후의 텍스트에서는 각각 '만주'와 '만주국인'으로 바뀌어 있다. '만주국' 건국이 1932년 3월 1일이고, 이 초판 텍스트가 발표된 것이 한 달 후인 4월 1일이었다는 사실이 용어 수정의 배경으로 볼 수 있다. 즉, 초판 텍스트에서는 '만주국'이 반영되어 있지

12　奥野克己, 『帝國医療と人類學』, 春風社, 2006, p.6.

않았다. 과연 어느 시점에서부터 수정되었는지는 확실치 않지만, 이후의 『김동인 단편선』(박문관, 1939년)판에서는 이미 '중국인'이 모두 '만주국인'으로 바뀌어져 있다. 정리하자면, 김동인이 본 소설을 집필하는 시점에서는 '만주국'이 아니라 '만주'라는 지역과 그곳에 사는 '중국인'을 그린 것이다. 이러한 텍스트의 수정은, 지리구분으로서의 '만주'를 '만주국' 건국이라는 상황 하에서 지정학적 구분인 '만주국'으로 변환시키고, 그러한 과정 속에서 '만주'에 사는 중국인은 텍스트에서 지워졌다는 사실을 여실히 보여주고 있다. 더욱이 '중국인'이 '만주국인'으로 고쳐 쓰여짐에 따라 텍스트의 정치성은 굴절되고, 해석이 변용돼버리는 결과가 발생하고 말았다. 즉, 첫 번째로 스토리의 시간적 배경이 극히 짧은 기간에 제한된 점, 두 번째로 '만주국'이 부정적으로 그려짐으로 스토리의 현실성이나 텍스트의 정치성이 모호해진 점을 들 수 있다. 따라서 '만주국인'이라는 부분을 초판의 형태인 '중국인'으로 환원시키는 작업을 통해, 초판 텍스트의 시간적 배경도 '만주국'에 구속되지 않고, 훨씬 그 이전으로 거슬러 올라갈 수가 있게 된다.

초판에서 '중국인'이 간접적으로 등장하는 것은 다음 장면이다.

> 송첨지라는 노인이 그해 소출을 나귀에 실어가지고, 중국인지주가 잇는 촌으로갓다. 그러나 돌아올때는 그는 송장이 되엇다. 소출이 조치 못하다고 두들겨마저서 부러저 꺽거진 송첨지는, 나귀등에 몸이 결박되여서 겨우 ××촌으로 도라왓다. (초판, 116면)

이 인용문에서 송첨지에게 소작료를 요구하고, 구타해 죽이고, 나귀에 묶어서 돌려보낸 것은 모두 '중국인' '지주'의 소행이다. 불과 몇 줄의 묘사에서 '중국인'을 이성이나 말로 설득할 수 없는, 흉폭하고 야만적인 타자인 것처럼 그리고 있다. 이 구절에서는 앞에서 살펴 본 바와 같은 엘리트적 우월의식의 구조가 거의 나타나고 있지 않기 때문에 오히려 개인으로서의 인격 부재가 강렬하게 부각된다. 그뿐 아니라 '여'가 인식하고 그려 온 '만주' 표상과는 다른 성격이 나타난다. '여'는 야만 / 문명이라는 대립적 구도 속에서 늘 하위인 '야만'에 '만주'와 '중국인'을 배치하고 있었음에도 불구하고, 이 소설 속에서 뿐만이 아니라 현실에서도 '그들'은 '지주'이고, '여'가 속해 있는 조선인들은 오히려 '고향을 떠나 만리 밖에서' '학대 받는' '소작인'으로 계층적인 역전 상황에 있었던 것이다. 이러한 현실과 인식의 차이에 당면하면서 '여'의 시선에 커다란 모순이 나타나게 된다. 앞에서도 언급한 바와 같이 '여'는 동네사람들과 동족이면서도 '학대 받는 인종'에 대해서는 동정을 느낄 뿐, 거리를 두고 동일화하지 않는다. 물론 이는 '여'가 '제국의 눈'을 획득한 식민지의 근대적 엘리트인 데에 기인하는 것이고, 조선인 보다는 일본인에 가까운 존재라는 무의식적인 사고가 그 시선을 규제하고 있기 때문이다. 조선인 이민자들이 아무리 "천자문 한권쯤은 읽은" "비교적 온량하고 정직"한 사람들이라 할지라도 결국은 타국에 이주해온 이민자이자, 중국인의 소작농이며, 권력 구조 속에서의 약자라는 현실을 직시할 수밖에 없게 된다. 여기에서 '여'는 '제국의 눈'을 가지고 있으면서도 동족을 '수난 받는 조선인'으로 그리지 않을 수 없게 되는 것이다. 이러한 '여'의 시선의 변화 속에서 '삶'의 행동을 보고 있다는 점에는 주의해야 한다. 즉, 그때까지 이주 조선인들에게 동일화하는 것을 무의식적으로 거부하고 있던 '여'가 현실을 직시하는 과정에서 자신의 민족성을 깨닫게 된다. 그러한 변용은 '삶'의 행위를 주시하는 과정에서 획

득되는 것이다.

이상에서 고찰한 「붉은 산」에서 그려진 '만주'는 서술자 '여'의 '과학적'이고 '객관적'이고 '이성적'이지만, '근대적'이고 '제국적'이며 '제한적'인 시선에 의해 포착된 표상임을 밝혔다. 그러나 마지막에 살펴본 조선인 이민자와 '중국인'의 관계는 '제국의 눈'의 권위로는 수습할 수 없는, 현실에 대한 감각이 드러난다. 바로 그곳에 이 소설의 극적인 효과가 성립한다고 볼 수 있다. 그렇다면 무엇이 그 배경에 있는가. 조선인이 소작인이었다는 것은 사실이라 하더라도 '만주'에서 '학대 받았다'는 것은 단순한 '사실'일까? 이어서 이에 대해서 살펴보도록 하겠다.

4. 조선에 있어서의 '만주'

1) '수난의 장'과 '희망의 땅'

1926년 11월 3일자 『동아일보』 5면에 "중국인 악지주 / 농기구로 동포 작살(斫殺)"이라는 제목으로 이석희라는 조선인 소작농이 봉황성에서 중국인 지주 하준산에게 죽임을 당했다는 내용의 이 기사를 볼 수 있다. 이 기사는 11월1일자와 3일자, 2회에 걸쳐 보도되고 있는 것으로 보아, 기사의 내용이 신문기자와 구독자의 관심을 끌었음을 알 수 있다. 흥미로운 사실은 이 기사의 내용이 김동인의 「붉은 산」 속에 나오는 조선인 구타살인 사건과 매우 비슷하다는 것이다. 단지 신문기사에서는 '삵'이나 '여'가 등장하지 않지만, 조선인 농민이 중국인 지주의 밑에서 소작을 하고, 소작료 문제로 문제가 생겨서 끝내는 조선인 농민이 중국인 지주에게 린치당해 죽는다는 사건의 착취 / 피착취의 관계, 그리고 그 스토리성은 지극히 닮았다.

소설 「붉은 산」이 이 사건을 모티프로 했을 가능성이 크다고 생각할 수도 있을 것이다. 그러나 당시 조선에서 발행된 신문들을 보다보면, 그것이 일회적인 사건에서 취재한 것은 아니라는 사실을 알 수 있게 된다. 우선 이 기사의 배경으로 추정할 수 있는 것은 한반도에서 '만주'로 대량의 조선인이 이주하였다는 것, 토지소유자인 중국인과 소작 청부계약을 맺어 정착했다는 것 등이다. 이 조선인 '만주' 이주의 시대적 배경이 어떠했는지 살펴보는 데에는 다음의 자료가 참고가 된다. 1924년 7월호 『개벽』에 실린 ㅅㅅ생의 「南滿을 단녀와서」라는 기행문은 "남만은 근래, 우리 동포의 적지 않은 희망을 일으키는 지방이다. 나는 5년전에 한번 그곳을 遊歷한 적이 있다"라고 시작한다. 이 구절에서는 조선인에게 있어서 '희망의 땅'으로써의 '만주'를 읽어낼 수 있다. 조선인의 '만주' 이주 배경에는 이러한 '만주' 표상이 다수 존재하고 있었던 것이다. 1920년대 전반까지는 '만주'는 '희망의 땅', '기회의 대지'였다. 조선인의 '만주'이민 문제를 다원적으로 보는 시각은 역사의 결과를 알고 있는 현재의 우리들에게 주어진 '특권'일 것이다. 그러나 김동인의 「붉은 산」을 비롯한, '만주'를 무대로 하는 거의 모든 국문학 작품에 있어서, '만주'는 '수난의 장'으로 그려지고 있는 것은, 당시 '만주'가 '희망의 땅', '기회의 대지'로 인식되었고, 그것이 조선 농민들이 '만주'이민을 하게 되는 강한 동기가 되었다는 것만을 생각해 보아도, 너무도 일원적인 인식이라 하지 않을 수 없다. 그러한 일원적 인식은 부자연스러워 보이는 한편, 아주 자연스러운 일이기도 하다. 더구나 김동인이 '만주'를 방문한 적 없이 그곳을 소설의 무대로 설정할 수 있었던 데에는 인간과 토지의 관계에 대한 이해뿐 아니라, 다양한 미디어를 통해 정보를 얻을 수 있었기 때문이었을 것이다.

그렇다면 무엇이 이 일원적인 인식을 자연스럽게 형성시켰을까?

2) 조선의 미디어와 '만주'담론의 형성

'중국인'과 '지주'를 키워드로 『동아일보』를 검색한 결과, 앞에서 인용한 신문기사와 유사한 기사들, 즉 중국인 지주와 조선인 소작농 사이의 트러블로 조선인 농민이 학대 받는 패턴의 사건이 18건 검색됐다(〈표2〉 참조). 그 최초의 기사가 1926년 11월 1일에 있었던 상기의 사건이다.

같은 키워드로 『조선일보』를 검색하면 다른 사건도 포함하여 16건의 검색결과가 나온다. 이는 어디까지나 '중국인'과 '지주'를 키워드로 한 검색결과일 뿐이므로, 다른 유사한 패턴의 기사도 얼마든지 있을 수 있다. 이러한 사실이 무엇을 의미하는 것일까? 신문이 '사실'을 전달한다는 것을 신용한다면, 그 정도로 '만주'에서는 유사한 사건이 반복적으로 일어났다는 사실, 그리고 그 사건의 피해자의 많은 수는 조선인 농민들로 그들의 이상과는 달리 '만주' 이주 후의 생활은 매우 곤란했다는 사실을 의미하는 것일 것이다. 그렇다고 하더라도 이렇게까지 유형화돼서 반복적으로 일어나는 사건을 아무런 원인분석이나 해결책의 추구도 없이 반복해서 사실만을 보도하는 방식에는 어색함을 느끼지 않을 수 없다.

이러한 사실에야말로, 일본제국과 중국측 사이의 어떠한 정치적 대립을 상정해 볼 필요가 있다. 그렇지 않다면 이 어색함은 이해할 수 없기 때문이다. 러일전쟁 이후, 일본정부와 청조정부 사이에 체결된 간도조약(1909년)은, 청의 간도영유권을 인정하는 한편, 조선인의 간도 거주권을 인정한 것이었다. 이 간도조약이 조선인의 '만주'이민에 중요한 개기가 되었다는 것은 주지의 사실이다. 그러나 1920년대에는 청조정권의 붕괴, 중화민국의 성립, 각지 군벌들의 난립이라는 중국의 혼란을 틈 타, 일본은 '만주'에서 정치적・경제적인 세력을 강화해 간다. 그런 세력 확장의 근거가 되었던 것이, '만주'에 있는 조선인, 즉 일본신민에 대한 보호와 지배였다. 그러나 중국은 '만주'에 이민해 오는 조선인 농민들을 일본의 대륙침략을 위한 '대위민족'으로 규정하고, 일본정부에 직접 저항하는 것이 아니라, 조선인의 '만주' 이주를 금지하는 법령을 제정하여 실시하였다. 1925년 펑톈(奉天) 군벌과 조선총독부 사이에 「불령선인 규제방법에 관한 조선총독부와 펑텐성 간의 협정(不逞鮮人の取締方に關する朝鮮總督府奉天省間の協定)」, 이른바 미쓰야협정(三矢協定)이 체결된다. 그 결과, '만주'의 조선인은 일본정부와 펑텐 쌍방으로부터 압박당하는 상태가 되었고, 조선 농민과 중국 농민들 사이에 충돌이 일어나는 일도 적지 않았다.

여기서 다시, 중국인 지주에 의한 조선인 소작농 구타살인 사건에 관한 신문기사군(群)의 문제로 돌아오면, 그 첫 기사가 1926년 11월이었다는 점은 의미심장한 것이다. 미쓰야협정이 실행되기 시작한 시기이기 때문이다. 조선인 농민에 대한 배척의 움직임이 일어나고, 재만 조선인의 정치적인 입장이 극히 약해졌기 때문에, 조선인 소작농이 트

러블의 피해자가 될 가능성은 실제로 높았다는 사실은 충분히 납득할 만 하다. 이러한 배경 하에서, 앞에서 예로 든 것과 같은 중국인 지주에 의한 조선인 소작농 구타살인 사건의 신문기사가 빈번히 조선의 미디어에서 다루어지게 된 것이고, 김동인의 「붉은 산」을 비롯한 많은 한국문학이 '만주'를 '수난의 장'으로 그리게 되는 것이다.

그러나 무엇보다 중요한 사실은 전술한 대로, 반복되는 사건을 어떠한 원인분석이나 해결책의 추구도 없이 반복해서 사실만을 보도하는 그 방식인 것이다. 두 번째로는 일본측의 움직임이다. '학대 받는' 조선인 농민들에 대해, 이번에는 '일본신민의 보호'를 구실로 일본은 '만주'에서의 병력을 강화해 갔다. 그 대표적인 예가 1931년 7월에 일어난 '완바오산 사건(萬寶山事件)'이고, 이 사건을 만주사변의 발단으로 보는 경우도 있다. '완바오산사건'은 1931년 7월 2일에 창춘(長春) 교외의 완바오산 지역에서 조선인 농민과 중국인 농민 사이에 있었던 대규모 충돌사건을 말한다. 사건이 일어난 직후에 조선과 일본의 신문 제1면에는 이 사건이 대대적으로 보도된다.(그림1과 그림2 참조)

조선내에서는 이러한 기사에 선동되어 재한 화교 습격사건까지 일어난다. 이른바 '완바오산 사건'이라 일컬어지는 일련의 소동은 박영석의 연구에서 이미 밝히고 있는 대로, 실제로는 사상자가 한명도 없었음에도 불구하고 기사는 긴박한 분위기를 내기 위하여 과장되고, 허위정보까지 쓰여진 것이다. 박영석의 연구에 의하면, 그 허위정보는 재창춘 일본대사관으로부터 『조선일보』 창춘지국장이었던 김이삼(金利三)에게 제공된 것이라고 한다. 이러한 사실로 보아, 후에 뒤따르는 만주사변 발발의 발단이 되는 '완바오산 사건'은 우연히 일어난 단발적인 충돌이 아니라, '만주'의 지배권을 둘러싸고 일본과 중국이 일촉즉발(一

東亞日報

米國大統領후버氏

佛國에新覺書提出

不一致點과同意點

關係諸國과會議를開催

佛政府閣議에서 新覺書를討議

滿洲移駐軍은第十四師團

軍改案承認

萬寶山事件 吉林政府에抗議

補償金支拂問題

〈그림1〉『동아일보』 1931년7월4일석간

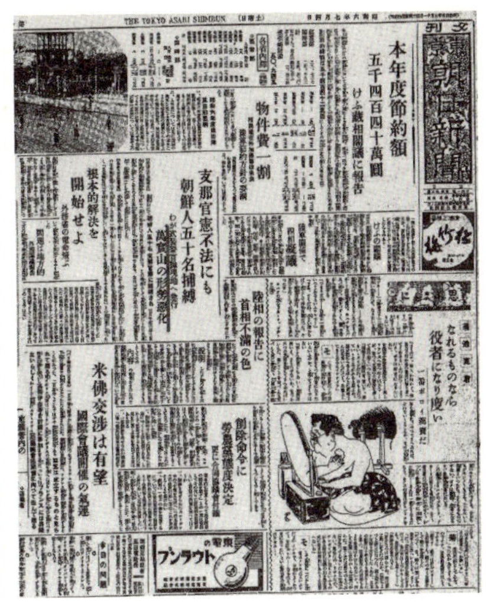

朝日新聞

本年度節約額 五千四百四十萬圓

物件費一割

支那官憲不法にも 朝鮮人五十名捕縛

根本的解決を開始せよ

陸相の報告に首相不滿の色

米佛交渉は有望

〈그림2〉『아사히신문』 1931년7월4일석간

觸卽發)의 긴장된 상황 속에서 '만주'에 사는 일본신민, 즉 조선인 농민을 보호한다는 구실로 군사력을 강화하려고 했던 일본 제국주의의 미디어 전략의 한 예였다고 분석할 수 있다.

물론 그 배경에는 동양척식주식회사를 전면에 내세우고 강행한 식민지 농촌 경영과 농지수탈, 일본 빈농의 조선이주, 농지를 빼앗긴 조선농민의 토지이탈과 '만주'행이라는 연쇄적인 이동이 있었다는 점을 놓쳐서는 안 되지만, 식민지지배 하의 신문미디어가 그러한 사회구조를 파헤칠 수 있을 것이라고 기대하기는 어렵다. 오로지 '만주'에서 박해 받는 조선인과 조선인을 학대하는 중국인이라는 담론만이 유통되고 있었기 때문에, '완바오산 사건'과 그에 이어지는 재한 화교 습격사건까지 일어날 수 있었던 것은 아닐까? 일본제국의 확장정책은 이렇듯, 이미 식민지화한 인간을 새로이 편입될 '국토'에 보내어, 항쟁을 일으키고, 그 조정을 한다는 형태로 세력권을 확대해 가는 전략을 취하고 있었다. 그렇기 때문에 '완바오산 사건'과 소설 「붉은 산」의 관계성을 문제시하기 보다도, 무시로 이 둘 사이에 가로지르는 일본제국의 확장주의 정책이라는 정치적 컨텍스트를 전경화(前景化)하지 않으면 안 된다.

이 소설과 시대적 배경에 초점을 맞추어 재설(再說)하자면, '완바오산 사건'으로 대표되는, 일본제국의 확장주의·대륙침략을 위한 미디어 전략의 연장선상에서 '중국인 지주'와 '조선인 소작농'의 투쟁의 이야기는 생산되었다고 봐야할 것이다. 그 결과 김동인의 「붉은 산」은 작가의 의도와는 별도로 그러한 제국확장을 위한 담론을 재생산함과 동시에 '정치적으로' 위치지을 수 있을 것이다.

5. 마치며

김동인의 「붉은 산」는 작가의 문학적 실천과 예술적 영위의 산물이다. 그러나 작가는 의도적으로 서술자의 한계(시점적 제약)을 가시화하고, 역시 의도적으로 역사적·정치적 사건을 제재로 하여 민족주의적인 기호가 산재한 소설을 썼다. 바로 거기에 작가의 전략적인 의도에 기반한 문학적인 시도가 있었을 지도 모른다. 만약 작가에게 적극적인 정치적 의도가 있었다고 한다면, 그것은 종래에 일컬어지는 '망국의 백성'의 슬픔과 분개일 것이다. 이는 소설 마지막 장면에 잘 나타나 있다.

그러나 「붉은 산」에는 '제국의 눈'을 획득한 식민지의 근대적 엘리트 '여'가 등장하고, 그에 의해 만주는 또 다른 식민 후보지로 비추어진다. 이러한 '만주' 인식은 실제로 '만주'를 가본 적이 없는 김동인의 탁상 여행기라는 점을 감안한다면, 당시 조선에서 유통되던 '만주' 표상을 단적으로 보여주는 예로 볼 수 있었다. 그 배경에는 반복적으로 기사화되는 실제의 '사건'이 있고, 그 '사건'과 '기사'의 뒤에는 제국의 전략이 있었던 것이다. 이를 통해 우리는 '민족주의'적인 담론이 '제국주의'적인 담론으로 흡수되어 가는 과정을 확인할 수 있다. 이러한 의미에 있어서, 김동인의 「붉은 산」은 1920년대부터 시작하여 '완바오산 사건'에서 정점에 이른, 조선에서의 '만주' 담론의 문학적 재현으로 파악할 수 있다.

* 본문 인용은 『동인 전집』 제8권(홍지출판사, 1964년)에 실린 판에 의함.

〈표2〉『동아일보』「중국」「지주」 관련기사, 1920.4.1~1932.3.31

	게제일	면/단	내용	주제어
1	1926-11-1	2/7	中國地主의 殘行 만주거주 朝鮮人 農夫를 傷害, 추수하러간 사람을 찔러 중상	싸움 · 격투
2	1926-11-3	5/3	中國人 惡地主 農具로 同胞 斫殺, 滿洲 鳳凰城에서 犧牲된 慶北出生 李錫喜	중국인의 비행(対한국인)
3	1927-5-31	7/1	南滿興京縣在住同胞 農盟會組織, 농민련맹을 조직하야 활동 中國地主의 迫害對策 加盟員三千餘, 농민본위의 취지와 결의 사항	
4	1927-6-26	2/3	間島 中國地主 同胞를 打殺 꿔간 곡식을 안 가저온다고 죽여, 중국순경은 사실 조사도 아니 해 含怨한 妻는 懷劍 追跡	중국인의 비행(対한국인)
5	1927-10-10	2/2	市民大會, 간도잇는 동포들이 惡德한 中國地主問題로	교포-간도거주
6	1927-12-14	2/6	同胞안쫏는 地主를 懲罰, 갈수록 포악한 滿洲의 중국관헌, 周到辛辣한 驅逐策(新義州)	
7	1928-5-29	2/7	地主에게 慘殺된 男便 寃讐 못갑고 鐵窓呻吟, 중국인 디주에게 마저 죽은 남편 위해서 원수의 집에 불 노코 ◯창에 신음하는 몸, 絶食八日 命在頃刻, 間島哀話	화재 · 방화-간도
8	1928-10-28	2/1	無道한 中國人地主 百餘朝鮮農民監禁, 風前燈火 가튼 同胞의 運命 중국관헌도 디주의 편을 들어서 新民府員六名被殺	
9	1928-11-7	2/1	移住同胞監禁事件眞相, 惡魔도 戰慄할 殘忍 宛然한 此生地獄苦 擔銃하고 徹夜守直, 吉林省에서 中國人地主가//四肢를 結縛코 倒縣後惡刑, 삼사일식 계속하야 악형, 老弱婦女도 苦役毒鞭//山行六百里 十六同胞脫出, 거류민회를 방문코 진정, 卄餘日만에 哈爾賓到着	
10	1928-11-17	5/1	農作物 全部 押收로 二百同胞死線에 彷徨, 농작물을 모조리 뺏어가버려, 額穆縣 中國地主의 橫暴	
11	1928-12-24	2/2	作人妻 凌辱未遂코 賊反荷杖格 告訴 조선작인 안해를 강간하랴다 안되매 그의 남편을 걸어 상해죄로 고소데긔 無道한 中國人 地主(間島)	중국인의 비행(対한국인)
12	1930-3-27	7/1	中國官民壓迫愈酷, 撤退歸國者 續出, 토지대차계약이 경신됨을 긔회로 해 중국지주의 횡포가 심하야 속속귀국, 貸借契約更新을 機會	교포-만주거주
13	1930-9-2	3/1	四月十六日 北滿同胞 二十餘人 中國人地主가 監禁	교포-만주거주
14	1930-9-4	2/1	中東線朝鮮農民 地主家大擧襲擊, 中國軍隊側에서 機關銃發射, 事件發生의 原因은 地主의 橫暴, 現場에서 卄餘名 被殺	교포-만주거주
15	1930-11-11	7/1	南滿奧地의 朝鮮人 各處로 續續避難 공산당원과 국민부원의 충돌로 불안, 중국관헌과 지주들의 압박으로 피난, 撫順에만 六十名 到着	교포-만주거주
16	1931-11-2	2/7	間島의 小作爭議 中國地主側과 抗爭, 중국관헌에 해결을 진정	소작문제 · 소작쟁의-간도
17	1931-12-20	2/5	中國地主 襲擊코저 七百餘農民 騷動, 間島領警이 大擧出動하야 首謀 五十餘名 檢擧	소작문제 · 소작쟁의-간도

|**초출일람**|

전성곤 논문은, 『일본문화연구』 제35집(2010년 7월)에 기재된 논문 「기타 사다키치(喜田貞吉)의 공(公)담론 형성 고찰—하마다 고사쿠(浜田耕作)와의 논쟁을 중심으로」에 수정을 가한 것임.

송완범의 논문은, 『동북아역사논총』 제26호(2009년 12월)에 기재된 논문 「식민지 조선의 黑板勝美와 修史사업의 실상과 허상」)에 수정을 가한 것임.

이한정의 논문은, 『日語日文學硏究』 제32집(1998년 6월)에 기재된 논문 「고바야시 히데오(小林秀雄)의 '아시아' 체험」에 수정을 가한 것임.

한경자의 논문은 『일본사상』 제18집(2010년 6월)에 기재된 논문 「전시하(戰時下)의 분라쿠(文樂)에 대한 고찰」에 수정을 가한 것임.

홍윤표의 논문은 『일본학보』 제77집(2008년 11월)에 기재된 논문 「미시마 유키오(三島由紀夫)와 1964년 도쿄올림픽」에 수정을 가한 것임.

유수정의 논문은 『日本語と日本文学』 제47호(2008년 8월)에 기재된 「식민지 조선이 재현하는 '만주'—김동인의 「붉은 산」과 1920년대 신문기사의 '만주' 담론」에 수정을 가한 것임.

|찾아보기|